Regreso al abismo

F. Carod

Copyright © 2020 F. Carod

Todos los derechos reservados

Para Libia Kuh.

AGRADECIMIENTOS

Camino gracias por todo lo que le dedicas a estas hojas, me encanta trabajar contigo y como siempre termino fascinada con el resultado, ¡gracias! Por supuesto le agradezco a mis porristas por su apoyo incondicional, Aracely, Pao, Camino, Francisco, los amo, gracias, gracias, gracias.

1

Ciudad de Plata

El senador Rafael Vélez sostenía una rendija de la persiana abierta, mientras contemplaba a los transeúntes que caminaban absortos en sus propios mundos de preocupaciones y deudas por pagar. Suspiró agradecido de que esos días hubieran terminado para él, aunque sus problemas ahora eran peores y de distintas índoles. Desde esa misma ventana se podía ver el zócalo, los edificios más sofisticados de la ciudad y los jardines que se llenaban de vida los fines de semana con niños en bicicleta y parejas en sus días de campo, pero esa era una vista que solo podía presenciar en su imaginación.

Miró decepcionado su oficina, le había parecido un lujo al llegar, pero ahora el desorden la hacía ver más pequeña y sofocante. Encima del escritorio, junto a una pila de pedazos de hojas estaba la fotografía de su esposa y sus dos hijos. A un lado estaban sus dos teléfonos celulares, la constitución y una copia de las 48 leyes del éxito, un regalo de un colega que no había tenido el tiempo ni interés de leer. Lo metió al cajón y tomó la fotografía, ignorando los pedazos de papel que cayeron al suelo. Observó a Maru sintiéndose culpable sin saber de qué. Su esposa había dejado de poner su plato en la mesa unos meses atrás. Se decía a sí mismo que no los había abandonado, simplemente su posición demandaba mucho de él, y le consolaba pensar que no les faltaba nada, al menos materialmente hablando. Romina y Mateo parecían felices en la foto, pero no recordaba la última vez que le habían sonreído a él de esa forma. Dejó la fotografía en su lugar y sus ojos danzaron a la camioneta blindada que se estacionó frente al edificio. Apretó los labios deseando no haber ido a trabajar ese día. Cerró los ojos y apoyó la cabeza contra la persiana, esperando a que el teléfono sonara y su secretaria le notificara la visita.

—Senador, el señor Vicente Tenorio está en la recepción, insiste en que usted lo está esperando.

—Sí, que pase —dijo de mala gana —¡y, Laura! No me transfieras llamadas —ordenó parpadeando repetidamente.

Vicente Tenorio era un tipo que no destacaba en ningún aspecto. En sus mejores momentos era un mediocre y aburrido ciudadano, y en los peores un despiadado y cruel asesino. La única persona que lo superaba en crueldad y ambición era Elena Amador, su jefa y líder de la organización de los Ocultos.

Vicente solo lo había visitado en dos ocasiones, las dos veces acompañado de Javier Valderrama. Pensó en

Javier, si él no hubiera existido, no habría ningún vínculo entre el senador y Elena. Nunca le habría vendido su alma al diablo y por ello tampoco habría asumido la posición de presidente de la comisión. Cuando aceptó las condiciones de Elena y Valderrama, estaba seguro de su capacidad en el puesto, y juró compensar cualquier suciedad de su parte con un resultado extraordinario en la sociedad. Pero no pasó una semana antes de que sus funciones lo rebasaran y todo comenzara a ir de mal en peor. Ahora no solo su trabajo se había visto afectado, su familia y su salud también habían sufrido daños colaterales de una terrible decisión.

El hombre que entró por la puerta usaba una playera rosa llamativa que acentuaba sus visitas constantes al gimnasio y unos pantalones de mezclilla agujerados que no combinaban con los zapatos negros de vestir.

—Qué descaro tienes de venir aquí.

—Tranquilo Rafael, no vengo a pedirte nada que interfiera con tus intereses.

—Que estés en mi oficina interfiere con mis intereses.

Vicente rio, tomando asiento—. ¿Puedo? Vaya, eras más amable antes de que te hicieras presidente de la comisión. Recuerdo que hasta me ofrecías un trago de tus mejores botellas.

—¿Qué estás haciendo aquí?

Vicente se sentó y cruzó una pierna, ignorando la actitud del senador—. Tuvimos un problema en el sector sur. Un oficial no estaba al tanto de nuestro acuerdo.

El senador suspiró irritado—. Ha habido mucho movimiento en Valle de Plata. Los oficiales tienen trabajo que hacer.

Vicente chasqueó los dedos—. Olvidé mandarte el memo —dijo sarcásticamente, y tras una pausa, su mirada se puso seria—. Valle de Plata está fuera de los límites. Tenemos un sector improvisado ahí.

—¡¿En el valle?! ¿Para qué querrían un sector en el valle? No es como si-

—Mira, no estoy aquí por eso, solo dale instrucciones a tus oficiales y que se hagan a un lado—. Sacudió una mano como si estuviera dando la vuelta a una página.

—Entonces, ¿quieres decirme qué haces aquí?

—Tenemos algo más importante tú y yo, un trabajo en equipo pendiente. No tienes razón para ponerte a la defensiva, estamos en el mismo bando, no lo olvides.

—¿Tu punto?

—Mi punto es que tú y yo estamos buscando lo mismo. Vengo con bandera blanca, para que lo logremos juntos.

—Ve al grano —insistió exasperado el senador—, por favor —agregó en un afán de no sonar tan cortante.

—Javier Valderrama fue asesinado en Valle de Plata y nadie ha pagado por eso.

Rafael se movió incómodo en su asiento y se llevó una mano a la barbilla, fingiendo consternación—. Pensé que sus hombres habían seguido al tipo que lo mató.

—Damián Ferrer se esfumó—. Vicente abrió los puños como haciendo un gesto de magia—. Puf.

—Qué lástima. Entonces deja que la policía haga su trabajo.

—Tú y yo sabemos que no están haciendo ni madres.

—Como dije, es una lástima.

—No, no, no, Rafaelito, ahora tú y yo tenemos que encontrarlo.

Rafael soltó una risa—. ¿Por qué crees que te voy a ayudar? ¡Ya hago bastante por ustedes!

—¿Ayudarme? Javier Valderrama fue un gran contribuyente tuyo. ¿No le debes a él tu nuevo puesto? Te recuerdo que los Ocultos no son los únicos que fueron financiados por Javier durante años.

El senador giró en su silla mientras pensaba en la

mejor forma de responder—. Javier hizo mucho por todos, ese hombre era prácticamente un santo. Pero desafortunadamente ya no está, y yo ya lo acepté. La vida continúa y ahora cada quién se rasca con sus propias uñas—. Su tono era desinteresado pero sus ojos parpadeaban rápidamente, un tic que ponía su nerviosismo al descubierto.

Vicente se levantó y metió las manos a las bolsas del pantalón. Se detuvo frente a una fotografía que colgaba de la pared. Cinco hombres de traje posaban para la foto. Javier Valderrama estaba en el centro, a sus lados estaban el Comisionado General de la Policía, un famoso empresario, el Jefe de la División de Inteligencia y el senador. La observó entretenido. Después abrió la persiana y se recargó en la ventana, apoyando un zapato contra el librero—. Dimos con él hasta el aeropuerto, pero por más que Elena buscó con sus contactos, no encontró su nombre en ningún vuelo. Alzamos todas las piedras pensando que se había quedado ahí, pero —suspiró—, nada de nada.

—Parece un caso perdido. Elena debería de hacer lo mismo que yo y olvidarlo. Javier Valderrama tenía muchos enemigos, no es ninguna sorpresa que haya corrido con esa suerte.

Vicente se mordió un labio—. ¿Enemigos? Ts, ts, ts. Valderrama era muy querido por todos, ¿no era un santo? —se llevó una uña a los dientes—. ¿Sabes? Pensé que estabas bromeando con esta farsa de desinterés pero... me estás diciendo que... ¿qué?, ¿no quieres vengarlo?

—Lo que le pasó fue una verdadera tragedia como le dije a su esposa en el funeral—. Con asco, Rafael lo vio escupir un pedazo de uña.

—No vas a hacer nada—. La mirada de Vicente era entretenida, pero sus ojos negros escondían una advertencia.

Rafael cruzó los brazos, pero no logró mantener la mirada de Vicente.

—Elena no va a estar contenta.

—Tengo que preparar una sesión, si no te importa—. Rafael acomodó los papeles del escritorio y señaló la puerta con una mano, sin poder controlar el parpadeo incesante que el nombre de Elena había provocado.

Vicente se levantó y se dirigió a la puerta sacudiendo la cabeza—. Estás cometiendo un error, Rafaelito. Un grave error.

Utqiagvik, Alaska

Lo que dejé en el departamento es tuyo, solo quería que lo supieras. No es un regalo ni un soborno para que me perdones, no sé si alguna vez podrás hacerlo pero no tendré el descaro de pedírtelo… Escucha, alguien estaba interesado en lo que hay en esas maletas pero ya no es una amenaza, de cualquier forma, sé discreto. Raúl… espero que- espero que tengas una buena vida.

Un mensaje en un buzón de voz. No era lo que Damián tenía en mente, pero Raúl no contestaba las llamadas y era importante que lo supiera. No buscaba su perdón, ni recuperar su amistad, realmente nunca había existido; pero sí lo estimaba. Habían pasado dos meses y aún ahora, cuando el peligro estaba atrás, no podía pensar en lo que habría pasado si él no hubiera llegado a la bodega.

Con el teléfono en la mano, Damián volteó hacia la cama. Las almohadas estaban en el suelo y Gina daba vueltas murmurando, con una pierna afuera de las gruesas cobijas.

—Despierta—, Damián movió su brazo, levantando las almohadas y sentándose a un lado—. Es un sueño, Gina. Despierta.

Gina se enderezó asustada. Si Damián no hubiera reaccionado a tiempo, le habría dado un buen golpe en la cabeza.

—¿Otra pesadilla?

Gina asintió poniendo las manos sobre la cama y bajando los pies al suelo, tanteó con los dedos hasta encontrar las pantuflas.

¿Valderrama? Quiso preguntar Damián, pero una vez más se contuvo—. Te traigo agua.

Gina asintió aún perturbada. Hasta un par de meses atrás, rara vez se acordaba de sus sueños, pero desde que habían llegado al hotel, no había dejado de soñar que le disparaba a un hombre. Aunque nunca podía ver su cara, veía la sangre correr mientras él se desplomaba en el suelo.

—¿Alguna vez se van?, ¿las pesadillas? —Gina no esperaba respuesta, miró hacia el cuadro que estaba encima de la cama. Un anciano nativo miraba hacia el horizonte con montañas de hielo detrás de él. Se frotó las manos y apretó el abrigo, caminando hacia el ventanal.

Debería entregarme, soy una prófuga de la justicia. Todas las mañanas se repetía lo mismo. A veces se preguntaba si aquel hombre tendría hijos, o a quién había dejado sufriendo por su muerte. *Iba a matar a Damián. No era un buen hombre. El mundo no se perdió de gran cosa.* Sacudió la cabeza, intentando ignorar su pleito mental.

—¿Por qué no puedo soñar con esta vista? —murmuró sin saber que Damián ya estaba detrás de ella.

Damián alzó una ceja siguiendo la mirada de Gina. El hotel estaba en medio de la calle Laura Madison, frente a las oficinas del servicio postal y del otro lado una cafetería, ambas construcciones eran simples, con nada más que postes y cables de luz, y las calles de tierra sin vegetación ni vida se sentían insípidas. No era una vista que cualquier persona en sus cinco sentidos advirtiera de sensacional.

Seis semanas antes, tras veintidós horas de viaje, pensaron que habían llegado a su hogar permanente. El clima no fue ninguna sorpresa, agosto era de los meses de temperaturas más altas en la ciudad de Utqiagvik. Un grado Celsius los recibió al bajar del avión y desde ese momento el termómetro solo iba en descenso.

A solo una cuadra del mar Chukchi, en el Océano Ártico, el hotel "Top of The World" *la cima del mundo*, parecía un buen plan para las primeras noches, en lo que encontraban su hogar en Barrow. El hotel estaba construido sobre pilares para proteger la capa de hielo que cubría permanentemente la tierra. Tras ser severamente advertidos sobre los peligrosos osos polares, acordaron no deambular en las playas fuera del pueblo. No les tomó mucho tiempo desempacar lo poco que habían comprado en el aeropuerto. Después de descansar del largo viaje, cruzaron la calle para conocer sus opciones de residencia. Las casas de más de doscientos cincuenta mil dólares eran apenas un poco más grandes que los departamentos de Valle de Plata, y parecían remolques de jóvenes esperando un concierto, en su mayoría con techos azules y aspecto muy modesto. No contaban con agua y dependían de las pipas que pasaban a surtir el suministro diario.

—Me encanta —dijo Gina al terminar el recorrido de treinta segundos por la pequeña casa. Tenía la nariz roja y los ojos llorosos.

Damián la miró con asombro—. Te encanta.

—Claro—. Gina desvió la mirada y se aclaró la garganta—. Es lo que siempre quise—. Se frotó las manos, aún debajo de los guantes sentía que los dedos se congelaban.

—¿Qué es lo que siempre quisiste, exactamente? —Damián frunció el ceño—, ¿el reducido espacio, el límite de agua o el pinche frío que hace aquí adentro?

Gina imitó la mirada de Damián—. Todas las anteriores—. Después, con una sonrisa, miró al señor que les había mostrado la casa y sacudió la cabeza—. No, gracias.

Utqiagvik, conocido como Barrow por los que no lograban pronunciar su nombre, era un sitio remoto, en la punta de Alaska, sin caminos y con una población de cuatro mil cuatrocientas personas. El sesenta porciento de los residentes eran nativos y la mayoría aún cazaba y pescaba para obtener alimentos. Había un mercado, restaurantes, tres hoteles, lavanderías, un banco, iglesias, una escuela que permitía al público utilizar su alberca y gimnasio en las tardes y fines de semana, y el centro recreativo Piuraagvik, con gimnasio, una cancha y sauna. Un lugar que parecía estar desconectado del resto del mundo, en donde el internet era malo, la vida cara y, literalmente, congelada. En agosto no había sido tan malo, pero octubre, a once grados bajo cero, les había dado una idea de que quizá no querían estar ahí en diciembre cuando la temperatura bajaba a menos veintiséis.

A Damián no le encantaba el clima, pero estaba con Gina y lejos del peligro, para él lo demás no tenía importancia. Esperó entretenido a que Gina dejara de fingir que Utqiagvik no había sido un error, y sugiriera un cambio de paisaje, pero nueve semanas después, Gina aún aparentaba estar cómoda con la decisión.

No todo era malo, de hecho estaba lejos de serlo, Barrow los había enamorado de otras maneras. Su historia, para empezar, los tenía intrigados. Habían recorrido el museo del Iñupiat Heritage Center, en donde aprendieron sobre los nativos, y vieron a los niños nativos haciendo danzas tradicionales.

Aún no habían podido ver las luces del norte, como llamaban a las auroras boreales, pero caminar sobre la playa encontrando icebergs en verano o los cráneos de ballenas había sido algo casi surreal. Damián intentaba no reír al ver la cara de Gina cada que alguien intentaba venderle un souvenir hecho con piel de foca o cuando los invitaban a la común caza de ballenas. Gina forzaba una sonrisa y decía en su pobre inglés que quizá en otra ocasión. Habían recorrido la ciudad y visitado constantemente el estadio de futbol americano, admirando a los jugadores semivestidos a pesar del frío. Ninguno de los dos era aficionado del deporte, pero no había nada más que hacer. Damián pensaba que Utqiagvik era una ciudad que se debía visitar, pero no para quedarse más de un día o dos.

Ahora, a mediados de octubre, mientras observaban la calle desde la ventana del hotel, Damián pensó irónicamente que sus propias pesadillas habían terminado cuando las de Gina habían comenzado. La miró con ternura, sintiendo la culpa que se había estancado en su estómago desde que la había visto dispararle a Valderrama. Nunca hablaban del tema. Desde que llegaron a Alaska dieron vuelta a la hoja. Damián pensaba constantemente en Raúl, pero ahora que le había dejado el mensaje, estaba listo para también dejarlo a él atrás. Gina había cambiado, aunque tenía sus momentos de seguir siendo la curiosa y distraída mujer de la que se había enamorado, pasaba largos ratos en silencio, sumergida en su propio mundo. Damián sabía que ella necesitaba a alguien ahí. No para hablar, no para consolarla, simplemente acompañarla. También sabía que esos sentimientos no durarían para siempre, al menos no en esa intensidad, Gina solo necesitaba tiempo y compañía, Damián podía darle ambas.

La abrazó, pensando en lo mucho que la amaba a pesar de que su relación se había vuelto complicada. Él solo había tenido una relación en toda su vida, y decir que había terminado mal se quedaba corto. Nunca amó a Zoe pero fue fácil vivir con ella. Era parte de un plan y Damián no era él mismo, solo era lo que ella quería ver, el hombre ideal. Nunca había experimentado celos o aprehensión. Se encargaba de las cuentas, la escuchaba durante horas y la satisfacía en todos los niveles. Todo para tenerla cerca hasta que su turno terminara.

—Perdón por lo que pasó ayer—. La voz de Gina lo regresó a la realidad.

—No fue tu culpa.

El día anterior estaban en el museo y se separaron cuando Gina fue a ver regalos. Tras veinte minutos de esperarla, Damián fue a buscarla y la encontró hablando con una pareja. Gina lo presentó entusiasmada al decir que la mujer era de la Ciudad de Plata. La expresión de Damián hizo que los nuevos amigos se incomodaran y se despidieran, terminando la conversación abruptamente. Antes de que Gina pudiera explicarle que no les había dicho nada, Damián ya estaba alterado, queriendo comprar boletos para salir de Alaska, lo que los había llevado a una discusión.

—No me gusta pelear.

—A mí tampoco—. Damián recargó la barbilla en la cabeza de Gina. Su cabello aún estaba húmedo del baño de la noche anterior, y olía a cerezas—. No podemos quedarnos en el hotel para siempre.

—Supongo que no—. Gina quería seguir hablando del tema. Encontrar una forma de evitar pelear en el futuro, pero Damián era un hombre reservado. No podía evitar compararlo con Lázaro, otro hombre callado, pero desinteresado. Con Lázaro no habían pleitos, solo una larga y aburrida rutina. No había pasión ni emoción en esa relación, eran dos personas que se habían casado muy jóvenes, que se estimaban y se mantenían juntos por el hábito de hacerlo. Era lógico que en algún momento uno de ellos estallara y pusiera fin, solo que Gina nunca pensó que fuera Lázaro. Nada en su relación con Damián era por hábito y no faltaba ni pasión ni emoción en su relación. Quizá en todo caso, los había en exceso. A Damián le importaba lo que pasaba entre ellos, se notaba en su forma de actuar, pero a veces parecía tener dificultad para expresarse y prefería ignorar el asunto.

Gina pensó en las casitas que habían visto pero no podía, ni quería, imaginarse envejeciendo ahí—. Aunque es muy limpio y todos son muy amables… Además, ¿quién quiere ir al cine o al centro comercial? O hacer cualquier cosa que no sea ver esqueletos en la playa—. Sus palabras se convirtieron en un murmullo.

Damián sonrió—. Estoy contigo, Gina. No importa si estamos en la punta congelada del continente o sofocándonos en el desierto más árido del planeta.

Gina entrecerró los ojos—. Sé de un lugar al que no irías conmigo.

Damián la miró más serio—. No vamos a regresar al valle.

Gina soltó una pequeña risa—. Tranquilo, creo que podemos encontrar un punto medio—. Bebió un trago de agua y después dejó el vaso en la mesita. Tomó las manos de Damián, las puso alrededor de su cintura, y regresó la vista a la ventana—. Pero no tenemos prisa, ¿verdad? Digo, no sé si llegaremos con todos los dedos, pero no me quiero ir sin ver las auroras boreales.

—Ninguna—. Damián la abrazó y contempló con ella el no muy sorprendente paisaje.

—¡Uh! Auroras boreales. Podemos tener una pequeña boda con ese paisaje. ¿Qué dices?

—Si eso es lo que quieres…

—Todavía no te entusiasma la idea de la boda, ¿verdad?

—Yo no necesito que nos casemos para jurarte que voy a estar toda mi vida a tu lado, pero si es importante para ti-

—Olvídalo.

—No, hablo en serio, Gina.

Gina alzó un hombro—. Ya me casé, no es la gran cosa.

Damián sacudió la cabeza sonriendo y apretó a Gina contra su pecho.

Ciudad de Plata

Un señor y un joven esperaban instrucciones junto a una camioneta blanca, en el interior de una bodega. Vestían pantalones de mezclilla y playeras negras deslavadas de manga corta de una talla que no era la de ellos. El joven tenía unos tenis rotos y el mayor usaba huaraches azules de plástico. Habían secuestrado a un hombre en la ciudad y no tenían instrucciones de regresarlo.

—¿Tú cuándo llegaste?

—Hace dos días. ¿Tú?

—También. Habían otros batos pero ps, yo creo que fuimos los únicos contratados.

—Soy Nacho —dijo el más joven.

—Me dicen Orejas.

El joven lo observó durante unos segundos, pero sus orejas no tenían nada extraordinario.

—Chale, ¿qué me ves morro? No tengo piojos.

—Pues a mí me parecen orejas normales.

—Me dicen Orejas porque me entero de todo.

Nacho asintió—. Te vi agarrando merca, no te vayan a cachar.

—Yo no agarré nada.

—Desde aquí estoy viendo la barra, cabrón.

El mayor bajó la mirada al pantalón. Una barra de oro se asomaba por el bolsillo. Nacho sonrió y sacudió la cabeza.

—¿Crees que estemos aquí un rato?

—Sepa… Pero mejor aquí parados que echándonos a ese pobre diablo.

—Eso sí, Orejas.

En el centro de la bodega, a unos metros de dónde estaban parados, había una construcción de cuatro metros cuadrados. La barda medía un metro y medio de alto y cristales que se extendían dos metros más hacia arriba. Nacho intentó asomarse para ver algo detrás de las persianas que cubrían los cristales.

—¿Quién le pone persianas a un closet?

—Es la oficina de la jefa.

—Nel —Nacho entrecerró los ojos—. La jefa debe tener una buena oficina.

—¿A poco no está bien buena?—. Preguntó el Orejas con una sonrisa—. ¿Cuánto crees que haya pagado por esas ricuras?

—¿Pagado? ¡Nel! Son reales.

—Estás bien pendejo.

—¿Por qué no las tocan? Así pueden llegar a una conclusión de una vez por todas—. Las luces de la bodega se encendieron y la voz de una mujer los hizo voltear atemorizados.

Elena se paró a unos metros, junto a la camioneta blanca, con las manos atrás, como profesora dirigiéndose a sus alumnos. La mujer tenía porte de empresaria y supermodelo. Tenía el rostro de una joven, pero sus delicadas facciones no concordaban con la natural superioridad con la que se movía. Sin saber por qué, los dos hombres se sintieron sometidos ante un aire de autoridad implícita.

—Elena Amador—. Orejas silbó, sin ocultar su aprecio por el vestido negro escotado.

Nacho sintió el sudor en sus manos, deseando ocultarse. Él también había admirado el escote pero su sentido de supervivencia lo había hecho bajar la mirada.

—¿Lo dice en serio jefa?

Al ver al Orejas dudando, Nacho quiso gritarle que no lo hiciera.

Tras una señal de Elena, con las piernas tensas y pasos torpes, el Orejas se acercó a ella. No podía perder su oportunidad. Su rostro quedaba a la altura de su pecho, y el hombre se sintió inmensamente agradecido por esos tacones altos.

—Adelante —dijo Elena, aún con las manos atrás.

El robusto hombre alzó sus temblorosas manos tan enfocado en su objetivo que no se percató de las manos de Elena. Con sus dedos a unos centímetros de su pecho, Elena clavó una navaja en su barbilla. Con los ojos abiertos y sangre escurriendo por su boca, el Orejas cayó al suelo, hincándose a sus pies, antes de que su espalda golpeara el concreto. La barra de oro salió de su bolsillo pero Elena no le puso atención, había volteado hacia el pequeño grito que escapó de los labios del joven.

—¿Cómo te llamas?

—Na- Nacho.

—Nacho, ¿tú también quieres tocar?

El joven sacudió rápidamente la cabeza, horrorizado ante lo que acababa de pasar.

Elena lo miró, asegurándose de que hubiera entendido el mensaje, y después se agachó para recuperar su navaja—. Nacho, ata al sujeto a la silla—. Nacho se agachó hacia el cuerpo de su excompañero—. Al que trajiste— aclaró impaciente—, y deja esa barra de oro en la mesa que está allá atrás.

Nacho asintió rápidamente y abrió la puerta de la camioneta. Con esfuerzo bajó al tipo que apenas recuperaba la consciencia y lo puso en la silla como Elena le había indicado.

Mientras Elena interrogaba a su hombre, una camioneta negra blindada se estacionó frente a la puerta oxidada de la bodega. Desde antes de entrar, Vicente podía escuchar las plegarias de alguien en el interior. Esperó durante diez minutos, recargado en la puerta y después decidió que ya sería oportuno anunciar su llegada.

—Hagamos esto una vez más— sugirió Elena con voz grave.

Vicente rodeó las tres camionetas blancas estacionadas en medio de la bodega y se paró con las manos cruzadas, apoyándolas sobre su pantalón. Frente a él, había un hombre atado a una silla con un ojo cerrado. Tenía una cortada profunda en el pómulo izquierdo, de la que escurría sangre, y un velo de sudor escurría de su frente.

Frente a él estaba Elena y a un lado de ella, un joven que se paraba incómodo, cambiando su peso de un pie al otro. Vicente lo reconoció como la última contratación. Se preguntó en dónde estaría el otro, pero al mirar a su alrededor, vio un cuerpo tirado en una esquina como si fuera basura lista para sacarse. Con un suspiro adivinó que había hecho enojar a su impulsiva jefa.

Elena miró su manicure, y la mancha de sangre en su arma plateada, y se dirigió al hombre—. Tú me dices en dónde está Damián y yo te dejo ir. ¡Así de fácil y sencillo! No tienes por qué perder más dedos.

—¡No lo sé! ¡Te lo juro por mi vida! ¡Por la vida de

mis hijos! ¡No sé en dónde está! —lloró el hombre—. Ya le dije que yo solo le compraba barras de oro... no éramos amigos ¡Ni siquiera nos llamábamos por nuestros nombres! Desde que se fue no he tenido contacto con él.

Elena suspiró entre molesta y aburrida, y alzó la mirada. Observó nuevamente al hombre y encogió un hombro—. Te creo —dijo antes de dispararle dos veces en la cabeza.

Vicente se aclaró la garganta, esperando llamar su atención—. El sector del valle está listo. Tuve que sacar a cincuenta hombres del sector sur, esa zona está débil ahora pero los oficiales se mantendrán al margen.

—¿El senador?

—No va a hacer nada.

Elena sacudió la cabeza—. Me trajiste a un tipo que no tiene idea de nada, ¡otra vez!

Vicente puso las manos detrás de su espalda, aparentando aburrimiento. Elena ni siquiera lo notó. Caminó de un lado a otro como si estuviera hablando con ella misma.

—Primero al que le rentó la habitación en valle de Plata, y ahora uno que le estuvo comprando oro. ¿Qué sigue? ¿Me vas a traer al señor que le vendió cigarros en la secundaria?

—Vivió con él muchos años.

Elena continuó como si Vicente no hubiera hablado—. Y encima de todo vas de paseo con el senador. ¡¿Acaso sirves para algo?!— Miró a Vicente—. Llama a Esteban para que limpie esto.

Los tacones hicieron eco en las paredes de la bodega mientras Elena marchaba hacia la puerta.

—¿Qué estás haciendo?

Vicente la miró confundido—. Llamando a Esteban.

—¿No puedes caminar y llamarlo al mismo tiempo? ¡Hombres! ¡No tenemos tiempo que perder, vámonos! —miró al joven—. ¡Tú! ¡Empaca eso!— Señaló el dedo tirado junto al sujeto que estaba atado a la silla—. Lo vamos a enviar mañana mismo.

Vicente suspiró sacudiendo la cabeza molesto y la siguió al exterior mientras le pedía por teléfono a Esteban que fuera a limpiar la bodega.

—Si el senador se rebela-

Elena lo interrumpió —¡Rebelarse! ¡Já! El senador no tiene los huevos ni para levantarme la voz.

—La camioneta está de este lado —le dijo al verla caminar hacia el otro lado.

Elena abrió la puerta del Audi—. Tú ve en tu coche y yo en el mío. Tengo cosas que hacer después de ver al senador.

Su teléfono sonó cuando estaba subiéndose al coche—. Dime, Leandro.

—Elena, solo llamo para ver cómo va con el pendiente.

—Estoy en eso. No es necesario que me llames todos los días.

—No, no la quise incomodar, discúlpeme, es solo que con lo que pasó con Oto y Norberto, pues estamos preocupados.

—Leandro, sabes que para mí es un asunto de prioridad, de hecho estoy a punto de ver al senador. Te contactaré en cuanto tenga respuesta.

—Esperemos que sea pronto.

Elena sacudió la cabeza y colgó el teléfono irritada. De los cuatro guardaespaldas de Valderrama, dos habían muerto y dos esperaban que Elena cumpliera su promesa: la cabeza de Damián Ferrer.

Pensó en el día que estos hombres llegaron a su oficina a darle la noticia de la muerte de Javier. Mientras que una llamada había sido suficiente para avisar a los demás contactos de Valderrama, a Elena la habían visitado personalmente, era su privilegio por la íntima relación que mantenía con Javier.

Elena conoció a Javier Valderrama en una reunión familiar veintiún años atrás. Sus papás Guille y Cristóbal

Amador eran íntimos amigos de Vivién Merlo, la esposa de Javier. Elena tenía 19 años y estaba pasando por una crisis. Un año antes, su papá, un hombre extremadamente estricto y oficial de gran reputación, había sido descubierto violando a una joven. Con sobornos taparon el escándalo y Cristóbal recuperó su trabajo, la familia Amador comenzó a regresar a la normalidad lentamente, pero Elena nunca volvió a ver su padre de la misma forma después de haber sido ella, quien lo encontró en ese callejón. Elena se rebelaba y peleaba con su familia constantemente, y cuando Javier Valderrama apareció en su casa, Elena lo vio como la oportunidad perfecta para vengarse de sus padres. Para Elena fue fácil ver lo que había detrás de la fachada de ese caballero de 36, que parecía salido de la portada de la revista Fortune. Javier no era discreto en su forma de verla. Elena se movía consciente de las miradas de Valderrama, cruzando una pierna, o mostrándole su escote. En los días que él iba a la casa, Elena solamente usaba minifaldas y vestidos cortos. Ella lo provocaba y Javier siempre se aprovechaba. Durante un año el baño de visitas fue su rincón de pecado. Elena quería gritar ahí dentro, hacer que sus padres la oyeran alcanzar un orgasmo, pero Javier era un hombre discreto y sus padres jamás se enteraron. Vivién, la esposa de Javier, no soportaba a Elena, y Elena sabía perfectamente por qué, aunque no se explicaba las razones por las que no confrontaba a su esposo o pedía un divorcio. Parecía estar cómoda y el que su esposo tuviera una amante en sus narices era solo una incomodidad dentro de una vida llena de lujos y placeres. En más de una ocasión Elena se preguntó si quizá sus padres sospechaban, pero al final las familias se alejaron y las reuniones terminaron.

A los 21 años, Elena se salió de su casa y no volvió a ver a sus padres hasta que cumplió 26. Cristóbal Amador había sido herido en un operativo en donde intentaron capturar al Faquir, el líder de los Sangrientos. Cuando Elena lo fue a ver al hospital, no sabía qué esperar de la visita, pero secretamente esperaba que su padre le pidiera una disculpa por haber sido un hipócrita que le inculcaba honestidad a base de golpes siendo un criminal él mismo. Pero sus padres le exigieron que regresara a la casa y pusiera en orden su vida, ignorando cualquier intento de Elena de explorar el pasado. Al salir del hospital, Elena juró no volver a verlos, y como en una última acción contra su padre, se fue a buscar al Faquir.

El Faquir dirigía la organización de los Sangrientos. Una organización que se dedicaba a falsificar documentos y diversos productos. Se llamaban así porque cuando alguien los delataba, el Faquir los colgaba y les hacía una herida para que lentamente se desangraran hasta morir. Elena se tardó seis años en entrar a la organización. Mientras tanto, había encontrado trabajo como recepcionista en una empresa de transportes, aprendiendo sobre logística y operación. Ya había dejado el pasado atrás cuando un contacto le informó que la aceptaban en los Sangrientos.

Elena comenzó a trabajar para el Faquir y se ganó su confianza. En 2013, dos años después de que Elena se unió a la organización, la ambición del Faquir lo hizo intentar abrirse camino en el narcotráfico, fracasando y poniendo en riesgo a toda la organización. A pesar de que Vicente Tenorio era el segundo al mando, tras la muerte del Faquir, fue Elena quien tomó las riendas del negocio. Dejó a un lado el tema de las drogas y se enfocó en la falsificación de documentos y productos, agregando a su catálogo la distribución de medicamentos falsificados. Reclutó a cien estudiantes de secundarias públicas ofreciéndoles un trabajo bien pagado pero de veinticuatro horas. Creó una logística que distribuía los productos en rutas y horarios específicos, estableciendo una forma de operar por primera vez en los 11 años que llevaba la organización. Tras un año de haber tomado las riendas, los ingresos se elevaron al cielo, la organización cambió el nombre a los Ocultos, eliminó la práctica de desangrar a los traidores, pero metió una nueva regla: nunca podía estar solo un miembro de los Ocultos, varios debían estar cerca, moviéndose en grupos, y si alguien era detenido, los mismos Ocultos lo eliminarían antes de que empezara a hablar. En más de una ocasión se había ensuciado las manos y ya había dejado claro que no había nada que no estuviera dispuesta a hacer. No había persona que no respetara y temiera a la nueva líder. A pesar de que en las cabezas había gente leal, de los mismos estudiantes que habían intercambiado un futuro decente por lo que Elena les ofrecía, Elena necesitaba gente profesional y por primera vez en muchos años, llamó al hombre que podía ayudarla: Javier Valderrama.

Javier no dejó de sonreír en los veinte minutos que Elena le explicó sobre la organización. Después de tantos años sin verla, no pudo dejar de observarla con una mezcla de admiración y escepticismo. No podía creer que la joven de esa familia se hubiera convertido en esa mujer osada y sin escrúpulos. *Tu papá debe estar orgulloso.* Fue lo único que dijo sobre la organización que Elena dirigía, pero al final aceptó darle doscientas personas que inclusive él mismo contrataría y mantendría en nómina. Con las aportaciones de Javier, Elena llevó a los Ocultos a ser la organización criminal más redituable del país.

Elena no sentía nada por Valderrama, pero cuando él sugirió retomar la pasión dejada años atrás, Elena aceptó, enumerando una serie de condiciones. Javier seguía casado, aunque sin hijos, tenía muchos negocios, y ahora también se había convertido en el amante de una líder criminal. Y cuando fue asesinado, los cuatro guardaespaldas de Valderrama, le exigieron a Elena la cabeza de Ferrer y si no cumplía, se asegurarían de quitarle a los hombres que Valderrama mantenía en la organización. Hombres que se habían vuelto imprescindibles para los Ocultos.

2

Ciudad de Plata

El senador Rafael Vélez se disculpó en medio de la reunión diciendo que tenía una emergencia. Le pidió a su secretaria que cancelara todas las citas del día y con dedos temblorosos arrojó sus papeles con prisa al portafolio y sacó su celular.

—¡Maru! Llévate a los niños a casa de tu mamá, pasaré por ustedes más tarde... no tengo tiempo ahora... ¡Pues cancela las clases! ... en un rato te explico.

Salió con prisa hacia el ascensor, apretando su portafolio contra el pecho, y rezando una oración para mantener la calma. Los nervios le hicieron tropezar al salir del ascensor, el portafolio fue a dar al piso y los papeles salieron volando.

—¿Esos son los decretos?—. Un colega observó indignado mientras arrugaba los papeles para meterlos al portafolio.

El senador lo ignoró, levantó la fotografía de su familia con el vidrio ahora partido, y salió corriendo hacia la entrada del edificio. Se dirigía hacia la casa de su suegra, cuando recibió una llamada del número de su casa. Su esposa, Maru, le pidió que fuera para allá y colgó. Era evidente que alguien estaba con ella. Transcurrió los treinta y cinco minutos de trayecto a su casa maldiciendo a izquierda y derecha. Se metía entre reducidos espacios, provocando uno que otro enfrenón, y cruzó todas las luces amarillas y rojas.

Al llegar a la casa, su espacio estaba ocupado por una camioneta blindada y detrás de ella estaba un Audi negro.

A pesar de quererse bajar de inmediato, y asegurarse de que sus hijos y esposa estuvieran bien, se quedó paralizado en el coche, imaginando una horrorosa escena con sicarios apuntando sus armas a su desesperada esposa y a sus asustados niños. Al cabo de dos minutos se armó de valor y con dedos temblorosos abrió la puerta y caminó hacia la entrada de la casa.

—Pensamos que nunca entrarías—. Elena se cruzó de brazos junto a la puerta.

—Elena—. El senador ocultó sus nervios detrás de una voz firme, alzando la barbilla.

En la mesa del comedor estaban sentados sus hijos. Solos. Una escena muy distinta a la que se había imaginado. Maru salió de la cocina echándole una mirada que demandaba una explicación y Vicente salió detrás de ella con un vaso de agua.

—¿Están bien?— Miró a su esposa, pero fue Elena quien respondió.

—Están bien, por ahora.

El senador clavó su mirada en ella pero no se atrevió a pronunciar palabra.

—Siéntate, hablemos.

—Niños, vayan a sus-

—Todos se quedan—. Elena lo interrumpió—. Mejor que sepan lo que va a pasar si papi no coopera.

El senador tragó saliva, pero no discutió. Siguió a Elena al comedor y se sentó junto a Romina. Maru tomó la mano de Mateo y se sentó junto a él.

—¿Cómo te llamas?— Elena miró a la niña.

—Romina.

—¿Cuántos años tienes, Romina?

—Nueve años.

—¿Y tú?

El niño apretó la mano de su mamá antes de responder—. Mateo, tengo siete años y medio.

Elena asintió con una sonrisa y miró al senador—. Son encantadores. A esa edad deben de pensar que papá es un héroe, ¿no?

El senador apretó los labios e hizo una señal a su esposa para que estuviera tranquila.

Elena vio a Vicente, y como si hubiera recibido una señal, Vicente se abrió la chamarra, mostrándole una Beretta 92 al senador. Maru acercó la silla de su hijo y estiró la mano para tomar la de Romina, asustada y agradecida de que ninguno de sus hijos viera el arma.

—Escuché que superaste la pérdida de nuestro mutuo amigo, Valderrama. Demasiado rápido, ¿no lo crees? —Elena se acomodó el fleco hacia un lado y miró sus uñas—. Me hace pensar las peores cosas, ¿no estarías detrás de su… —Mateo la miró con el ceño fruncido—, deceso, ¿o sí?

—¡Por supuesto que no!

—Tranquilo, sé que no—. Elena sonrió, y puso un dedo en su barbilla. Maru entrecerró los ojos y Rafael tragó saliva, intentando controlar su pestañeo incesante.

—Mira, he hecho todo lo que-

—Shhh…. No queremos que hagas mucho, solo

localiza a Damián Ferrer. Puedes hacer eso, ¿verdad? —dijo frunciendo el ceño ligeramente—. Ni siquiera te tienes que ensuciar las manos.

El senador vio de reojo a los niños y a Maru. Involucrarse en el asunto podía terminar muy mal pero no era mucho lo que pedía Elena, y no tenía opción—. Sí, puedo hacer eso.

—¿Ves? No era para tanto—. Elena sonrió—. Sabía que podía contar contigo.

Vicente se levantó ajustándose el pantalón—. Tienes cuarenta y ocho horas.

—¿Qué? ¡Es muy poco tiempo! No esperan que-

La mirada de Elena bastó para silenciarlo—. Ya hemos perdido mucho tiempo y sé que para un hombre como tú no hay nada imposible—. Elena le guiñó un ojo a Mateo antes de dirigirse a la puerta.

—Elena—. El senador la siguió a la acera.

—Escúchame bien Rafaelito, hace tres días Ferrer mandó a matar a otro hombre de Valderrama. Con el van dos-

—¿Cómo sabes que es él? Pensé que se había fugado.

—¿Cómo sé que es él?—. Elena sacudió la cabeza—. Te doy el Oscar al más pendejo- no espera, Vicente se lo llevó esta semana.

Vicente exhaló irritado, desviando la mirada hacia la camioneta.

—No sé cómo chingados llegaste a este puesto pero intenta utilizar tu sentido común.

El senador la miró reprochando silenciosamente su tono.

—Valderrama tenía una escolta de cuatro guaruras—. Elena hablaba como si se dirigiera a un niño de primaria—. Esos cuatro estaban ahí cuando Damián mató a su jefe, así que son una amenaza para él. ¿Sabes cómo lo sé? ¡Son mis hombres ahora! Todos los hombres de Valderrama, pertenecen a los Ocultos. ¿Y sabes qué quieren? ¡La cabeza de Ferrer! ¡Vengar a su jefe! ¿Es tan difícil entender que Damián Ferrer tiene que terminar con ellos antes de que ellos terminen con él?

Vicente se mordió una uña queriendo salir de ahí. Al ver la expresión confundida del senador Vélez, decidió acelerar el proceso—. El cuerpo de Oto apareció atropellado cerca de las bodegas hace dos semanas, y Pascal fue envenenado la semana pasada-

—Creo que quedó claro el asunto. Tienes cuarenta y ocho horas Rafael.

Maru exhaló aliviada de que se hubieran ido. El senador cerró la puerta sin preguntar lo que le pasaría si no lograba conseguir la ubicación. Eran las tres y media de la tarde. El senador buscó en su teléfono el contacto de la División de Inteligencia. Una voz familiar respondió tras el primer tono.

—Fabián, necesito localizar a una persona. Es urgente.

—Senador Vélez, qué sorpresa.

—No tengo tiempo de explicarte, ¿quién es tu mejor investigador?

—Entiendo. Contacte a Ramírez, a él le puede dar los detalles de lo que necesita, y no se preocupe, le diré que es una prioridad.

—Gracias.

—Senador, aprovechando su llamada, tenemos pendiente un adeudo, si no me equivoco.

—Sí, sí_ —respondió molesto—, te lo envío esta semana—. El senador colgó y llamó a su secretaria.

—Senador, qué bueno que me llama, están esperando su respuesta para la prórroga de la sesión-

—Olvida eso, Laura. Te estoy mandando un nombre por mensaje, llama a Ramírez de la División de Inteligencia y dile que necesito localizar a este hombre.

—Senador-

—¡Aún no termino!

Laura se sorprendió de escuchar al senador tan

alterado. Llevaba ocho meses trabajando para él y se quejaba constantemente de su incompetencia, cuestionándose cómo habría llegado a esa posición, pero nunca había ignorado tan deliberadamente sus responsabilidades—. ¿Se encuentra usted bien?

Vaya estúpida pregunta, pensó el senador, parpadeando—. Es urgente que lo localice. La última vez que supieron de él fue en Julio, me parece, en Valle de Plata. Si el investigador Ramírez necesita algo ya sabe en dónde puede encontrarme, pero si no tengo esa ubicación mañana mismo, puedes decirle que se despida de su puesto.

Laura tomó nota con dedos nerviosos.

—¿Recibiste el mensaje que te envié?

—Sí. Pero, ¿cuál de los dos? —Laura leyó los dos nombres en el mensaje—. ¿Damián Ferrer o Manuel Padilla?

—Es el mismo, no sé cuál sea realmente su nombre, y Laura, no necesito decirte que este es un asunto confidencial—. El senador permaneció de pie con la mirada en la ventana apretando el teléfono.

—¿Qué demonios está pasando?, ¿qué tiene que ver Javier, que en paz descanse, con esos dos sujetos?

—Maru…

—¿Quién es Damián Ferrer? —Su esposa continuó con las preguntas, caminando de un lado a otro.

—No es nadie cariño, ha sido un día espantoso, vamos a comer, ¿está bien?

—¡¿Estás loco?!

—Maru tranquilízate, mira, cómprate algo—. El senador sacó su cartera y le ofreció cuatro billetes de quinientos.

Maru aventó los billetes al suelo—. ¿Estás loco? ¿Tranquilízate? ¿Cómo te atreves a pedirme que me tranquilice? ¡Esos dos entraron a la casa con un arma!— Maru intentó bajar la voz para que los niños no la escucharan—. Romina y Mateo me están haciendo preguntas sobre los amigos de papi, ¿qué quieres que les diga? ¿En qué carajos te metiste Rafael?

El senador movió la cabeza intentando pensar en una respuesta que satisficiera a su esposa.

—¿Quién es Damián Ferrer?

El senador suspiró irritado—. Es el hombre que mató a Javier.

Maru exhaló agitada, poniendo una mano en la cintura—. ¿Y ellos qué?

—Amigos de Javier. Quieren que les ayude a buscar a Ferrer.

—Eso me quedó claro —respondió alzando una ceja—. No parecen del tipo de gente que Javier tendría de amigos.

—No conocías a Javier.

—¿Estás bromeando? Javier y su esposa-

—Lo que quise decir —interrumpió el senador—, es que Javier tenía muchos secretos. Algo hizo con esta gente y ahora que no está, me están buscando a mí.

—¿Por qué?

—No lo sé—. El senador apretó los ojos y se llevó los dedos a la sien—. Esto no va a volver a pasar, ¿podemos dejar el tema?

Maru asintió cruzando los brazos, lejos de estar convencida. Miró el dinero y después a su esposo—. ¿Por qué no usas eso para comprarte algo de dignidad? —dijo antes de dar media vuelta y salir de la habitación.

Cuatro agentes discutían sobre un caso en la calle Primavera. El caso había sido asignado a Cruz y esa mañana se había dado el veredicto que declaraba culpable a la señora Hilda Pascal por haber asesinado a su esposo. Mientras que en la estación festejaban la victoria, Cruz no estaba convencido de haber cerrado el caso con éxito.

—Estás ansioso, nada más. La señora Hilda Pascal

irá a prisión y seguramente le agarraste cariño pero lo hiciste bien. Es el típico caso en donde la mujer se hace la víctima. No le des más vueltas, seguramente lo encontró con otra, ¡ve tú a saber!

—Les digo que no es lo mismo, faltaban cinco días para su aniversario y-

—Ella preparó la cena, no había nadie más en la casa. No hay testigos, y no tienes a ningún sospechoso. Te digo que ella lo envenenó.

—Cruz, hiciste los interrogatorios, entregaste la evidencia, armaste un caso y se resolvió. Ya déjalo.

—Baldosa tiene razón, tú conoces bien los porcentajes en los que la pareja comete el crimen, ¿por qué seguimos hablando de esto?

—Algo me dice que no fue ella, y si en verdad me equivoqué en el caso, estoy condenando a una inocente a pasar el resto de su vida en prisión—. Cruz alzó la vista, inseguro de hacer la pregunta—. ¡Orozco! ¿Tú qué opinas?

En el escritorio de la esquina estaba sentado un hombre de ojos avellana que escondía su juventud detrás de un bigote y barba recién cortados. A diferencia del traje negro con camisa blanca que usaban los demás agentes, él vestía una gabardina beige encima de una camisa y pantalones negros.

El detective Juan Manuel Orozco era la última adquisición de la agencia de Investigadores Privados. No solía involucrarse en los demás casos y no participaba en las conversaciones casuales de la oficina. No tomaba casos que no fueran de su interés o presentaran un reto, y se rehusaba a redactar personalmente los informes, lo que llevaba a una carga de trabajo extra para los demás. Pero mientras que los cuatro agentes privados tenían gran experiencia en casos de infidelidad y localizar personas, Juan Manuel Orozco era el único con experiencia en asuntos criminales. Había trabajado doce años para distintas agencias gubernamentales, y para el señor Argüello, el dueño de la agencia, era un investigador imprescindible. En alguna ocasión cuando un agente le preguntó por qué no abría su propia agencia, Orozco contestó encogiendo un hombro, ¿para qué, si aquí tengo cuatro secretarias?, refiriéndose a los demás agentes. Mientras que todos lo encontraban algo irritante, abierta o secretamente lo admiraban.

—¿Y bien?

Orozco había estado escuchando sobre el caso. Los argumentos eran lógicos y era evidente que la esposa lo había envenenado, pero así como Cruz, tenía sus dudas sobre la señora Pascal. Antes de que pudiera dar una respuesta, entró a la oficina el señor Argüello y todos regresaron a sus asuntos, dejando la pregunta en el aire.

—Orozco, anoche llegó un caso. Creo que esto te va a interesar—. El señor Argüello dejó caer un sobre manila al escritorio.

El detective Orozco sacó los papeles y leyó entre líneas, con sus ojos ubicando rápidamente las palabras importantes del documento. *Asesinato… fugitivo… Valle de*

Plata—. No.

El señor Argüello alzó las cejas sin tomar el sobre que le ofrecía el detective—. ¿No? ¿Puedes al menos leerlo con cuidado?

—El sujeto se fugó después de cometer un asesinato, ¿por qué no se lo das a uno de ellos? Baldosa es bueno localizando gente.

—No solo se trata de localizarlo.

Orozco lo volteó a ver, poniendo el dedo sobre el objetivo del caso.

—De acuerdo, sí. El objetivo es localizar al sujeto, pero no es tan sencillo como lo expones. El tipo no solo se fugó después de cometer un asesinato. Quizá ni siquiera sea ese su nombre.

—¿Doble identidad?

—Hay más interrogantes que respuestas en todo su caso. Ni siquiera la policía ha intervenido. Valderrama era un hombre importante para muchas personas, pero para la policía se convirtió en un caso más de Valle de Plata y sabes lo que pasa con esos archivos.

El detective lo miró extrañado.

—Créeme Orozco, es de esos que te gustan.

El detective suspiró y volvió a sacar los papeles. Parecía que estaba leyendo pero su mente estaba en algunos recuerdos de Valle de Plata—. De acuerdo, lo tomaré.

—¿En serio?

—Sí—. Orozco guardó los documentos y se levantó.

—¿Te vas?

—Ya sabes que me concentro mejor en mi casa—. Miró a los otros cuatro hombres que murmuraban como ofreciendo evidencia.

—De acuerdo—. El señor Argüello sacudió la cabeza perplejo y satisfecho, y dio media vuelta—. Cruz, felicidades por el caso de esta mañana.

El detective se subió al Sentra y aventó el sobre al asiento del copiloto. Logró avanzar unas cuadras antes de encontrar una fila interminable de autos parados ante una manifestación. Cuando logró pasar al carril derecho, se estacionó en las puertas de una ferretería y apagó el coche. Bajó las ventanas, encendió el radio y un cigarro, y sacó los papeles del sobre—. No hay tiempo que perder —murmuró, dando una fumada al cigarrillo.

Bienvenidos a ¿Quién sabe más? El único podcast de preguntas y respuestas en el que tú puedes ganar.

El detective subió el volumen sin quitar la mirada del renglón. En el espacio del nombre del cliente decía señora Millán. Sacó de la bolsa de su camisa una pluma fuente Montblanc y puso un signo de interrogación a un lado. *Nombre completo, señor Argüello.* Le dio otra fumada al cigarro, mientras el locutor dictaba las reglas del juego y presentaba a Federico, un profesor de ciencias en la Universidad del centro de Plata.

Comenzamos la primera ronda de diversas categorías, recuerda Federico, tienes cinco segundos para responder las preguntas. ¿Listo?

—*S.. Sí, sí.. venga.*

—*¡Arrancamos! ¿En qué lugar del cuerpo se produce la insulina?*

—Páncreas —dijo Orozco, circulando las fechas en las que trabajó Damián Ferrer en el Parque del Valle.

—*En el páncreas.*

—*¡Correcto! ¿Cómo se llama la estación espacial rusa?*

—Mir.

—*Mir.*

—*¿Cuál fue el primer metal que empleó el hombre?*

—Cobre.

—*…fue el…*

—Cobre —repitió el detective volteando hacia el radio.

—*Cobre.*

—*¡Correcto! ¿Cuántos corazones tiene un pulpo?*

—Tres.

Una corbata color vino rozó su hombro. Orozco no tuvo que voltear para saber que era su colega Baldosa el que estaba en la ventana.

—¿Ocupado?

—Sí —respondió sin bajar el volumen de la radio. En el fondo el locutor anunciaba que Federico había pasado a la siguiente ronda.

—Perdón si te asusté.

—No me asustaste —respondió Orozco sin quitar la vista de los papeles—. Te vi estacionarte atrás de mí.

—Sé que te acaban de asignar un caso pero Arzuela te está buscando. Necesita ayuda y con la manifestación vas a tardar horas en llegar a tu casa, así que si no estás haciendo nada y puedes regresar a la agencia-

Orozco alzó un dedo—. Déjame interrumpirte justo ahí.

—¡La avenida está parada! No te cuesta nada regresar y ayudarlo—. Baldosa apretó los labios al ver que Orozco ni siquiera le ponía atención—. No vas a regresar.

Orozco negó con la cabeza notando que la muerte de Valderrama no se había hecho pública. No solo los medios no lo anunciaron, la policía no emitió un reporte oficial. Orozco alzó la cabeza. *Era como si alguien hubiera ordenado discreción en el asunto, pero, ¿para qué?*

—Agh, típico. No sé para qué me molesto—Baldosa murmuró alejándose.

Regresamos para la ronda final, Federico, ¿estás nervioso?

—*¡Bastante!*

—No es momento de entrar en pánico, profesor—. El detective dio vuelta a la hoja y circuló el nombre de Andrés Montero.

—*¿Qué presidente de Estados Unidos tiene el billete de cien dólares?*

—*¡Benjamin Franklin!*

El detective sacudió la cabeza—. Pregunta capciosa. Franklin nunca fue presidente.

—*¡Oh no! ¡Benjamin Franklin fue uno de los Padres Fundadores de los Estados Unidos, pero no fue presidente!... Federico, ¿sigues conmigo?*

—*…. Sí, sí.*

—*De acuerdo, tienes una salvada que no utilizaste. Así que esta es la pregunta que te puede regresar al juego. ¿Quién descubrió… la composición de las estrellas?*

El detective alzó la vista por primera vez. Se llevó la pluma al labio y cerró los ojos intentando recordar—. 1925... Payne, Camila... Cecilia, ¡Cecilia Payne!

La voz del profesor se escuchó por encima de la alarma que anunciaba que se había terminado el tiempo. —*¡Cecilia Payne lo escribió en su tesis de astronomía!*

—*¡Es correcto!*

El detective asintió complacido. Apagó el radio y analizó las notas y círculos que había hecho en el papel. Cuando el tráfico comenzó a avanzar, encendió el vehículo y regresó a la avenida resumiendo su información sobre el caso. La señora Millán solicitó la localización de un hombre llamado Damián Ferrer, que tras haber asesinado a Javier Valderrama en Valle de Plata huyó del país. Debajo de la solicitud del cliente, venían los datos que el señor Argüello había sacado de la base de datos. Damián Ferrer nunca se había casado y no tenía hijos. No decía nada sobre sus padres o estudios, pero había trabajado en el parque de Valle de Plata hasta su clausura, y después en el Hotel Miranda. No tenía tarjetas de crédito, no había comprado casas, coches ni hecho inversiones. En la parte de observaciones, el señor Argüello agregó transacciones hechas a nombre de Manuel Padilla, pero si estaban en ese apartado significaba que no había evidencia de que fueran de él mismo.

El detective mostró una tarjeta en la caseta de la privada. Las casas eran pequeñas pero amplias y tenían constante mantenimiento. Se estacionó junto al

Mercedes de su vecino y bajó los papeles del coche. La casa estaba impecable, con muebles de madera fina y algunos cuadros en tonos cafés como el resto de la casa. No habían prendas tiradas ni platos sucios en la cocina. Bien podía ser una casa disponible y lista para ocuparse. El único espacio de la casa en dónde había indicios de que alguien la habitaba, era el cuarto que tenía en el piso de abajo, en una especie de sótano que ningún invitado, en la rara ocasión de que hubiera, podría presenciar.

Se sentó en un sillón ejecutivo detrás del escritorio de cedro rojo, y encendió la computadora, analizando nuevamente la información, y sintiéndose irritado por haberlo aceptado. Cualquiera de los idiotas de la oficina podía haberlo tomado. Pero el valle lo había hecho rechazar inmediatamente el caso, y el mismo valle le había hecho tomarlo. Por un momento le preocupó que las emociones influyeran en su investigación, pero descartó la idea de inmediato, pensando en los cientos de casos que había cerrado en su carrera.

Se levantó y observó la pared blanca del estudio, haciendo cálculos. Ingresó su contraseña en la red de la oficina y dio clic en su nombre. La información del caso se abrió en la pantalla. Después de unos clics, la impresora arrojó una imagen de Damián. El detective buscó notas de la clausura del parque y los nombres de los socios de Lucas. Después de varias impresiones, pegó en el centro de la pared la fotografía de Damián, y a un lado la de Javier Valderrama. Recortó un pedazo de estambre y pegó una punta en el rostro de Damián, y la otra en una imagen de Lucas Martín. La imagen de Lucas era del periódico en donde anunciaban que habían encontrado su cuerpo después de suicidarse. El detective se sorprendió al ver que Valentín Correa era uno de sus socios en el hotel. Él mismo había encontrado su cuerpo en Valle de Plata, cuando un viejo amigo le pidió ayuda en un caso.

Regresó al archivo del Parque del Valle. Lucas era el único dueño, pero en el Hotel Miranda se había asociado con tres hombres. Valentín Correa, Andrés Montero, y Javier Valderrama, *por supuesto*, pensó el detective, al encontrar la relación entre Damián y Valderrama. Lucas, Valentín y Valderrama estaban muertos, pero Andrés Montero tenía una dirección. El detective la anotó y siguiendo una corazonada, tecleó el nombre de Lucas Martín. En la base de datos aparecieron los nombres de su esposa e hijos. Miranda Bárcena había muerto en Valle de Plata, al igual que su hija, Zoe. Orozco anotó la dirección de Raúl, el único sobreviviente de la familia Martín, e imprimió las fotografías de los socios y familiares de Lucas.

Decidió investigar a Raúl Martín y Andrés Montero, asumió que ambos habían jugado un papel importante para Damián y por alguna razón, y una importante, no habían sido víctimas como los otros, probablemente habían sido sus cómplices, o en el mejor de los casos, un par de ignorantes con suerte. Observó la pared con las manos apoyadas en la cadera. En dos horas la había cubierto con un mapa conceptual. Decenas de líneas conectaban fotografías, recortes del periódico, y cuadros en blanco.

—Damián Ferrer, parece que cargas con muchos cuerpos en tu conciencia—. Tomó las llaves del Sentra y salió de la casa.

- - - - - - - - - -

Un conjunto de doce casas de lujo, un gimnasio y una alberca olímpica formaban la privada Montecarlo. Aunque la mayoría de las casas habían sido vendidas, la del fondo fue la primera en habitarse, dos semanas antes de la apertura oficial.

El comprador había encontrado la forma de convencer a las personas necesarias de que lo dejaran mudarse a su nuevo hogar. Solamente dos personas conocían su dirección, amigos cercanos que lo habían ayudado a mudarse. Por lo que fue una gran sorpresa que solo tres semanas después de vivir en Montecarlo, una mañana tocaran la puerta, y la voz grave de un hombre gritara su nombre.

Raúl se asomó por la ventana de la sala y vio un Sentra plateado estacionado frente a la puerta.

—Señor Martín, sé que está ahí dentro, abra por favor.

Raúl tomó su bate y abrió la puerta, asomando solo un poco la cabeza sin quitar el cerrojo—. ¿Sí?

—Detective Orozco, ¿puedo pasar? —preguntó, mostrando una identificación.

Raúl aventó el bate al suelo—. ¿Le puedo ayudar en algo?

—Necesito hacerle un par de preguntas.

Raúl quitó el cerrojo y se asomó a la calle, asegurándose de que no fuera una trampa y hubieran otros sujetos acompañando al supuesto detective.

El detective Orozco miró la casa con cierta curiosidad. Desde el exterior esperaba ver un hogar lleno de lujos, pero fuera de los acabados con los que había sido construida la casa, estaba vacío. No habían cuadros en las paredes ni plantas o centros de mesa exóticos. Solo muebles de un gusto mediocre, sosteniendo algunas prendas de ropa. *Parece que Lucas te dejó una cómoda herencia*, pensó, mientras seguía a Raúl al patio de afuera en donde había una mesa con una sombrilla y cuatro sillas, y una fuente sin agua.

—Todavía no está completamente terminada —dijo Raúl apenado, siguiendo la mirada del detective.

—Tiene una hermosa casa.

—Gracias.

—¿Cómo es que logró mudarse a Montecarlo antes de la apertura del residencial?—. El detective se quitó el sombrero y lo puso sobre sus piernas. Acomodando unos mechones de cabello detrás de sus orejas.

Raúl se llevó las manos a la cabeza—. Mire, lo siento. Sé que no estuvo bien pero era un asunto de urgencia y-

El detective rio—. Tranquilo, no estoy aquí por eso. Era simple curiosidad. Usted es profesor, ¿cierto?

—No—. Raúl rio—. Doy clases de tenis, pero es temporal.

Llevaba tres semanas dando clases de tenis a niños de familias adineradas. No necesitaba el dinero, necesitaba una fachada. Aunque ahora se comenzaba a preguntar si maestro de tenis no había sido una pésima coartada, ¿quién en su sano juicio creería que un maestro de tenis podría pagar una casa en Montecarlo?

—¿Emprendedor?

—Tres veces al año, a veces cuatro. ¿Estoy siendo investigado por alguna razón?

—No, usted no está siendo investigado.

—Ah—. Raúl miró hacia el interior de la casa y golpeó con el pie impaciente.

—¿Es un mal momento?—. El detective siguió su mirada.

—No, no, es solo que dejé una partida en pausa y ya sabe cómo es esto.

El detective asintió, pero no en respuesta a Raúl. Su deducción de que habían sido cómplices o ignorantes era acertada. No estaba seguro de Andrés, pero Raúl definitivamente entraba en la última categoría, un ignorante con suerte—. Iré al grano, señor Martín-

—Raúl—. Lo interrumpió—. El señor Martín era mi padre.

—Raúl, ¿conoce al señor Damián Ferrer?

Raúl soltó una pequeña risa irónica—. ¿Conocerlo? No. Damián es un extraño.

—¿Cuál es su relación con él? —preguntó sacando un pequeño block y tomando nota de la indiferente reacción al nombre de Damián. Su grado de ignorancia era extremo, tomando en cuenta que las víctimas de Ferrer eran familiares directos suyos.

—Ninguna. Ese hombre está muerto para mí.

—Entiendo que eran amigos, inclusive vivieron juntos.

—No. Yo lo consideraba mi amigo, él no sé qué rayos pensaba. Un amigo no se va así nada más, sin saber si sobreviviste, o sin darte una maldita explicación.

El detective Orozco se levantó, dejando el sombrero sobre la mesa y sacó un cigarro—. ¿Le importa?

Raúl sacudió la cabeza.

El detective encendió el cigarro y miró seriamente a Raúl—. Raúl, ha habido una serie de asesinatos de mujeres y hombres. Asesinatos probablemente cometidos por Damián Ferrer. Este sujeto es peligroso, y se mueve en silencio.

—No sabe en dónde está y dijo probablemente, así que no tiene evidencia... O sea que no tiene nada—. Raúl sabía que Damián no era quién él pensaba, pero tampoco creía que fuera un asesino. Aunque estaba muy seguro de que esa amistad había terminado, no pudo evitar sentirse a la defensiva.

El detective Orozco apagó el cigarro recién encendido y se sentó jalando la silla y acercándose a Raúl—. Usted era cercano al señor Ferrer, de usted depende que estas familias encuentren justicia.

—¿Qué familias?—. Raúl preguntó fingiendo exagerado interés. Nunca había sido un sarcástico pero las últimas semanas lo habían amargado.

—¿Qué tal la suya? Justicia para el señor Lucas Martín, su padre.

—Mi padre se quitó la vida. Nadie más jaló el gatillo.

Raúl había escuchado la noticia del suicidio de su padre a unos metros del hospital en donde lo dejaron aquella noche. Nunca quiso pensar si Damián lo orilló a hacerlo o no, de cualquier forma no le interesaba saber nada de ninguno de los dos.

El detective miró hacia la jardinera—. Sería terrible que después de haber sido solo una pieza en el juego del señor Ferrer, sea usted quien pague los platos rotos. Por obstrucción de justicia, o complicidad.

Raúl se tronó los nudillos, moviéndose incómodo en el asiento—. Dice que no tiene evidencia, ¿cómo puede estar tan seguro de que es culpable de algo?

El detective Orozco miró a su alrededor antes de responder—. Le diré algo sobre mí. Llevo más de trece años resolviendo crímenes. No tomo cualquier trabajo, me gusta saber que hay realmente un caso y no solo personas confundidas y ofendidas. He estado en todos lados y conocido a todo tipo de personas. ¿Sabe cuántos casos he dejado sin resolver?

Raúl sacudió la cabeza.

El detective hizo un círculo con la mano derecha—. Ninguno. ¿Quiere saber sobre la evidencia contra el señor Damián Ferrer? Esto es lo único que hay que saber: La voy a encontrar—. Le aseguró el detective, antes de caminar hacia la puerta.

Raúl lo observó desde la silla del patio.

—Le reitero la importancia de que colabore con la investigación, señor Raúl—. Sacó una tarjeta de su saco y la dejó sobre el sofá junto a la puerta antes de marcharse.

3

Utqiagvik

Gina seguía dormida cuando Damián bajó a utilizar una de las computadoras del hotel. De vez en cuando leía las noticias. Se decía a sí mismo que solo quería estar enterado, pero en el fondo solo quería asegurarse de que Raúl no estuviera en algún encabezado. Nunca se decía nada del Valle, ni siquiera habían sacado una nota sobre la feria en Agosto, pero esa mañana le llamó la atención la nota de Ciudad de Plata. *El crimen se eleva en la ciudad.* En la madrugada habían encontrado dos cuerpos tirados en la carretera. El cuerpo de Arturo Macías, que se presumía que llevaba muerto más de una semana, y el cuerpo de Federico Lozano que llevaba sin vida unas cuantas horas.

Damián observó los cuerpos de Federico, su comprador, y de Arturo, su amigo y dueño de las cabañas en donde había vivido.

Esto no es una coincidencia. Aún estaba intentando hacer la conexión cuando una voz lo interrumpió.

—Mr. Padilla-

Damián apagó la computadora y volteó a ver a Frederick, el recepcionista que lo llamaba desde la puerta.

—Yes—. Damián respondió levantándose, con un nudo en la garganta.

Frederick le explicó con satisfacción que se había desocupado una de las habitaciones con vista al mar. Después de arreglar todos los detalles para el cambio, Damián salió del hotel para tomar aire.

Recargado en la pared del hotel, Damián recordó a su amigo de Valle de Plata. Se había preocupado por Gina y Raúl, las únicas personas que apreciaba, y suponía que eran los únicos que podrían ser objetivos en caso de que quisieran llegar a él. Ni Arturo ni el comprador habrían tenido idea del paradero de Damián. Se imaginó al par de hombres siendo torturados sin tener la más mínima idea de lo que estaba pasando. Damián vio pasar a un repartidor al interior del hotel. Entró detrás de él, soplando entre sus manos para entrar en calor. Se dirigía al ascensor cuando Frederick volvió a llamarlo. Esta vez le anunció que el repartidor había dejado una carta para su habitación aunque podría tratarse de una confusión ya que no tenía destinatario, remitente ni dirección de envío. Extrañado, Damián leyó el contenido: *Damián, tienes que regresar. Es urgente.*

Al levantar la vista, Frederick tenía la misma cara de consternación que él. Antes de que comenzara a hacerle preguntas, Damián le aseguró que se trataba de una broma y metió la nota a la bolsa del abrigo. Le agradeció y dio la vuelta, caminando deprisa al elevador. Al llegar a la habitación vio la cama vacía.

—¿Gina?

Al no escuchar respuesta, sus peores temores comenzaron a llenarlo de dudas— ¡Gina!—Después de recorrer la habitación se regresó a la puerta. Había una nota pegada al marco en donde Gina escribió que bajaría a la cafetería. Exhaló aliviado, sintiéndose ridículo de su repentina paranoia y salió de la habitación.

Gina metió las manos al abrigo y se sentó en uno de los gabinetes del restaurante del hotel—. ¿Me da un cofi, plis?

El mesero asintió sonriendo—. Right away.

—Igualmente—. Gina le sonrió sin entenderle.

—Pensé que me habías dejado —bromeó Damián sentándose frente a ella, al mismo tiempo que dos sujetos se sentaban detrás de él.

Gina sonrió—. En tus sueños. ¿Todo bien?

—Se desocupó una de las habitaciones con vista al

mar. En la tarde hacemos el cambio.

—Qué bien, qué bien —respondió bajando la mirada.

—No estás feliz.

—¡Sí, por supuesto!

Damián volteó hacia atrás. Dos hombres de negocios con cabello gris se estaban acomodando en el gabinete de al lado. Uno de ellos tenía la estatura y porte de Valderrama. Miró a Gina.

—Vista al mar, ¡guau! —dijo Gina fingiendo entusiasmo, y decidió mejor hacer un cambio de tema. Si ella ya se había aburrido de pensar en Valderrama cada que veía a un hombre vestido de traje, Damián seguramente ya estaría harto—. Me hubiera gustado estar en la feria.

Damián no quería saber nada de Valle de Plata pero le siguió la corriente para no caer en otra discusión—. Ha de haber estado muy divertida.

Gina soltó una pequeña risa, echándole una mirada—. Ajá.

Damián apretó las manos de Gina—. Me alegra que estemos aquí.

Gina pensó lo mismo. No se refería al hotel o la cafetería, sino juntos. Quizá se había perdido la feria, y habían pasado muchas cosas que no calificaría de buenas y alegres, pero en todo el caos había encontrado a un hombre con el que estaba dispuesta a pasar el resto de su vida. Pensó en Lázaro, alguna vez había dicho lo mismo de él… Pero ahora era distinto, con Damián todo era distinto.

—¿Qué tienes ahí? —preguntó la siempre curiosa al ver el papel que salía de su abrigo.

Damián no pensaba compartirlo con ella, pero con un suspiro sacó la nota.

—¿Raúl? —preguntó tras leerla.

—No.

—¿Quién más?

—¿Conoces a Raúl? —Damián alzó una ceja—. Él jamás me mandaría algo así y menos ahora.

Gina asintió—. ¿Una mujer?

Damián apretó los labios escondiendo una sonrisa.

—¿Qué vas a hacer?

—Nada. Quizá reconsiderar nuestra fecha de partida.

—Me refiero a la persona que mandó el mensaje, ¿cómo podemos averiguar quién lo mandó?

—¿Qué importa?

—¡Tienes que ayudarlo!_ —Gina respondió algo indignada.

—¿Por qué?

—¿Por qué? Alguien que te conoce está en problemas, y te está pidiendo ayuda. Puede ser alguien cercano, ¿qué tal que sí es Raúl?

—No sé qué te hace pensar que voy a correr a salvarlo, los dos sabemos perfectamente que no soy ningún héroe.

—Tampoco eres un cobarde.

Damián apretó las manos intentando calmarse. Consideró pararse e irse a la habitación pero no la dejaría sola, y mucho menos ahora que había recibido la nota. Se preguntó si Raúl le habría dicho a alguien en dónde estaba. Después de todo, lo había llamado desde un celular, para Raúl no sería difícil averiguar en dónde estaba.

—¿Huiremos toda la vida? —preguntó Gina en voz baja y muy seria.

Damián la observó antes de responder. Suspiró tranquilizándose e intentando adivinar lo que pasaba por su mente—. No estamos huyendo, solo estamos manteniéndonos al margen de lo que pasa en la ciudad.

Gina asintió.

Damián suspiró derrotado—. No sabía que querías regresar al valle.

—No, ¡no es eso!

—Gina, en broma o no, lo has mencionado mucho últimamente.

—¿Sí? No lo había notado… Bueno, también he mencionado un par de veces casarnos—. Gina arrugó la barbilla y encogió los hombros.

Damián sonrió—. Ya te dije que si es importante para ti, lo hacemos.

—Gracias señor romántico—. Gina bebió un trago del café—. Regresando a Valle de Plata, no importa si yo quisiera regresar, tú has dejado muy claro que no vas a regresar y no pienso separarme- espera, ¿me estás dejando? Porque estoy segura de que nuestras discusiones son algo normal, no discutía así con Lázaro pero seguramente pasa en todas las relaciones y además el clima-

—¿Qué? ¡No! Gina, lo que quiero decir—exhaló intentando ser claro—. Lo que quiero decir, es que has pensado mucho en tu antigua vida y creo que estás confundida.

—Confundida, yo—. Gina cruzó los brazos.

—Crees que extrañas el valle, pero lo que extrañas es tener una vida normal. Y no te culpo.

—No tenía una vida normal, ¡era aburrida! Contigo todo ha sido tan… tan…

Damián alzó una ceja.

—Impredecible.

Damián esperó.

—Sí, de acuerdo, las cosas han estado algo tensas y a veces no me siento muy yo, pero te amo. Lo sabes, ¿verdad?

—Claro que lo sé, y tú también lo sabes. Pero eso no hace que las cosas sean más fáciles para ti. Gina, yo estaba acostumbrado a la tensión, tú no.

Gina sacudió ligeramente la cabeza alzando las cejas—. Puedo acostumbrarme.

—¡No quiero que te acostumbres!

Gina volteó a ver al mesero que los miró como si dudara en acercarse.

—Solo quiero que seas feliz —agregó en un tono más bajo—. Y a veces no sé si estando conmigo puedas serlo.

Gina parpadeó un par de veces, cerrando su abrigo—. A veces pienso que eres el hombre más inteligente que he conocido—. Se levantó de la silla—. Pero otras creo que eres el más estúpido.

Damián echó la cabeza para atrás pero decidió no seguirla. Los dos necesitaban espacio. Por supuesto que la amaba, era feliz con ella, pero ella no. Cuando estaba despierta se la pasaba mirando sobre su hombro y cuando dormía la perseguían las pesadillas. Damián sabía cómo era vivir así y se rehusaba a aceptar ese estilo de vida para ella.

Cuando Damián regresó a la habitación, encontró a Gina recargada en la ventana.

—Me preocupa Lázaro… he estado pensando mucho en él últimamente —admitió extrañada, ignorando el pleito del restaurante.

—¿Sí?

—¿No crees que de alguna forma lo relacionen con todo eso?

Damián lo pensó por un momento—. No. Lázaro estará bien. No hay nada que lo conecte a mí—. Una voz en su cabeza lo hizo dudar, pensando que también había creído que no había nada que lo conectara al comprador o Arturo.

—Pero yo soy la que mató a-

—Shhh—. Damián la interrumpió—. Yo lo hice. Gina, yo lo hice.

—No hay nadie escuchando, y si sigues diciendo eso vas a terminar por creerlo.

Damián se sentó en la cama. Cruzó una pierna y apoyó la cabeza sobre su rodilla.

Gina volteó lentamente a verlo—. ¿Cómo me imaginas cuando dices que quieres que sea feliz?

Damián pensó antes de contestar. Esas palabras habían hecho que Gina se levantara ofendida de la mesa y no quería volver a alterarla—. Te imagino en una casa con un jardín soleado, una fuente, un perro, no, dos perros—, la volteó a ver. Gina intentaba contener una sonrisa—, riendo, con el cabello suelto y despeinado. Quizá a una distancia razonable del cine.

Gina sacudió la cabeza pero la respuesta la había hecho sonreír—. Aunque eso suena muy bien —dijo acercándose a la cama—, te faltó algo muy importante. Tan importante que esa antojadiza escena sería imposible. Al menos la parte donde estoy riendo.

—¿No dije dos perros?

Gina sacudió la cabeza—. Tú.

En lugar de responder con palabras, Damián se levantó buscando sus labios.

—¿Cómo suena Gina Ferrer?—. Gina miró hacia un lado considerándolo.

Damián sonrió—. Suena bien.

Gina arrugó la nariz—. No es un fuerte incentivo para una boda, ¿verdad?

Damián la tomó suavemente del cuello e inclinó su cabeza hacia atrás. Gina cerró los ojos, sintiendo las manos de Damián bajar por sus hombros y detenerse en sus brazos. Sin apartar sus labios, más que para quitarse la bufanda, Gina lo empujó hacia la cama avanzando con él.

Ciudad de Plata

Raúl se acostó en el sofá pensando en Damián. Había borrado su teléfono y no quería saber nada de él. Se creía un estúpido por pensarlo, pero tampoco le deseaba nada malo. Se levantó y encendió la consola para distraerse, al mismo tiempo se abrió una caja en la pantalla con un avatar morado.

¿No te tocan los Vélez?

Cancelaron, respondió Raúl, y después agregó una carita feliz.

¿Una partida? A lo mejor hoy sí es tu día de suerte.

Raúl pensó en contarle sobre la visita del detective pero decidió hacerlo después. *No, cambié de opinión, me conecto más tarde.* Escribió antes de apagar la consola.

Miró hacia su nueva casa, sintiéndose culpable por extrañar el departamento. Nunca había tenido un espacio tan grande, pero tampoco se había sentido tan infeliz. Había recibido una fortuna, pero en el proceso sentía que lo había perdido todo.

Sintió una vibración y sacó su teléfono del bolsillo. Una notificación anunciaba un correo nuevo. Se sentó en un sofá a leerlo, era del detective:

Raúl, espero que esto le haga cambiar de opinión,

Zoe Martín: Reportada en Mayo 2019 en Roble 6. Valle de Plata. Supuesto suicidio. Principal sospechoso: Damián Ferrer

Miranda Bárcena: Encontrada en Junio 2019 en Valle de Plata. Homicidio, estrangulación. Principal sospechoso: Damián Ferrer

Valentín Correa: Encontrado en Septiembre 2019 en Valle de Plata. Causa desconocida. Fecha estimada de muerte: Julio 2019.

Javier Valderrama: Reportado en Julio 2019 en Roble 6. Valle de Plata. Homicidio, arma de fuego. Principal sospechoso: Damián Ferrer

Son cinco muertes señor Raúl, entiendo que alguna vez haya sentido una gran amistad por él, pero no quiere ser cómplice de este asesino, le podría salir muy caro.

Detective Juan Manuel Orozco

Raúl se levantó y recargó sus manos detrás de su cabeza, recordando la llamada histérica de su mamá, diciendo entre gritos que su hermana se había quitado la vida. Raúl había dejado de ser parte de esa familia tiempo atrás pero le costó trabajo creerlo. Tan solo unas semanas después, su padre le informó de la muerte de Miranda. Una conversación que más que informarle lo que había pasado con su madre, los llevó de regreso al pleito eterno entre padre e hijo. Raúl sacudió la cabeza, intentando no pensar en Lucas.

¿Sería Damián capaz de cometer esos crímenes? Intentó recordar la conversación que había tenido Damián con Lucas esa última noche. Mencionó a Zoe, sabía cómo había muerto, pero eso no quería decir nada, ¿o sí?

Con la respiración agitada regresó a la computadora. Damián se había ido. Para siempre. Y ahora era la libertad de Raúl la que estaba siendo amenazada. Si a Damián no le importaba, ¿por qué a él debería de importarle? Caminó hacia el bote de basura y sacó la tarjeta del detective.

—Raúl, me alegra que haya cambiado de opinión. ¿Por qué no viene a la agencia? Aquí podremos charlar sin distracciones. La dirección está en la tarjeta.

—¿Ahorita? —¿*sábado a las ocho de la noche?* —Este... ¿No prefiere el lunes?

—Esto es una prioridad, señor Raúl. Le aseguro que no le tomará mucho tiempo.

—Bueno va, está bien—. Raúl colgó el teléfono y se dirigió al coche perdiendo la confianza. *De todas formas no sé en dónde está, no es como si lo estuviera entregando a la policía.*

No manejó durante mucho tiempo. Había poco tráfico y en solo quince minutos el GPS anunció que había llegado a su destino. Se estacionó y verificó que la dirección fuera la misma de la tarjeta. El número que indicaba era de una casa con un portón negro que impedía ver al interior, no de la estación de policías que Raúl esperaba encontrar. Se bajó del coche mirando hacia las otras casas, y tocó el timbre sin saber qué esperar.

—¿Sí? —Un hombre de traje abrió la puerta.

—Hola, no sé si estoy en el lugar correcto. Vengo a ver al detective Orozco.

El hombre asintió—. ¿Raúl Martín? Pasa, te está esperando.

Orozco salió al pasillo—. Gracias Arzuela, sígueme Raúl. Te agradezco que hayas venido.

Raúl lo siguió por el pasillo, echando miradas a las habitaciones que albergaban escritorios y muebles de oficina. Escuchó un teléfono sonando en algún lado, pero parecía que el detective y Arzuela, el que abrió la puerta, eran los únicos en la casa.

—Le dije que no tomaba cualquier caso. Solamente los casos en los que encuentro una cierta dificultad, o reto.

—¿Es un reto el caso de Damián? —Raúl alzó una ceja.

—El señor Ferrer es muy astuto.

—Me imagino—. Suspiró Raúl, intentando recordar por qué había aceptado asistir.

El detective le ofreció una bebida y Raúl aprovechó su ausencia para revisar el lugar. Abrió los cajones esperando encontrar la supuesta evidencia que tenía el detective contra Damián, no para tomarla, solo por curiosidad, pero no encontró nada. Los cajones estaban vacíos y el anaquel solo tenía material de oficina.

El detective Orozco dejó el café sobre la mesa frente a Raúl—. ¿Tres de azúcar?

—Sí. Gracias—. Raúl acercó la taza a sus labios pero al sentir el vapor decidió dejarla en la mesa para enfriarse—. ¿No tiene un hielito o…?

—Entonces. ¿Lo ha contactado el señor Ferrer?

—Lo ha intentado. Creo. Borré su teléfono. Esta no es su oficina, ¿verdad?

—Trabajo en casa. ¿Cómo sabe que es él?

Raúl pensó en el mensaje que le había dejado en el buzón, pero prefirió mantenerlo en secreto—. Una corazonada.

El detective asintió, pero antes de que pudiera retomar el tema, Raúl lo interrumpió.

—Solo quiero decir algo. Voy a contestar todas sus preguntas, pero yo no creo que Damián Ferrer sea un asesino.

El detective frunció el ceño—. Pensé que había recibido mi correo.

—Sí. Lo vi.

—Entonces-

—Eso no significa nada.

—El señor Ferrer vivía en Valle de Plata, en donde todos los asesinatos fueron cometidos. La única razón por la que no mencioné el supuesto suicidio de Lucas Martín es porque la evidencia confirma que él mismo lo hizo, como usted señaló, pero eso no significa que el señor Ferrer no-

—¡No lo hizo! Mire, entiendo que lo relacione a él.

—Son muchas coincidencias, ¿no lo cree? Miranda, Zoe… ¿cómo explica que la gente que se relaciona con el señor Damián Ferrer se suicide o termine muerta y él no tenga nada que ver?

—Sí. De acuerdo, se conectan a él, quizá. Pero está olvidando algo, Lucas Martín fue un hijo de puta y yo conocí su verdadera cara, no el día que me estuvo torturando sino desde que era un niño. Si mi mamá fue asesinada y mi hermana se quitó la vida, pudo haber sido por él, de hecho tiene más sentido.

El detective asintió lentamente, entendiendo la percepción de Raúl—. ¿Cree que todos estaban relacionados con Lucas Martín?

—Javier y Valentín eran sus socios, ¿en serio me está haciendo esa pregunta?

—Entonces, en su opinión, ¿por qué se quitó la

vida?

—En mi opinión se la tenía que haber quitado mucho tiempo antes.

El detective lo observó durante un momento. Raúl odiaba a su padre y estimaba a Damián, aunque estuviera tan enojado que no podía aceptar que era su amigo. En lugar de confrontarlo o convencerlo, decidió cambiar de dirección.

—¿Qué fue lo que pasó el quince de Julio?

Raúl exhaló, sumiéndose en el asiento y recordando ese pésimo día—. Damián me llevó al trabajo.

—Después de robar su coche y hacerle creer que alguien más lo había hecho—. El detective cruzó las manos sobre la mesa.

Raúl le echó una mirada, *si ya sabe todo para qué me pregunta*—. Sí.

—¿Y después?

—Simón, un amigo, me llamó para decirme que había visto el Renault en un estacionamiento público cerca de su trabajo.

—¿Cómo sabía que era su coche?, ¿no podía ser de otra persona?

—Por las placas. LUAR333—. Miró al detective—. Raúl al revés.

El detective hizo una anotación en su cuaderno—. Continúe, ¿qué pasó después?

—Le marqué a Damián para darle la buena noticia, ya sabe, de que el coche había aparecido, pero no contestó.

—Porque en ese momento estaba cometiendo un asesinato.

—Eso no lo sé —respondió Raúl, seriamente.

—Lo siento—. Hizo un ademán para que continuara.

—Tomé un taxi y recogí el coche, le volví a llamar a Damián, le dejé un mensaje- de hecho, le estaba dejando el mensaje cuando una camioneta blanca, de esas que usan para transportar turistas, me empezó a defensear y luego me chocaron, haciéndome perder el control.

—¿La camioneta pertenecía a los sujetos que lo secuestraron?, ¿sabía que iban por usted?

Raúl asintió—. Era de ellos pero no, ¿cómo iba a saber? No sé, pensé que se trataba de una broma. Yo no era nadie, ni tenía nada, ¿para qué querrían llevarme? Lo único que se me ocurrió es que querían llegar a mi papá, pero después comenzaron a llamarme Manuel y pensé que todo era una confusión.

—Entiendo que lo torturaron estos sujetos.

—Bajo la orden de mi papá.

—¿Qué hizo el señor Lucas Martín al verlo?

Raúl bajó la mirada, y apretó los dedos—. Tenía la cara hinchada y llena de sangre. No me reconoció.

—¿No le dijo quién era?

—Lo intenté.

—Pero siguieron torturándolo.

—Hasta que llegó Damián.

El detective asintió—. ¿Qué hizo el señor Ferrer?

—Le dijo a mi papá que él era a quien buscaba, y le dijo que era yo, su hijo, el que estaba ahí sentado.

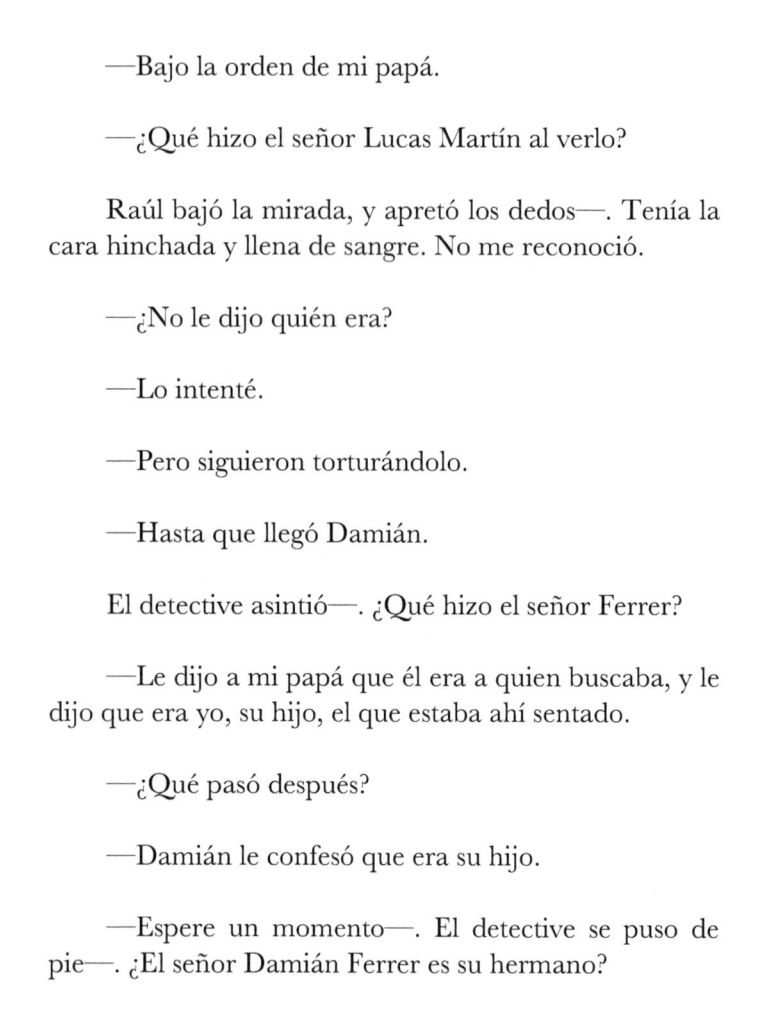

—¿Qué pasó después?

—Damián le confesó que era su hijo.

—Espere un momento—. El detective se puso de pie—. ¿El señor Damián Ferrer es su hermano?

Raúl asintió—. Hijo de otra mujer, pero sí. Damián es mi hermano.

—No lo mencionó antes—. El detective se reprochó por no saberlo. Antes de la llegada de Raúl había sacado toda la información de Damián pero su padre era una interrogante, debía haberlo deducido.

—Lo estoy mencionando ahora.

El detective sacó más papeles del folder y en donde tenía el perfil de Damián, tachó la palabra huérfano y escribió el nombre de Lucas, después extendió una mano—. Por favor continúe.

—Me llevaron a un hospital y no los volví a ver.

—¿Levantó una denuncia?

—¿Contra quién?, ¿mi papá?, ¿mi hermano?

—Entiendo que la policía llegó al hospital—. El detective sacó el documento que contenía su conversación en el hospital con los oficiales.

—No me acordaba de nada.

—Eso fue lo que les dijo.

Raúl lo miró. Ambos sabían que eso era una mentira.

—Lo último que se sabe del señor Ferrer, es que llegó al aeropuerto acompañado de una mujer. ¿Sabe quién es ella?

Raúl miró al detective—. Gina. No recuerdo su apellido—. Se mordió el labio, esperando que no fuera suficiente para encontrar a Damián.

—¿Cómo la conoce?, ¿podría hablarme de ella?

—No la recuerdo bien, solo la vi en una ocasión que Damián la llevó al departamento.

—¿Cómo la conoció el señor Ferrer?

—No tengo idea.

—¿Alguna vez habló de algún país que quisiera visitar?, ¿sabe a dónde pudo haber ido?

—No —respondió y bebió un sorbo del café.

—Si tuviera que adivinar, ¿a dónde diría que fue?

—¿África? —Raúl respondió alzando los hombros.

El detective entrecerró los ojos, considerando otras formas de trabajar con Raúl—. ¿Sabe? Hablé con el señor Andrés Montero hace un rato. Él también tiene una gran estima por el señor Ferrer.

Raúl alzó una ceja—. Yo no tengo ninguna estima por-

—A lo que me refiero, es que Damián tiene cierta… facilidad, para acercarse a las personas. Pero por otro lado, hay personas que lo consideran un sociópata. Y personas profesionales, como la psicóloga Miranda, por ejemplo.

Raúl entrecerró los ojos—. Está mintiendo.

El detective apretó los labios—. No.

—¿No? Ya sé, preparó un discurso para convencerme.

—No tengo que hacerlo—. Empujó un folder manila hacia Raúl, y cruzó los brazos—. Encontraron esto en el departamento de Gina Navarro.

—¡Entonces sí sabe con quién se fue!

—Mi trabajo es saber, señor Raúl.

Raúl asintió, leyendo la etiqueta pegada al sobre *sesiones de Damián Ferrer.*

El detective sacó las hojas y las puso encima del sobre. Raúl solamente vio la firma de su mamá hasta abajo—. ¿Tiene más preguntas que hacerme o ya me puedo ir?

El detective suspiró y se recargó en el respaldo—. Puede irse. Solo le voy a pedir una cosa, si lo contacta por favor avíseme.

Raúl salió de la casa y cruzó la calle sin fijarse. Un taxista lo esquivó, tocando el claxon y gritando por la ventana pero Raúl no lo escuchó. Se subió al coche y apretó el volante con las manos. *Ese expediente no significa nada. Damián no mató a mi mamá. ¿Para qué? Él jamás haría algo así.*

- - - - - - - - -

—¿Qué noticias tienes, Laura? —El senador Vélez rodeó la alberca sintiendo el pasto en los dedos de los pies.

—Aún nada, senador.

El senador bajó el teléfono frustrado y se llevó una mano a la frente. Su esposa lo veía desde el comedor, en donde estaban cenando los niños.

—Pensé haber dejado claro que esto era de vital importancia.

—Lo sé, senador. Por eso estoy aquí a las ocho de la noche de un sábado —respondió su asistente en un tono de reproche.

—Entiendo, y no me imagino que será más fácil pasar el domingo ahí. Recuérdale a Ramírez que esto es serio. Se acaba el tiempo y tiene mucho que perder si no cumple.

—Sí, senador.

El senador vio a la señora Beatriz acercarse con una charola. Llevaba diez años trabajando para su familia y el senador no sabía nada de ella, ni siquiera su apellido.

—¿Gusta que le prepare algo de cenar, señor? —le preguntó, ofreciéndole una bebida.

El senador tomó el vaso y negó con la cabeza. La señora Beatriz asintió y se marchó.

—¿Qué va a pasar si no lo encuentras?

El senador brincó al escuchar a su esposa. Unas gotas del whisky cayeron sobre su camisa—. ¡Maru! ¡Por Dios, me vas a dar un infarto!

—Ya sé que no te gusta que me meta en tus asuntos, pero te pregunto porque creo que esto no solo te concierne a ti.

—Ya, ya, no es para tanto—. El senador se quitó la camisa y se sentó con los pies en el agua.

—¿Vas a nadar?

—¿Qué quieres que haga? ¡¿Eh?! ¿Compro un boleto y me pongo a viajar por el mundo para ver si lo encuentro?

—Quizá sea yo la que compre un boleto. Tal vez sea hora de llevarme a los niños.

—Maru, no digas pendejadas.

—¿Qué van a hacer si no lo encuentras?—. Maru alzó la voz.

—Lo voy a encontrar, ¿sí? Por una vez confía en mí, carajo.

Maru sacudió la cabeza y dio media vuelta. Antes de entrar a la casa escuchó un clavado a la alberca pero no volteó a ver a su esposo.

- - - - - - - - -

Elena estaba recostada en la tina con una copa de vino tinto en la mano. Neuriel Montoya se paró en la puerta sin playera y usando unos pantalones de mezclilla demasiado grandes. Elena abrió los ojos y giró levemente la cabeza, observándolo.

—Javier subió unos kilitos —dijo Neuriel, estirando los pantalones de la cintura.

Elena bebió un sorbo de la copa y cerró los ojos nuevamente.

—¿Te gustan?

—No—. Elena abrió los ojos al escuchar un sonido de indignación de Neuriel—. No te ofendas, me gusta lo que hay debajo.

Neuriel sonrió y después sacudió la cabeza, quitándose los pantalones—. Nunca he entendido por qué usan esto. Es tan... equis. Me acuerdo que mi papá los usaba todo el tiempo. Soy la primera generación de los Montoya que usa ropa decente.

—Primera y última si dejas a tu esposa esperando —dijo Elena al ver su intención de acompañarla en la tina.

—Vamos a cenar. Escuché que inauguraron un restaurante de comida francesa, y estoy seguro que el vino te va a gustar.

Elena alzó su copa apretando los labios—. ¿Por qué no mejor la llevas a ella?

—La señora Montoya no merece que la lleve a un lugar así, créeme —dijo alzando las cejas—. No para de hablar de los demás, me vuelve loco. Ponerte al día está bien, es sano inclusive, pero desde que salió en la portada de High Class Citizen no deja de traer gente a la casa. ¿Qué ha hecho ella? ¡Nada! Todo se lo he dado yo. Se le olvida que lo único atractivo que tiene es mi apellido.

Elena lo miró entretenida.

—En todo caso pensé que podía quedarme esta noche. Estos viajes de negocios salen sin previo aviso.

Elena sonrió, enderezándose.

Neuriel se lamió los labios observando el cuerpo de Elena—. Creo que es momento de que desocupes un cajón para que pueda traer algo de ropa, un hombre como yo no sale vistiendo mezclilla.

—Ya lo hemos hablado, Neuriel. Pasamos un muy buen rato, no compliquemos las cosas. Ve a casa —dijo cerrando los ojos y recostándose nuevamente.

Neuriel apretó los labios y asintió—. Entiendo, no quieres que te presione—. Regresó a la habitación y se puso su traje negro. Mientras se ponía el saco observó las luces de la ciudad. Vivir en la zona más cara de la ciudad le hacía sentir importante. Desde el ventanal podía ver su casa en la glorieta de enfrente. Las luces estaban prendidas, se preguntó a qué grupo aburrido habría llevado ahora su esposa. Suspiró y se asomó al baño.

—Entonces nos vemos después—. Sacó su teléfono—. Agh, olvidé llamar a Leandro.

—¿Leandro?

—Uno de los hombres que trabajaba para Javier—. Neuriel sacudió una mano—. Ha estado insistiendo en trabajar para mí.

—¿Confías en él?

—¿Bromeas? Era un hombre de Valderrama.

—¿Y no estaba con él cuando mataron a su jefe?—. Elena alzó una ceja y se llevó la copa de vino a los labios.

Neuriel soltó una pequeña risa—. Sí. Pero me da confianza. No sé, quizá le de una oportunidad—. Neuriel la miró—. No son temas que te interesen. ¿Mañana trabajarás hasta tarde?

—Tal vez.

—Te estaré esperando—. Le mandó un beso y salió de la habitación.

Elena sacudió la cabeza. Neuriel se comenzaba a poner demandante. Si el sexo no fuera tan bueno, ya lo habría mandado a volar.

- - - - - - - - -

Raúl dio vueltas en la cama sin poder conciliar el sueño. Cuando por fin se estaba quedando dormido, su teléfono sonó con un enojado Simón del otro lado de la línea.

—Me plantaste.

—¿Qué?

—Te esperé dos horas en el bar.

—¡Simón! Se me olvidó por completo—. Raúl se enderezó frotándose los ojos—. Fui a ver al detective.

—¿Un sábado en la noche? No te creo.

Raúl suspiró viendo el reloj—. Pensé que era más tarde.

—Son las diez, ¿qué haces?

—Estaba dormido.

—Me cambiaste por quedarte en la cama, guau.

—Estoy cansado, el detective Orozco es un hombre muy intenso.

—¿En serio estabas con él?

—Sí, me estuvo interrogando. Dijo- bah, dijo muchas cosas.

—Cuenta.

—Prefiero no hablar de eso_ —respondió Raúl pensando en el folder de su mamá.

—Bueno, al menos sé que estás vivo y no te pasó nada.

—Perdón güey, se me olvidó.

—No te creas, llegó mi hermano por eso estuve ahí dos horas. No eres mi novia, no te hubiera esperado más de veinte minutos.

—¿Ya llegó tu hermano?

—Sí, hoy en la mañana. Ya le dije que tiene que ir a conocer tu casa, se va a volver loco.

—Mañana nos ponemos de acuerdo, ¿va?—. Raúl se levantó.

—Vale, luego nos vemos.

Raúl bajó a la cocina y se sirvió un vaso de agua. Aunque Simón y Mateo se habían negado a aceptar la repartición del oro, Mateo sí aceptó una combi que adaptó para hacer un viaje de dos meses recorriendo el continente, y mientras él hacía su viaje, Simón visitó constantemente a Raúl en su nuevo hogar. Nunca hablaban de temas sentimentales, pero para Simón era obvio que Raúl extrañaba a Damián.

Raúl abrió la puerta que estaba debajo del lavabo, y mientras le dio un trago al agua, observó las maletas que escondían las barras de oro. Todavía tenía para comprarse cien casas más de esas. Sacudió la cabeza, pensando en que no tenía nada qué hacer con eso. Quizá el tema lo amargaba porque estaba enojado con Damián, o porque ese oro venía de su padre. Cerró la puerta y regresó a la habitación.

Utqiagvik

Era de noche cuando Gina y Damián regresaron al hotel. Habían visitado la pequeña iglesia de San Patricio, aunque no habían pasado más de diez minutos en el interior. Damián se sentó en la banca de hasta atrás a contemplar a los creyentes, y a pesar de que había sido idea de Gina entrar, ella había mantenido la mirada en el suelo, y veía de reojo, como si se ocultara de alguien o intentara pasar desapercibida.

—¿Qué te pasó allá adentro?

Gina sacudió la cabeza—. No lo sé. Fue mala idea entrar.

—¿Por qué?

—Pues nunca he sido una gran creyente, pero estoy segura de que hay ciertos límites para asistir a esos lugares. Dudo mucho que cualquiera con un pasado como el nues- como el mío, pueda llegar ahí a hablar con Dios como si nada.

Damián solo la observó.

—Creo que algún día tendré que pagar por lo que hice.

—Yo creo que ya estás pagando.

Gina se dejó caer en la silla con los brazos abiertos—. Siento este constante malestar... como si tuviera náuseas todo el tiempo. ¿Te ha pasado? Además está el pleito mental—. Se llevó las manos a la cabeza—. Todo el tiempo está una voz defendiéndome, diciendo que lo que hice no fue tan malo, y en el fondo sé que sí lo fue. No importa si el tipo valía o no valía, lo que hice es imperdonable.

Damián la observó desde la otra silla, algo en la escena le recordó sus sesiones con Miranda.

—¿Desearías no haberlo hecho? —preguntó casual, sin emociones ni juicios detrás de sus palabras.

Gina se enderezó, con las manos en los brazos de la silla—. ¡No! ¡No! ¡Por supuesto que no! Lo volvería a hacer sin dudarlo.

Damián apretó los labios sin dejar salir su sonrisa.

—Por eso sé que soy una mala persona—. Gina sacudió la cabeza derrotada.

—¿Una mala persona? ¿Tú, Gina?

Gina lo miró intentando detenerlo—. No quiero que me hagas sentir mejor.

—Un policía que está siguiendo a un criminal y le dispara antes de que escape. ¿Es buena o mala persona?

Gina frunció el ceño sin entender el sentido de la comparación—. Está haciendo su trabajo.

—Una persona que mata en defensa propia, ¿es buena o mala persona?

—Entiendo hacia dónde vas, por eso no me arrepiento de haberlo hecho. Pero eso no me hace una buena persona.

—¿Bajo qué estándares? —preguntó Damián con sinceridad—. Admiras a los soldados que van a la guerra a matar a personas que ni siquiera conocen, ¿cuál es la diferencia de que un civil mate a un enemigo? Mira yo no soy nadie para enseñar sobre moral, pero te diré algo, y no es por consolarte, aunque me encantaría encontrar la forma de hacerlo.

Gina alzó la mirada.

—No es el hecho de matar o salvar a alguien lo que te hace buena o mala persona. Es tu motivación al hacerlo. El policía que le dispara al criminal que está apunto de lastimar a un inocente, no es igual al policía que le dispara a un sospechoso por el simple hecho de que puede hacerlo, para demostrar su poder, para demostrar que es superior, o porque puede. Eso Gina, es lo más vil del ser humano, y eso es de lo que hay que cuidarse.

Gina miró hacia la ventana. Las palabras de Damián hacían sentido, pero no lograba encontrar consuelo en ellas.

—No te voy a decir cómo sentirte, solo quiero que analices si te estás condenando por razones tuyas, o si te condenas porque crees que debes hacerlo. Tú no saliste a matar a alguien ese día, actuaste bajo una amenaza.

Gina asintió lentamente—. Empecemos el año en otro lado. Hagamos algo nuevo, dejemos esto atrás. No sé... podríamos ir a un lugar más calientito, quizá a esa isla paradisíaca que mencionaste en la ciudad y buscar una casa de esas que tienen perros y me hacen feliz.

Damián sonrió, acercándose a ella—. Me encanta la idea—. Le dio un beso en la frente, pensando que el cambio de escenario no serviría de nada. Mientras Gina no estuviera dispuesta a perdonarse por lo que había hecho, cargaría con ello de un extremo a otro del planeta.

Ciudad de Plata

El senador Vélez estaba acostado en un sillón del estudio con el teléfono en la mano. Tenía la mirada fija en el reloj de pared. Era domingo, eran las tres de la tarde y a las cinco se cumplirían las cuarenta y ocho horas. Elena no había sido capaz de encontrar al hombre en dos meses, ¿qué le hacía pensar que él podía hacerlo en cuarenta y ocho horas? *Tienes acceso a la agencia nacional de investigación* le respondió a la voz de su cabeza, pero no estaba seguro si había algún investigador en todo el país que pudiera lograrlo. Buscó en los contactos el teléfono de su secretaria y se llevó el teléfono al oído.

—Senador, estaba a punto de llamarlo.

El senador frunció el ceño—. ¿Lo encontraron?

—Hotel Top Of The World, en Alaska—. La voz de su secretaria sonaba cansada e irritada—. El investigador Ramírez espera una gratificación.

El senador hizo una pausa, sintiendo un espasmo de emoción al saber que le había cumplido a Elena—. ¿Estás completamente segura?

—Se registró bajo el nombre de Manuel Padilla el dieciocho de Julio.

—¿Y cómo sabemos que es él?

—Está con Gina Navarro, una mujer que vivía en Valle de Plata en el edificio donde Javier Valderrama fue asesinado.

El senador asintió—. ¿Quién conoce esta información?

—Solamente el investigador Ramírez y yo. Usted dijo que era privado.

—Que así se mantenga.

—Sí, por supuesto. Y, ¿senador?

—Dime.

—Meteré las horas extras en esta quincena.

—Sí, sí —respondió molesto antes de colgar. Estaba llamando a Vicente cuando vio las maletas en la entrada de la casa—. ¿Te volviste loca?

—¿Qué quieres que haga? No pienso esperarlos aquí con los brazos cruzados. ¡Esa gente-

El senador alzó un dedo, silenciándola, y se pegó el teléfono al oído—. Dile a Elena que ya está. Te enviaré un mensaje con su ubicación.

—Muy bien, Rafaelito.

El senador colgó satisfecho y se volteó hacia su esposa—. ¿Por qué no puedes confiar en mí?, ¿no he logrado bastante?

Maru entrecerró los ojos—. ¿De verdad lo encontraste?, ¿no le estás mintiendo a ese hombre porque estás asustado y quieres que te dejen en paz?

El senador suspiró acercándose a ella—. Maru, soy el Senador Rafael Vélez, a mí nadie me asusta.

Maru alzó una ceja—. De acuerdo, senador —dijo en tono despectivo—. Si todo está bajo control puede regresar las maletas.

El senador vio a su esposa marcharse y bajó la mirada a las maletas—. ¡Beatriz! ¡lleva esto a la habitación!

4

Ciudad de Plata

El Audi negro se detuvo frente a la bodega a las cuatro de la tarde. En el interior estaba Nacho, el joven de la última contratación de los Ocultos.

—¿Conociste los sectores? —preguntó Elena sin detenerse.

Nacho la siguió hacia la oficina—. Solo el sector Norte.

Elena asintió, abriendo la puerta de su oficina—. Te tengo una misión importante —le dijo tomando asiento.

Nacho asintió, tronándose los dedos. Elena sonrió—. Tranquilo, no es muy distinto a lo que hiciste el otro día.

—Claro que sí jefa, ¿a quién hay que traer?—. Nacho se preguntó si no le asignarían a un nuevo compañero, aterrado ante la idea de hacerlo solo, pero no se atrevió a preguntar.

—¿Mandaste lo que te pedí?

—Sí, en cuanto me envió la dirección lo mandé—. Nacho sacó de su pantalón un papel—. Aquí está el comprobante, dije que era de su parte, como usted indicó y no revisaron nada. Me dijeron que llega mañana.

—Perfecto—. Elena sonrió—. Vicente pasará por ti en veinte minutos. Estate listo.

—Sí jefa, claro.

—Espero que te guste viajar en avión.

—Me encanta—. Nacho tragó saliva, sin decir que nunca lo había hecho.

Elena sonrió y asintió viendo la puerta.

—Con permiso, jefa. Ah, ¿le puedo traer algo?

Elena negó con la cabeza sin perder la sonrisa. Nacho se marchó nervioso. Elena abrió las persianas de su oficina, Nacho estaba parado como un soldado junto al portón. Elena sacó una agenda y un marcador rojo del cajón. A su derecha había un pizarrón de plumones con un calendario. Giró su silla observando el pizarrón. En cuatro días de la semana estaba escrito en azul Operativo Fem y en rojo Proyecto E. No le gustaba tener que sacar a Vicente de la ciudad ahora, pero Damián Ferrer era una prioridad y debía ser tratado como tal. Revisó su reloj, eran las seis con quince. Tomó el radio y comenzó a hacer llamadas.

Los líderes de los miembros de los Ocultos sabían que los domingos a las seis treinta debían prestar especial atención a su radio. A Elena le gustaba confirmar las actividades de toda la semana y les resolvía cualquier duda u obstáculo para que pudieran hacer sus funciones. Todos tomaban ese apoyo muy en serio, ya que el incumplimiento de funciones, por muy sencilla o grande que fuera, era severamente penalizado. Adicional a la breve plática con Elena de los domingos, cada mes se reunían en la bodega.

Las reuniones duraban entre cinco y seis horas, en dónde todos rendían cuentas de lo que habían hecho. Elena no daba segundas oportunidades, y a pesar de que en más de una ocasión, algún trabajador había perdido la vida a manos de Elena en esas mismas reuniones, los líderes sentían una gran admiración por su jefa. Elena, a su vez, se sentía orgullosa de ese grupo de personas por las que nadie daría un peso, y que eran miembros leales y extremadamente productivos de los Ocultos. Cada semana le recordaban que no eran las habilidades y talentos lo que hacían a una persona un buen empleado, sino su compromiso y pasión por la causa.

Utqiagvik

Damián y Gina pasaron la mañana del lunes en la playa pero el frío los hizo regresar temprano a la habitación y cambiaron su plan de visitar el centro cultural por películas en cama. Cuando bajaron a comer, una chica de la recepción llamó a Damián para informarle que le había llegado un sobre.

—Me muero de hambre, ¿no nos quieres ir pidiendo algo?

Gina frunció el ceño—. ¿Pasó algo?, ¿mandaron otra nota?

—Creo que solo es algo sobre la habitación, ahorita te alcanzo.

Gina asintió y se paró de puntitas para darle un beso en la frente—. Te voy a pedir una burger porque no sé cómo se pide lo demás.

Damián la observó marcharse y tomó el sobre que le ofrecía la recepcionista. Vio a Gina sentada en una de las mesas del restaurante y sin molestarse en ponerse nuevamente los guantes, salió del hotel para abrirlo.

Se te acabó la suerte. Espero que no te hayas ilusionado demasiado. Valderrama tenía muchos amigos… tú, ya no tantos.

La letra era distinta. Damián no sintió la fuerza que ejercía en el papel hasta que se rompió la mitad. Alzó la vista, seguro de que el que lo había entregado estaba cerca, pero en lugar de ir a buscarlo, subió a la habitación y llamó a Raúl, con la esperanza de que esta vez sí respondería.

Con un gruñido arrugó el papel y lo tiró a la basura. Sacó de la caja fuerte un revólver y lo puso sobre la cama. Utqiagvik ya no era un lugar seguro. Descolgó su ropa, dejando solo los abrigos y botas y sacó dos maletas.

Al escuchar la puerta, Damián alzó el arma instintivamente.

Gina llevaba veinte minutos esperando en la cafetería. Como pudo, le dijo al mesero que regresaría pronto y subió a buscar a Damián.

Al llegar a la habitación, vio en el suelo, junto a la puerta, una cajita negra con un moño. Sonrió levantándola, *¡que sea un anillo!, ¡que sea un anillo!, ¡que sea un anillo!*

En el interior había un dedo con la uña morada y manchas de sangre—. ¡Ahhhh!—. La cajita salió volando al mismo tiempo que su grito hizo eco en el pasillo y Gina abrió la puerta deprisa sintiendo repulsión y miedo, pero al ver a Damián sosteniendo un arma se quedó inmóvil.

Damián exhaló bajando el arma, y regresó la atención a la maleta—. Te explicaré todo, pensaba bajar en un minuto.

—¿Trajiste un arma? ¿Sabes qué? ¡No importa! Voy a vomitar, voy a vomitar —dijo apresurándose al baño.

—¿Qué pasa?—. Damián se acercó a ella con más interés.

—¡Un dedo! ¡Eso pasa! ¡Había un dedo en la puerta! ¡UN DEDO! —gritó histérica.

—¿Qué?

—Parecía un regalito—. Gina se llevó una mano a la frente y caminó de un lado a otro.

Damián salió de la habitación y encontró la caja que había aventado Gina. En menos de un minuto ya estaba de regreso—. Tenemos que salir de aquí.

Gina seguía caminando histérica cuando vio un papel arrugado en el bote de basura. Lo levantó, y con ojos perplejos leyó la amenaza—. Ay nanita.

Damián la volteó a ver.

—¿Sabes quién lo mandó? —preguntó Gina. Damián sacudió la cabeza, eso no la tranquilizó—. ¿Qué piensas hacer?, ¿irnos a dónde? Damián, ¿por qué rayos estás separando mis cosas?

—No puedes venir conmigo.

—¿Entonces qué?, ¿así nos separamos?, ¿decides

dejarme en la punta del continente y-

Damián soltó su ropa y tomó a Gina de los brazos—._No te estoy dejando. Me iré un par de semanas máximo, solo necesito arreglar esto. Tú mientras irás a un lugar cálido, tal y como lo hablamos, y yo te voy a alcanzar- —un destello lo hizo mirar hacia la esquina de la puerta del baño. Siguió con la mirada el cable que no había estado ahí en la mañana.

—¡¿Ahora sí piensas ir a la ciudad?! ¡Perdiste la cabeza! ¡Deberías- no, deberíamos de estar huyendo!

Damián no respondió, sus ojos estaban en el micrófono que estaba al final del cable. No sabía si habían cámaras, no hizo movimientos que delataran su nuevo descubrimiento.

—Yo estoy aquí alterada y tú estás como si nada. ¿Por qué estás como si nada?, ¿hay algo que no me estés diciendo?

—¿Qué te dice este mensaje? —Damián le quitó el papel a Gina.

Gina alzó las cejas, sintiéndose puesta a prueba—. ¿Que te encontraron?

—Raúl —dijo el nombre tan bajito que Gina casi no pudo escucharlo.

Gina entrecerró los ojos.

—¡Ese puto dedo puede ser de él! —Damián dijo en

un tono que seguro escucharían y dejó caer el papel, regresando su atención a la maleta—. Tenías razón. No podíamos huir para siempre.

—Pensé que no estábamos huyendo.

Damián suspiró—. Él estaría bien si no lo hubiera dejado atrás.

—¿En verdad piensas eso? ¡Ay no puedo creer que yo esté diciendo esto! No es tu culpa lo que le está pasando a Raúl, ¡ni siquiera sabemos si le pasó algo!

Damián apretó los labios, no quería que en el micrófono escucharan ese nombre. Si aún no habían llegado a Raúl, lo buscarían si supieran que era alguien importante.

—¿No es mi culpa?, ¿no lo torturaron para llegar a mí?, ¿otra vez?

—¿Otra vez? —Gina recordó la vez que salieron de la ciudad. Damián no había entrado en detalles sobre lo que le pasó a Raúl—. Si piensas que está muerto... no tenemos nada que hacer allá—. Gina puso las manos encima de la maleta, impidiendo a Damián continuar.

Damián la hizo a un lado sin ningún esfuerzo.

—Eres un tipo intenso, Damián, todo por destruir y todo por salvar, ¿no? —Damián la miró seriamente, sin responder—. Tenemos que estar juntos—. Sin perder tiempo comenzó a tomar sus prendas de una maleta y arrojarlas a la maleta de Damián—. Voy a ir contigo. Y no veo cómo me lo vas a impedir—. Gina apretó su ropa temiendo que Damián la sacara.

Gina no quería regresar a la ciudad o a Valle de Plata, pero no estaba dispuesta a quedarse sola en Utqiagvik, o en ninguna parte del planeta sin saber cuándo, o si regresaba Damián.

—Tal vez pueda ser más útil de lo que piensas — dijo en un afán de convencerlo. En el desierto o en la punta del mundo, eso dijiste, ¿no?

—¡No en el matadero!

Gina alzó las cejas, y Damián suspiró reprochándose por haber dicho eso—. No estoy diciendo que-

—No importa—. Gina cruzó los brazos, y alzó la barbilla—. Iremos juntos, ya lo decidí.

—Esto no te va a ayudar con las pesadillas —dijo Damián, cerrando la maleta con la ropa de ambos.

Damián y Gina esperaron su turno en la recepción. Una joven pareja festejaba su segundo aniversario y se lo hacían saber a todos los que cruzaban mirada con ellos. La mujer entusiasmada y el esposo orgulloso. Damián les ofreció una pequeña sonrisa pero Gina comenzó a hacerles preguntas sobre sus viajes.

—No vamos a la ciudad_—Damián dijo cuando Gina terminó su conversación con la joven pareja.

Gina asintió sorprendida—. Me alegra que cambiaras de opinión—. Se mordió un labio—. ¿Se puede saber por qué?

—Nunca fue mi plan ir a la ciudad. Nos estaban oyendo allá arriba.

—¿Quiénes?

—Encontré un micrófono y quiero que piensen eso.

—¿Quién?

—No lo sé. Voy a pedir que me enseñen los videos de las cámaras de seguridad.

—Tienen que ser los hombres de Valderrama—. Gina asintió—. ¿Y Raúl?

Damián suspiró—. Tendrá que arreglárselas.

Gina no podía creerlo—. Lo pueden estar torturando. Pero sí, sí, es mejor no ir.

—El dedo no es de él.

—¿Cómo puedes estar tan seguro? Era un dedo normal —respondió con asco al recordarlo.

Damián sacudió la cabeza—. Es de alguien que conocía. Vi su cuerpo en las noticias. Curiosamente le faltaba el pulgar.

—¿De quién?, ¿lo conozco?

Damián la miró—. Arturo, el dueño de las cabañas del valle.

Gina recordó al señor que le ofreció llevarla en su camioneta cuando estaba investigando sobre Damián—. ¿Las cabañas donde estuviste viviendo?

Damián asintió.

—Qué horror. Lo siento mucho, Damián.

—No importa. Lo único que quiero es que tú estés a salvo.

—Ya sé que soy un poco dramática y de verdad me pone los pelos de punta el pensar que vayas a la ciudad en donde están estos salvajes pero tengo que preguntar, por el bien de Raúl o de tu consciencia, ¿estás seguro de que no quieres ir?

—Sabes que no regresaría ahí por nada del mundo.

Gina asintió, y en ese momento Frederick les hizo una señal para que pasaran. La pareja les hizo una señal en despedida y los vieron partir riendo hacia el elevador.

Frederick aceptó mostrarle los videos de las cámaras, pero un problema técnico les impidió hacerlo. Durante treinta minutos no se había grabado nada, un daño en la grabación o, como Damián bien sabía, alguien había dañado las cintas. Tras informarles que la siguiente transportación al aeropuerto era a las diez de la mañana, Gina sugirió que un cambio de habitación sería una medida de seguridad suficiente. No había a dónde ir a esa hora, era casi la media noche y estaban a doce grados bajo cero. Frederick les ofreció la habitación de al lado, que era la única disponible, aunque Damián se negó a darle detalles de la situación.

Gina pasó una mano en el espejo de la nueva habitación desempañándolo a la altura de sus ojos. Damián estaba acostado con los ojos cerrados, pero ella sabía que no estaba dormido. Probablemente no dormiría hasta estar en el avión. Por un momento quiso olvidar los eventos del día. Pensar en cualquier cosa menos lo que había encontrado. Se quitó cada prenda lentamente, observando los ojos que la veían en el espejo, no podía reconocer a esa mujer. Su ropa quedó en el suelo y solo quedaba el collar que Damián le había regalado. Un sol que representaba la luz que había llevado Gina a su vida. Lo tomó, pensando en lo mucho que quería a ese hombre, nunca había amado a alguien de la forma en la que lo amaba a él, y aún así, su vida no era lo que esperaba. Damián era un hombre de acción, pasar el día viendo a los jugadores, o paseando por una playa o en una iglesia no era lo que Damián quería hacer. ¿Por qué lo hacía? En Valle de Plata Gina estaba acostumbrada a su hogar, no tenía un trabajo ni el ritmo de vida de Damián, intentó recordar lo que hacía, ¿qué la hacía levantarse de la cama antes? Y, ¿a dónde había ido ese motivo? Pensó en las palabras de Damián, ¿es la culpa?, ¿es la rutina?, ¿es este lugar? Parecía que Damián era su única razón para levantarse, ¿qué tan patético era eso? Si perdía a Damián... no, sacudió la cabeza negando esa posibilidad. Una risa se formó en su garganta, quizá sea solo una crisis de la edad. Con un suspiro se quitó el collar y se metió a la regadera.

El ruido de la puerta despertó a Damián. La única luz en la habitación venía del reloj digital que estaba sobre la mesa que decía las dos de la mañana con seis minutos. Al abrir los ojos vio la silueta de un hombre junto a la cama. Se enderezó bruscamente pero un objeto metálico chocó contra su frente, haciéndolo perder la visibilidad y caer en un sueño profundo.

Con un fuerte dolor de cabeza volvió a abrir los ojos. Parpadeó un par de veces antes de ver la hora, eran las cuatro y media, y su cama estaba vacía.

—Gina—. Damián brincó de la cama y abrió la puerta del baño—¡Gina! —exclamó mirando alrededor de la pequeña habitación—. No, no, no, esto no está pasando.

Con un fuerte dolor de cabeza y un nudo en el estómago salió al pasillo pero no había señales de que Gina siguiera ahí. Abrió el closet y los cajones de las cómodas hasta que encontró una nota:

Elena te espera mañana a las doce de la noche. Tu novia perderá un miembro por cada hora que la tengas esperando. Tú decides cuánto de ella quieres que te mande.

Damián volteó el papel, esperando ver una dirección, pero no había nada más—. ¡Maldita sea! —gritó, golpeando el cajón con el puño.

Se metió al baño y se echó agua a la cara, esperando despertar de esa pesadilla. Al ver su reflejo en el espejo, entendió que no era un sueño, era real. Se habían llevado a Gina y tenía menos de cuarenta y ocho horas para encontrarla. *No saben con quién se metieron.*

Se vistió deprisa, tomó su arma y su cartera y bajó al lobby sin equipaje ni explicaciones. Frederick lo saludó desde la recepción, pero Damián lo ignoró. Se metió a una de las computadoras y buscó vuelos a Ciudad de Plata.

AVN 520 20 oct 06:30 – 21 oct 04:30
AVN 467 20 oct 22:30 – 21 oct 20:30

Damián miró hacia el lobby, la camioneta del hotel estaba estacionada afuera. Si salía en ese momento, quizá podría llegar al primer vuelo que salía a las seis y media. Apagó la computadora y se dirigió a la recepción. Le contó a Frederick que tenía una emergencia y tenía que llegar al aeropuerto, pero Frederick le explicó que no tenía conductores y que tendría que esperar. Tampoco habían taxis ni forma de salir de ahí hasta esa hora. Damián miró a Frederick, tomando una decisión.

—I'm so sorry —le dijo antes de tomarlo de la cabeza y azotarlo contra la recepción, dejándolo inconsciente. Brincó el escritorio y buscó las llaves de la camioneta.

Corrió hacia la camioneta y la encendió con dedos nerviosos. *Gina está bien, vas a llegar a tiempo.* Se dijo, intentando calmarse. Vio el hotel alejándose por el retrovisor, intentando decidir qué hacer. *Piensa Damián, piensa.* Manejaba deprisa y estaba pensando en la nota cuando las luces de un coche lo alcanzaron. Se preguntó si lo estaban siguiendo. *Solo una forma de averiguarlo.*

Giró el volante de forma brusca dando una vuelta en u, y el coche de atrás hizo lo mismo. Con la adrenalina recorriendo su cuerpo, Damián aceleró y de pronto hundió el pie en el freno, haciendo al otro coche chocar con fuerza contra él antes de apagarse.

Damián se bajó de la camioneta y con pasos furiosos se acercó hasta el aturdido conductor. El que fuera un joven no le importó, con la mano izquierda abrió la puerta y con la derecha lo tomó del cuello, aventándolo al suelo antes de caerle encima con una lluvia de golpes. Cuando estuvo seguro de que no se levantaría, Damián revisó el interior del vehículo, estaba vacío.

—¿A dónde la llevaron?

—¡No lo sé! —exclamó el joven cubriéndose una oreja y alzando un brazo para intentar defenderse.

Damián lo tomó del cuello, alzándolo del suelo y azotó su espalda contra el cofre. La cabeza del joven cuarteó el parabrisas al chocar con él.

—¡¿En dónde está Gina?! —exclamó con un coraje que la misma Gina desconocería.

El joven imploró con la mirada— ¡se la llevó Vicente! ¡No fui yo!

Damián apretó los dientes y lo azotó con más fuerza, reventando el vidrio.

—¡La jefa!, ¡la llevó con la jefa! —exclamó el joven con un tono que imploraba piedad.

—¡¿A dónde?! —Damián lo tomó del brazo y lo dobló detrás de su espalda.

—¡No sé a dónde! —el brazo tronó y el joven se retorció bajo Damián—. Subieron en un avión privado, salieron hace una hora.

Damián lo soltó y dio un paso atrás. El joven se deslizó hasta el suelo en donde se quejó con una mano en la cara y el brazo roto apoyado en el pecho.

Con la respiración agitada, Damián sacó el arma y le quitó el seguro—. Dime todo lo que sabes.

—¡Soy nuevo! ¡Llevo unos días trabajando para ella! ¡No sé nada!

—No eres ningún inocente. No finjas que no sabías en qué te estabas metiendo.

—Escucha—. El joven se intentó enderezar, sacando una fotografía de su bolso—. Vicente me dio esto y me dijo que te siguiera y les avisara cuando estuvieras en el aeropuerto y ya... dijeron que viajarías a la Ciudad de Plata.

Damián tomó la foto y lo miró—. ¿Quién es Vicente?

—El segundo de la jefa. Él se metió al hotel, yo estuve abajo todo el tiempo, yo no hice nada, no la toqué, ¡te lo juro!

—¿En dónde está Elena?

—En la ciudad de-

—¿Exactamente en dónde está?

El joven lo miró pero se quedó en silencio. Aún con el insoportable dolor temía que Elena se enterara de lo que estaba diciendo.

—No creas que no voy a matarte.

El joven se mordió el labio—. Hay unas bodegas en la salida de la autopista, por donde están construyendo el centro comercial. Ahí es donde yo estaba asignado.

—Las bodegas de Valderrama —dijo Damián en voz alta.

—No sé quién es ese.

Damián vio al muchacho decidiendo qué hacer. No tenía tanta información como para ser un elemento valioso, no le serviría para negociar con Elena. Tampoco podía dejarlo ahí porque le avisaría a Elena lo que había pasado.

—Puedo ser útil, yo te puedo ayudar —dijo alzando una mano.

—¿Cómo? —Damián entrecerró los ojos.

El joven miró hacia los lados desesperado, en busca de la respuesta que salvaría su vida.

—¿Cómo te llamas?

—Nacho.

—Nacho, hiciste una pésima elección de carrera—. Damián alzó el arma y deslizó el dedo por el gatillo.

—¡Los Ocultos! —exclamó el joven —¡te diré todo sobre el grupo!

Damián se agachó para quedar a la altura del joven—. Escúchame bien, idiota. No tengo tiempo que perder. ¿Tienes algo que me ayude a recuperar a mi mujer o no?

—Sí. Llévame contigo. Les haré creer que aquí no pasó nada. Te ayudaré, te lo juro. Los Ocultos son un chingo y están en todas partes, necesitas a alguien de adentro para poder acercarte.

—¿Crees que confiaría en ti?

—No tienes mucha opción.

Damián se enderezó pensándolo. Sabía que era un riesgo dejarlo vivir, pero seguro lo llevaría hasta Elena, de una forma u otra.

—Llámala.

—¿Ahora?

—Dile que hay una tormenta y no podré salir hasta mañana en el vuelo de las diez treinta de la noche.

El joven sacó su teléfono, quejándose al mover el brazo y llamó a Vicente.

—Ferrer está en el aeropuerto—. Miró con nervios a Damián—. Compró un vuelo para las diez y media, hay una tormenta que-

Damián frunció el ceño al ver que el joven se separó el teléfono del oído.

—Solo dijo 'perfecto'.

Damián asintió y extendió una mano mirando el teléfono.

—¿Qué vas a hacer? —preguntó, entregándole con temor el viejo aparato.

Damián lo tiró al suelo y lo destruyó de un pisotón—. Medidas de precaución, tú entenderás—. El joven apretó los ojos, despidiéndose de la oportunidad de avisarle a Vicente lo que había pasado.

Damián se subió al coche y esperó a que el joven reaccionara—. Súbete.

Nacho se subió, sin saber qué estaba haciendo. Al menos no moriría congelado en esa banqueta en medio de la nada y con el brazo roto.

—Háblame de los Ocultos.

El joven miró hacia la ventana, intentando no pensar

en Elena y en lo que le harían si se enteraban.

—Estamos divididos en sectores. Está la jefa, que es la que toma todas las decisiones, y Vicente es el que ejecuta. Bueno, se supone. La verdad es que la jefa siempre se ensucia las manos, creo que por eso inspira a los demás. Después del Faquir, ella es la más querida.

—¿Sectores?

—Sí, está el sector norte, que es el único que conocí, el sur, este y oeste. Ah y el nuevo.

Damián lo volteó a ver.

—No conozco a nadie.

—¿En dónde está el nuevo sector?

—En el valle, o eso oí. Nunca he estado allá pero todos saben que en el valle no hay nada, no sé pa' qué pondrían uno ahí.

—¿Valle de Plata?

El joven asintió.

—¿Quién está en la cabeza de los sectores? ¿Vicente?

—Cada uno tiene a dos personas a la cabeza. Al Orejas y a mí nos contrataron hace unos días… Todavía no entramos- bueno, todavía no entro a ningún sector.

Damián escuchó el cambio en su tono—. ¿Él ya?

—Lo mataron.

Damián lo volteó a ver.

—La jefa lo mató.

—¿Cuántos años tienes?, ¿tan siquiera eres mayor de edad?

—Diecinueve.

Damián asintió lentamente—. ¿Cuántas personas hay en cada sector?

—No estoy seguro. Yo estaba afuera de la oficina de Vicente cuando le explicó al que subieron a la cabeza del sector norte, Bozo, creo, ese tipo da miedo. Pero le dijo que se asegurara de tener setenta y cinco en su unidad siempre.

Damián miró el tablero en donde se había encendido la señal del aceite. Sacudiendo la cabeza, cruzó los dedos para que lo dejara acercarse lo más posible antes de dejarlo tirado. Exactamente ocho minutos después, la camioneta comenzó a jalonearse y comenzó a salir humo del motor. Damián se bajó frotándose las manos e intentando ubicarse. Habían pasado por ahí unos días atrás, y Gina le había mencionado algo sobre unas cabañas cerca. Damián esperó que su distraída novia no se hubiera confundido, y comenzó a caminar.

—Seguimos a pie.

El joven lo siguió sin quejarse en voz alta del dolor o del frío—. El nombre que dijiste hace rato... el de las bodegas.

—¿Valderrama?

—¿Quién es? —preguntó titiritando.

Damián suspiró, frotándose las manos—. Era un empresario. ¿Por qué?

—He escuchado su nombre muchas veces. Creo que mandó a muchos hombres a trabajar para Elena.

—Está muerto—. Damián lo pensó. Quizá sus hombres se habían unido a Elena con la promesa de que ella le haría pagar al hombre responsable de su muerte.

—Entonces...

Damián se detuvo a ver qué había impedido al muchacho terminar lo que iba a decir.

Una cortina de un verde brillante iluminó el horizonte, moviéndose como el reflejo del agua en un mar de estrellas. La danza de luces formaba ondas y espirales con tonos de violeta y azul, mezclándose en esa cortina verde. Frente a sus ojos se acercaba el espectáculo.

—Parece como de tecnología de otro mundo —murmuró Nacho—. Casi puedo escucharlas.

Damián sintió un nudo en la garganta. ¡Qué ironía

que las luces aparecieran ahora, cuando Gina había deseado tanto verlas! Sus ojos se llenaron de lágrimas con la sola idea de perderla, y apretó los puños maldiciéndose por haberla dejado entrar a su vida. Se tragó el coraje. No era la primera vez que la ira lo hacía seguir adelante—. Vamos.

Tras quince minutos de una fría caminata, Damián alcanzó a ver la cabaña—. Yo hablo.

Un señor de setenta años les ofreció chocolate caliente. Nacho se sentó frente a la chimenea mientras Damián intentaba conseguir una venda para su brazo. El señor regresó en un minuto con su botiquín de primeros auxilios y mientras Damián le inmovilizaba el brazo, le explicó al señor que habían tenido un accidente y que les urgía llegar al aeropuerto.

El señor le respondió que su hijo estaba por salir y él los podría llevar. Damián y Nacho siguieron al señor a la puerta de atrás, en donde un joven cargaba unas maletas. Después de presentarse, el joven, Matthew, les dijo que con gusto los llevaría.

—Gracias —murmuró Nacho tocando la venda que le había puesto Damián—. Tú me lo rompiste, pero gracias.

Matthew les contó su vida en Barrow. Su padre y él se habían mudado cuando su mamá murió. Los dos preferían el frío, y la cabaña era el lugar en donde habían encontrado refugio y paz. Nacho y Damián estaban pensando en sus propios problemas. Nacho temía que Elena lo encontrara y Damián solo quería encontrar a Gina. El camino al aeropuerto se le hizo muy rápido a Nacho, a Damián se le hizo eterno.

Damián se sintió más seguro una vez que tuvo los boletos en la mano, y se logró relajar un poco ya que estaban a bordo del avión. Nacho se acomodó para dormirse, pero Damián golpeó el asiento—. Olvídalo. Tienes que decirme todo sobre Elena.

—Ya no sé que más contarte... La verdad es que no sé mucho de ella.

—¿Cómo es con su gente?

—Es una Diosa, bueno para unos supongo que es más como el diablo—. Nacho entrecerró los ojos y se rascó la cabeza—. Olvida la comparación religiosa. Ok, ok... Veamos. Nos trata bien, gano más que un maestro, y si llego a líder, me van a dar un Jetta y un aumento bien chingón. Eso es emocionante. ¿Sabes por qué es tan buena? Nos hace sentir como personas. Como personas de verdad.

Damián lo miró confundido.

—Cuando tú me ves, ves a un chavito que no va a lograr nada en la vida. Un don nadie.

—Tú no sabes lo que veo, pero sí, supongo que entiendo tu punto.

—Ella tiene ese don, para ver que uno tiene potencial, ¿sabes?

—¿Potencial? —Damián intentó no sonreír.

—¡Ella lo dice! ¡Siempre les dice del potencial que tienen! —Nacho contestó indignado—. Eso es lo que la hace diferente a todos ustedes. Ella no nos ve por lo que tenemos en las manos, nos ve por todo lo que podemos ofrecer.

Damián asintió—. Está bien, no te ofendas.

Nacho sacudió la cabeza—. Es que si hubiera más gente como ella, que cree en las personas, el mundo sería distinto.

—En eso estamos de acuerdo. Pero no creo que tengamos la misma visión de ese mundo.

—Ay, tú muy inocente, ¿no? —Nacho apretó los labios al sentir que se pasaba de la raya—. Lo siento, carnal —dijo sinceramente—. Yo no soy así, es que ya tengo las horas contadas.

—No, no soy ningún inocente —respondió serio Damián—. Cuando alguien se mete con alguien que quiero, les hago la vida un infierno.

Nacho tragó saliva—. Creo que le vas a caer bien a la jefa.

Ciudad de Plata

El senador Rafael Vélez veía las noticias en su oficina. Laura, su secretaria, le había pedido que encendiera el noticiero.

Al día de hoy son ciento sesenta y dos cuerpos de mujeres encontrados y más de cincuenta reportadas desaparecidas. Hay rumores de una sobreviviente pero hasta el momento no ha sido confirmada la veracidad de esa información.

—Esa es la cuenta pública—. Laura apagó el televisor y le entregó un folder al senador—. El número de cuerpos encontrados superó los mil esta mañana. Si el número real se hace público-

—¡Ya sé! ¡Ya sé!

—Nos exigen acción, senador.

—¡Que ya lo sé! —El senador parpadeó repetidamente y se levantó de su silla, mirando hacia la ventana—. Son escuinclas que se van de su casa, ¿qué esperan que les pase?

—No creo que sea ese el punto, senador.

—¿Crees que no lo sé? Pero qué injusticia, le piden al gobierno que haga el trabajo de los padres. ¿No son ellos quienes deben cuidarlas? ¿Cuántas de ellas salieron de un club para hombres? ¡Todas! —exclamó furioso— son las consecuencias del dinero fácil.

Laura se aclaró la garganta, sin ocultar su rechazo a la opinión de su jefe—. Será mejor que prepare algo senador, la conferencia es el día de mañana.

—Ya lo tengo preparado —respondió molesto—. Espera un momento, pensé que la conferencia era el jueves.

—Mañana es jueves, senador —aclaró Laura—. Le confirmaré la hora en cuanto me avisen.

El senador frunció el ceño y miró la fecha en su teléfono—. ¿A dónde fue la semana? —se preguntó mirando nuevamente hacia la ventana.

- - - - - - - - -

Elena hizo una señal para que Guzmán, el líder del sector oeste, abriera el contenedor. Con un fuerte ruido la puerta se corrió hacia arriba. En el interior, las niñas cerraron los ojos, cubriéndose de la luz. Todas vestían con poca ropa, mini faldas y tacones altos. Algunas llevaban blusas con lentejuelas, otras solo llevaban brasier.

—Veinticinco por contenedor. Siete contenedores. Todas entre catorce y diecinueve años.

—¿Cuántas son mayores de edad?

Guzmán revisó la lista en su mano—. Cuarenta y dos de las ciento setenta y cinco.

Elena recorrió todos los camiones viendo a las niñas que estaban en cada contenedor. En el último, vio a una niña en el suelo con las rodillas raspadas y el cabello suelto. No traía zapatos. usaba una minifalda negra y un top plateado.

—Tú, ¿cuántos años tienes?

La joven que estaba a su lado le pegó con el pie. La niña alzó la vista y vio a Elena—. Doce.

—¿Doce? —Elena alzó una ceja y miró a Guzmán, Guzmán alzó un hombro y negó con la cabeza.

—¿Cómo es que te dejaron trabajar en un club de hombres?

—Mi papá es el encargado.

—Claro —murmuró Elena—. ¿Cómo te llamas?

—Brenda —dijo quitándose un mechón de la cara, descubriendo sus ojos avellana.

Elena asintió—. Llévala a la bodega, las demás directo al campo.

—Sí jefa—. Guzmán cerró la puerta, dejando a las niñas asustadas en el interior.

Guzmán movió el dedo en un círculo y golpeó el camión dos veces. El conductor entendió la señal y partió. Los siete camiones arrancaron detrás de él.

Desde el Audi, Elena llamó por radio a su gente que esperaba en el campo. Valencia, la compañera de Guzmán, esperaba a las mujeres en un campo privado de entrenamiento.

—Van ciento setenta y cuatro para allá.

—Entendido, jefa.

Elena manejó deprisa hacia la bodega. En el camino recibió un par de llamadas. Una del arquitecto que estaba construyendo el edificio para sus oficinas, avisándole que estaría listo en dos meses y la otra llamada era de Neuriel, la cual rechazó. Al llegar a la bodega encendió su computadora y encontró un correo del senador Vélez.

Desde que había asumido la posición, el senador tenía la obligación de enviar a Elena los dictámenes que redactaba. De esa forma Elena se enteraría del movimiento y la toma de decisiones del senador. Era rutina que le llegara el correo, ella lo aprobara y el senador siguiera con su trabajo. El correo era largo, y mencionaba un comité de localización de víctimas. Guzmán tocó a la puerta antes de que pudiera comenzar a leerlo.

—Traigo a la niña.

—Que entre—. Elena cerró la ventana del correo y cruzó las manos frente a ella.

- - - - - - - - -

El detective Orozco salió de la tienda abriendo una cajetilla de Viceroy. *Maldito vicio.* Prendió un cigarro, tiró la cajetilla y el encendedor al basurero y se subió a su coche, dándole otra fumada al cigarro. El día anterior había tenido una reunión con el señor Argüello, quien había cancelado el caso de Ferrer. El cliente no había liquidado y ya no estaba interesado en el caso. El detective Orozco asintió cuando le informó el señor Argüello pero no pensaba dejar el caso así nada más, habían pasado muchos meses sin que tuviera un caso tan interesante como el de Damián Ferrer. ¿Qué más daba si no se lo pagaban? Encerrar a Ferrer sería la misma recompensa. Pero para encontrar a Damián necesitaba entenderlo, pensar como él, saber qué lo motivaba. Si lograba entender todo eso, alcanzarlo sería cosa fácil, en cualquier lugar del planeta.

Sacó un sobre de la guantera mientras reproducía el audio del interrogatorio a Raúl. Lo había escuchado varias veces y algo no le hacía sentido, aunque seguía sin entender qué era. Estaba seguro de que Raúl no era un cómplice de Damián, pero no cabía duda de que ocultaba algo.

—¡Orozco! —Cruz lo llamó por el radio—. Sé que se canceló el caso pero te acaba de llamar Ramírez. Damián Ferrer acaba de entrar a la ciudad.

—¿Ahora?

—Llegó en el vuelo 520. Aterrizó a las cuatro treinta.

—¿Cuatro treinta?, ¿por qué no me avisó antes? —Encendió el coche sabiendo que Damián ya no estaría en el aeropuerto pero con suerte alguien sabría en dónde encontrarlo. *Estoy muy cerca, Damián*. Su teléfono sonó y leyó en la pantalla el nombre de Ramírez. El detective lo puso en altavoz mientras rebasaba a un vehículo de baja velocidad—. Dime.

—Chema, ¿cómo estás?

—Encontraste a Ferrer. ¿Sabes para dónde se dirige?

—No. Me avisó un contacto del aeropuerto cuando aterrizó pero no te llamo por eso.

—Encontrarlo es lo único que me importa, Ramírez, así que si llamas para preguntar por la familia, te regresaré la llamada en diez años.

El investigador Ramírez soltó una fuerte carcajada—. No, tampoco te llamo para eso.

—¿Ya te recortaron presupuesto?, ¿o todavía tienes a tu auxiliar?

—Lalo sigue conmigo.

—¿Tiene el mismo número? Le voy a mandar la fotografía de Damián para que la enseñe en el aeropuerto. Taxistas, guardias, quiero que a todo el mundo le pregunte por él y a dónde fue.

—Consíguete tu propio ayudante.

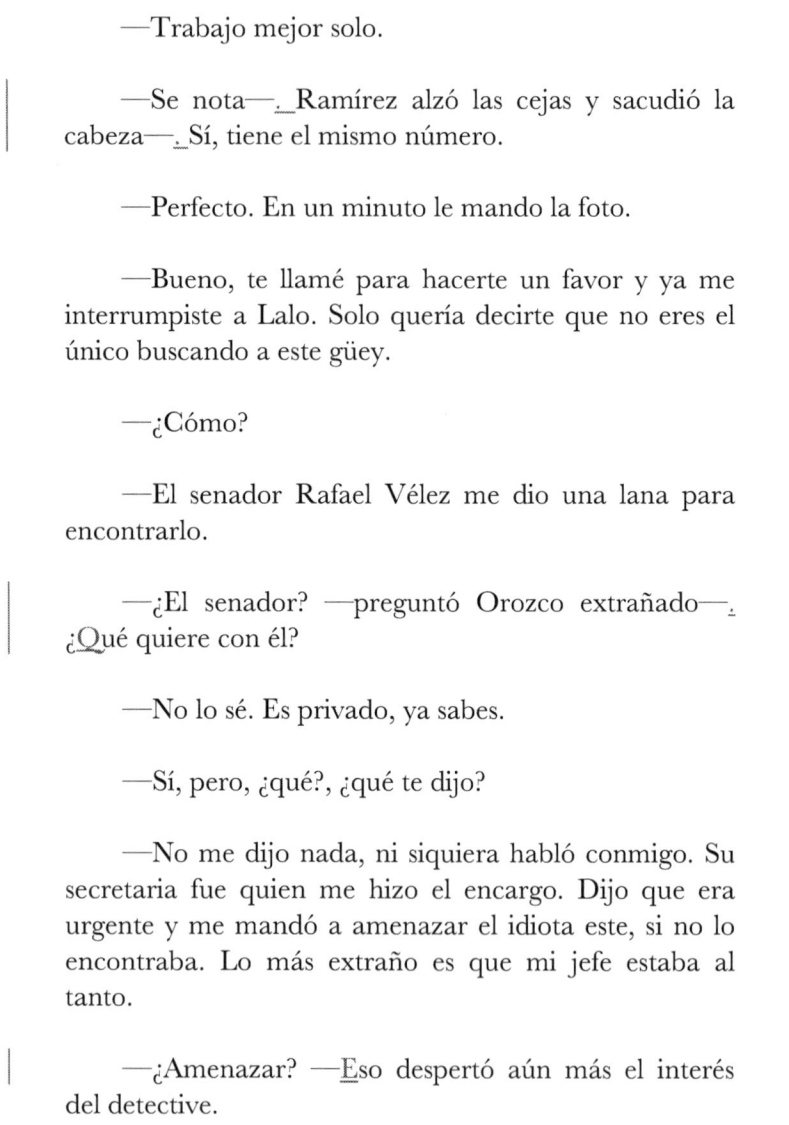

—Trabajo mejor solo.

—Se nota —Ramírez alzó las cejas y sacudió la cabeza—. Sí, tiene el mismo número.

—Perfecto. En un minuto le mando la foto.

—Bueno, te llamé para hacerte un favor y ya me interrumpiste a Lalo. Solo quería decirte que no eres el único buscando a este güey.

—¿Cómo?

—El senador Rafael Vélez me dio una lana para encontrarlo.

—¿El senador? —preguntó Orozco extrañado—. ¿Qué quiere con él?

—No lo sé. Es privado, ya sabes.

—Sí, pero, ¿qué?, ¿qué te dijo?

—No me dijo nada, ni siquiera habló conmigo. Su secretaria fue quien me hizo el encargo. Dijo que era urgente y me mandó a amenazar el idiota este, si no lo encontraba. Lo más extraño es que mi jefe estaba al tanto.

—¿Amenazar? —Eso despertó aún más el interés del detective.

—Con mi puesto. Tuve que poner a todos los expertos en todos los servidores para ubicarlo, finalmente dieron con él en Alaska.

—Todos los expertos.

—Sí, a los dos—. Ramírez soltó una risa—. mira si el senador estaba tan nervioso, es lógico que alguien le pidió que lo encontrara.

—La gente de Valderrama.

—Exacto. Parece que el senadorcito está metido con malas personas.

Orozco frunció el ceño—. No es ninguna sorpresa. Rafael Vélez no era nadie hace unos años y ahora es el presidente de la comisión.

—¿A mí me lo dices?

—¡Por favor! Ya quisieras ser la mitad de bueno de lo que yo soy.

—Eso crees.

—Ramírez ¿quién te encontró el cuerpo de Valentín Correa?

—¿Quién encontró a Ferrer? —respondió Ramírez.

El detective Orozco sonrió—. Touché. Aún así, has necesitado mi ayuda tantas veces que ya no sé por cuánto mandarte la factura.

Ramírez rio—. En tus sueños. Bueno, pues ten cuidado con este caso. No quiero que un sicario me elimine a la competencia. Al menos no sin antes tomarnos una cerveza.

El detective Orozco sacudió la cabeza y sonrió antes de colgar.

- - - - - - - - - -

El taxi se detuvo en una calle transitada. Habían hecho cincuenta minutos de trayecto con el tráfico habitual de un jueves por la mañana. Aunque el clima no era cálido, estaba lejos del frío insoportable del polo norte.

Nacho había deseado quedarse en Alaska. Antes del vuelo pensó en lo valiente que había sido allá al hacerle creer a Damián que lo ayudaría, pero sentía que al llegar a la ciudad no tendría tiempo de explicarle a Elena que había sido una trampa. Si lo veían llegar con Damián, lo matarían antes de que pudiera darles una explicación. Había llamado a Vicente para decirle que Damián viajaría a las diez de la noche. Damián había destruido su teléfono y comprado boletos para las seis y media de la mañana.

—¿Aquí?—. Nacho se paró frente al hotel Miranda—. Pensé que iríamos a un lugar más discreto.

Damián lo ignoró y caminó hacia la recepción. Un caballero les ofreció un coctel de bienvenida fallando en ocultar su impresión de la vestimenta de Nacho. Damián rechazó la bebida y Nacho tomó los dos vasos sonriéndole al caballero. Al darle un sorbo a uno de los vasos hizo una mueca de disgusto, pero bebió el resto de un trago, mientras recorría con la mirada los siete niveles de habitaciones e intentaba calcular la distancia al techo.

—Hola Rebeca—. Damián leyó el gafete de la joven recepcionista—. Mi primo y yo acabamos de llegar a la ciudad. Nos asaltaron y se llevaron todo el equipaje, no te imaginas lo mal que empezaron nuestras vacaciones.

Nacho se limpió los labios y cambió la cara de entusiasmo por una de pena y sufrimiento.

—No me diga señor-

—Damián Ferrer.

Nacho le echó una mirada de *¡qué estás haciendo!*

—Lo siento mucho, señor Ferrer, ¿qué puedo hacer por usted?—. La recepcionista se quedó viendo el brazo inmovilizado de Nacho.

—Por ahora solo queremos descansar y este parece un excelente sitio para hacerlo. Traigo efectivo por supuesto, solo será una noche.

—Claro, solo necesito que ponga su nombre aquí y firme aquí y aquí —le dijo señalando el formato.

Damián firmó la hoja y se la regresó. Por la periferia de su ojo veía que Nacho se movía nervioso.

—Bienvenido al hotel Miranda. Habitación 302 —dijo entregándole la llave—. Disfruten su estadía, y en verdad lamento mucho lo que pasó en su llegada a la ciudad.

Damián apretó los labios—. Gracias.

Nacho esperó a estar lejos de la recepción para soltar la pregunta que se había aguantado—. ¿Por qué usaste tu nombre?, ¿estás loco?, ¡te van a encontrar!

—Quiero que me encuentren —respondió, y siguió caminando.

Nacho caminó detrás de él, intentando seguirle el paso, pero en cada esquina encontraba una distracción—. Eso debe ser bien lujoso, ¿cuánto crees que cueste? —repetía constantemente.

La habitación era grande y de finos acabados. En el centro estaba la cama King size y con las cortinas abiertas se podía ver el jacuzzi, un bar y de fondo la ciudad.

—¡Órale, no mames! Con razón querías estar aquí—. Nacho sacudió la cabeza—. Ni en un millón de años pensé quedarme en un lugar de ricachones.

Damián se sintió muy tenso. Había viajado más de veinte horas y la preocupación por Gina no lo había dejado cerrar los ojos ni un momento. Si hubiera sido por él, se habría ido directo al valle desde el aeropuerto, pero tenía a Nacho, y utilizaría esa carta hasta llegar a

Gina. Pensó en Lucas, se había tomado todo su tiempo en planear su destrucción. Sonrió ante la ironía, una vez más ponía la mira en alguien; una vez más ansiaba el sufrimiento de otra persona. La diferencia era que antes tenía tiempo y no había ningún precio, su misma vida valía poco comparado con hacerle justicia a Carolina, así que no tenía nada qué perder. Ahora era muy distinto, tenía unas pocas horas, y había algo más fuerte en juego, a diferencia de su propia vida, la vida de Gina no era un precio que estaba dispuesto a pagar por destruirlos.

Al ver el jacuzzi recordó la noche en la que casi cayó del barandal tras ver a su madre parada ahí arriba, le pareció que había sido mucho tiempo atrás. Como si al irse con Gina hubiera empezado otra vida. Se sentó en la cama ignorando los pensamientos inútiles. Solo tenía unas horas de ventaja. En esas horas podía moverse por la ciudad o el valle sin que supieran que estaba ahí. Durante el vuelo había aprendido más sobre los Ocultos y aunque no lo admitiría en voz alta, había sentido simpatía por Nacho al escuchar que también era un huérfano. Sus caminos habían empezado igual, pero el odio había movido a Damián hacia una visión a largo plazo, mientras que Nacho solo se dejaba llevar por cualquier influencia que le ofreciera un poco de satisfacción momentánea, cualquier placer que lo hiciera olvidar su insoportable vida.

—Necesito que averigües en dónde tienen a Gina.

—¿Cómo? Destruiste mi teléfono, ¿te acuerdas? ¿Cómo voy a llamar a Vicente? Y, ¿por qué me daría esa información?

—No vas a llamar a Vicente. Vas a buscar a alguien del sector norte.

—¿Por eso escogiste un hotel en el norte de la ciudad? Pensé que solo querías estar cerca de las bodegas—. Nacho sacudió la cabeza—. Te lo hubieras ahorrado, nadie me va a decir nada a mí.

—¿Me estás diciendo que ya no eres útil?

—Noooo—. Nacho entendió la implicación detrás de esas palabras—. Lo que estoy diciendo es que va a ser complicado.

—Nos vamos en diez minutos.

—¡Yo no puedo salir de aquí! Se supone que sigo en Alaska, ¡si Elena me ve soy hombre muerto!

Ignorándolo, Damián se quitó la ropa y se metió a la regadera.

—Estás bien estúpido, Nacho. Te hubieras quedado vendiendo mota en la cuadra—. Nacho miró hacia la terraza y se asomó a la puerta del baño. Cuando escuchó el sonido de la regadera, alzó un hombro y con trabajos se quitó la playera y metió los pies al jacuzzi. *¿Por qué no? O me mata este cabrón o me mata Elena... soy un muerto andando.*

Damián salió de la regadera y tomó el celular que vibraba junto al lavabo. La pantalla decía número privado.

—¿Damián?

Damián tardó un segundo en reconocerlo, y al hacerlo, su cabeza se llenó de preguntas—. ¿Andrés?, ¿cómo conseguiste este número?

—Damián tenemos que hablar, pero no por aquí. ¿Puedo verte en algún lado? —dijo Andrés en un tono nervioso.

—Sí, pero ahora no puedo. Te veo a las dos en el restaurante Dos Toros, creo que ahí podremos hablar en privado.

—Perfecto.

Damián salió a la terraza—. Se acabó la diversión, es hora de irnos.

Damián se recargó en la puerta de la habitación con los brazos cruzados, esperando a que Nacho estuviera listo. No podía llevarlo al restaurante con Andrés, pero no creía que buscara a Elena después de hacerle creer que seguía en Alaska.

—¿En dónde podemos encontrar a los jefes del sector norte? —Damián revisó el arma, aún estaba llena.

—¿Vamos a entrar como Rambo disparándole a todos? —Nacho no ocultó el sarcasmo.

—Te sientes más confiado, ¿verdad?

—No güey, solo creo que tu idea es pésima.

—Esa no es mi idea—. Damián se metió al ascensor y presionó el botón del estacionamiento.

—¿Tons qué?, ¿vamos a salir a caminar a ver si los topamos?

—Vas a caminar directo hasta donde están ellos.

—No sé en dónde están.

—Qué curioso, en Alaska me dijiste que fue el único sector que conociste.

Nacho lo miró como si lo hubiera cachado en la mentira.

—¿Quiénes son los líderes de ese sector?

Nacho miró hacia abajo, intentando recordar—. El Bozo, ese que te dije que da miedo, y la mujer… Nancy, Norma, Nelly… ¡Nélida! ¡Nélida y Bozo! —exclamó, dándose cuenta muy tarde de su entusiasmo.

—Vas a tocar y decir que tienes instrucciones de ver a Gina Navarro.

—¿Gina qué?

—Gina Navarro.

—Ok. ¿Y si me preguntan para qué?

—Damián Ferrer necesita evidencia de que está

viva.

—¿Y si no está aquí?

—Dices que eres un idiota, que estás nervioso, o lo que te de la gana, pero los convences de que te digan en dónde está.

Nacho asintió—. Pues lo voy a intentar, carnal.

—Otra cosa—, Damián miró hacia al frente—, si Gina no está ahí, después de que te digan en dónde está, tenemos que asegurarnos de que no hablen.

- - - - - - - - - -

Raúl seguía acostado cuando escuchó el timbre. Se levantó con pereza y se puso una playera negra que estaba en el suelo. Al bajar la escalera vio la hora en su teléfono, era la una de la tarde. Simón trabajaba los jueves en la mañana. Con el ceño fruncido abrió la puerta y se decepcionó al ver al detective—. Ya le dije todo lo que sé.

—Solo tomará un minuto, se lo aseguro.

Con una mueca de irritación, Raúl quitó el seguro y abrió la puerta.

—El señor Ferrer llegó esta mañana a la ciudad—. El detective se detuvo en la sala.

—¡¿Damián está aquí?!

—¿Lo entusiasma, señor Raúl?

—No, obvio no. Solo me tomó por sorpresa, eso es todo—. Raúl se quedó en la entrada, con una mano en la puerta.

—Así que… ¿no lo sabía?

—No.

—¿Lo ha intentado contactar?

—No.

—¿Le importaría si reviso su teléfono?

—¿Está loco? ¡Necesita una orden para hacer eso! —respondió indignado.

—Por supuesto—, el detective sonrió—, solo quería ver su reacción—. El detective dio media vuelta y sacó el celular.

—¿Mi reacción? ¿Para qué?, ¡yo no he hecho nada!

El detective miró a Raúl mientras respondía el teléfono—. Detective Orozco… Sí, dime Lalo… ¿Hotel Miranda? Gracias—. Por ahora eso es todo, con permiso.

Raúl cerró la puerta con llave, imaginando a Damián en el Hotel Miranda. Dudaba mucho que el detective estuviera interesado en alguien más, debía tratarse de él. *Como sea, me da lo mismo.*

Encendió la consola y se sentó en el sofá. Simón estaba conectado.

—¿Descansaste?

—Entro a las cuatro.

—Regresó Damián_—escribió Raúl, preguntándose por qué se sentía tan nervioso.

—¿Y?

—Creo que está en peligro.

Raúl esperaba la respuesta de Simón en la televisión pero en lugar de responder el mensaje, cambió su estatus a desconectado.

Sí, yo tampoco quiero hablar de él.

Su teléfono vibró con la cara de su amigo en la pantalla.

—¿Qué onda?

—¿Peligro de qué?_—Simón se escuchaba preocupado del otro lado de la línea.

—No, bueno, lo busca un detective y creo que ya lo encontró.

—¿Por lo de tu papá?

—No. Por muchas razones.

—Güey, es Damián. Llámalo.

—¡Ya sé que es Damián! Llamarlo, ¡Já!, ¿y decirle qué?

—Solo avísale, no seas cabrón.

—¿Cabrón yo? Él fue el que-

—¿Te salvó la vida y te hizo millonario? Sí. Me acuerdo.

—Hasta donde sé, él mismo me metió ahí. Él se robó el coche, ¿te acuerdas?, ¿o ya se te olvidó todo lo que nos dijo la policía?

—Si le valieras madre te hubiera dejado ahí, pero él fue el que detuvo a esos psicópatas que querían matarte y te llevó al hospital… Ya lo hemos hablado.

Raúl bajó el teléfono considerando el consejo de Simón—. ¿Qué hago?

—Avísale.

Raúl caminó de un lado a otro con el teléfono en la mano. Quería mandarle un mensaje de texto y ya, pero sentía que el detective se enteraría, quizá toda esa visita había sido una trampa para que llamara a Damián. Sacudiendo la cabeza con exagerada irritación, corrió escaleras arriba y se puso unos pantalones cafés y una playera polo blanca. Tomó las llaves del coche y salió de la casa.

Unos tenis rojos colgaban de un cable que atravesaba la calle tres. De las ventanas colgaban pantalones y ropa interior expuestas al rayo del sol. Unos niños jugaban con un balón, usando piedras para marcar las porterías. Nacho se detuvo frente a una puerta con dibujos de rebelión al gobierno pintados en grafiti. Le hizo una señal a Damián para que esperara a unos pasos, y tocó seis veces la puerta. Damián no vio el rostro pero escuchó la voz ronca de una mujer.

—Te conozco. Vicente te trajo hace poco—. Entrecerró los ojos haciendo que Nacho tragara saliva—. ¿Qué haces aquí? Nadie me avisó que vendrías.

—Chance le avisaron a Bozo… ¿está ahí?

—No hay nadie, se fueron al operativo que surgió esta mañana.

—Ah sí, sí, claro, el operativo—. Sus manos comenzaron a sudar, pensando que se trataba de él.

—¿Qué le pasó a tu brazo?

—Ah, ¿esto? Hice encabronar a la jefa, ya sabes cómo se pone…

Damián movió la cabeza presionándolo.

—Este... No te quito mucho tiempo, solo necesito ver a Gina Navajo y sacarle una foto. O sácasela tú, solo es evidencia para Damián Ferrer.

—No está aquí—. La mujer se volteó para cerrar.

—¡Nélida!—Nacho puso una mano en la puerta y miró a Damián.

—Sector del valle —murmuró Damián sin que la mujer escuchara.

—¿Está en el sector del valle? Aunque sea dime eso, ¡Elena me va a matar! Si me hizo esto por llegar tarde, ya me imagino lo que hará si llego sin esa foto.

—Sí, en el valle, ahora lárgate fenómeno —dijo la mujer antes de intentar cerrar la puerta por segunda vez—. ¿Qué chingados crees que haces? —preguntó al ver que un pie le impedía cerrar, pero no eran los tenis rotos de Nacho los que obstaculizaban la puerta.

—Lo siento mucho —murmuró Nacho, antes de que Damián empujara la puerta, haciendo a Nélida retroceder.

Nacho esperó afuera mientras Damián se deshacía de ella. Cuando Damián salió, Nacho miró hacia ambos lados, intentando reconocer algún coche de los Ocultos. Siempre estaban cerca.

—Vámonos, vámonos, vámonos—. Presionó a Damián, queriendo salir de ahí lo antes posible.

—Navarro —dijo Damián.

—¿Cómo?

—Su apellido es Navarro.

—¿Qué más da, güey? Me entendió. Apúrale que nos pueden estar siguiendo. Hay una regla… ¿sabes por qué les llaman los Ocultos?

—No.

—Lo primero que te enseñan es que si te cachan, te matan.

—Que estúpida regla.

—No, no, o sea si la poli te agarra, uno de los del grupo te tiene que dar un tiro. No te pueden agarrar vivo. Así se aseguran de que nadie diga nada. Por eso siempre se mueven en grupitos y no se separan mucho.

—Tú estabas solo.

—Pero en Alaska, ¡güey!—. Nacho miró confundido a Damián al ver que no cruzaba la calle hacia el hotel—. ¿Qué estás haciendo?, ¿a dónde vas?

—Ve al hotel. Tengo que ver a alguien.

—¡¿Ahora me abandonas?! —Nacho exclamó en pánico.

Damián miró a los señores que se detuvieron al

escucharlos. Después de desviar la mirada, continuaron caminando.

—Métete al jacuzzi o lo que quieras, nadie te va a buscar.

—¿Vas a regresar?_ —Intentó sonar indiferente pero su tono traicionó sus nervios. Sin poder ocultar su vulnerabilidad, Nacho sintió que debía explicarle—. Me acabas de dejar sin trabajo y ya sabes cómo termina esto para mí.

Damián asintió—. Espera en el hotel.

Nacho apretó los labios y dio media vuelta. Caminó hacia el hotel como un asaltante, sin mirar a nadie y viendo sobre su hombro que nadie lo siguiera. En lugar de entrar por el lobby, hizo lo que había hecho Damián y se metió por el estacionamiento. Una vez que entró a la habitación puso el seguro y se sentó junto a la puerta.

- - - - - - - - -

Tres de las ocho mesas estaban ocupadas en el restaurante Dos Toros. Dos señoras ocupaban la mesa de la entrada, al centro había una pareja, y en una esquina estaba un señor robusto vestido de traje y corbata. Damián caminó hacia el hombre de traje.

—¡Damián!_ —Andrés lo abrazó con entusiasmo—. No sabes cuánto me alegra que hayas venido a aclarar el asunto—, bajó la voz—, tienes a la ciudad entera buscándote.

—¿Qué asunto?

—¡La muerte de Valderrama!_—Andrés miró a su alrededor para asegurarse de que no lo hubieran escuchado—. Por un lado el detective Orozco te tiene entre cejas, y por el otro...

—¿Por el otro, qué?

—Los hombres de Valderrama.

Damián asintió una vez y lo miró fijamente—. ¿Conoces a Elena Amador?

Andrés abrió los ojos, claramente reconociendo el nombre—. No quieres meterte con ella.

—Javier la conocía, ¿no es cierto?

Andrés se hizo para atrás, recargándose en el respaldo del asiento, y brincó cuando el mesero se acercó para tomar la orden. Damián le pidió al mesero que les diera unos minutos.

—Hasta donde sé ella no está metida en el asunto, y por tu propio bien espero que así se mantenga.

Damián pensó en contarle lo que había pasado con Gina, pero algo lo hizo cambiar de opinión, su intención no era involucrar a Andrés—. No estoy seguro pero creo que mandó a matar a Raúl Martín.

—¿El hijo de Lucas? No. Imposible, Lucas y Valderrama eran muy unidos.

—Pero Lucas no tenía nada que ver con esa mujer —Damián afirmó.

—¿Estás seguro?

—Nadie conocía a Lucas mejor que yo, Andrés. Él no tenía nada que ver con ella.

Andrés lo observó un momento—. Javier Valderrama tenía un círculo pequeño pero muy influyente, hasta donde yo sé, Lucas era parte de él—. Cruzó las manos—. De cualquier forma, su hijo está vivo. Fue a través de él que llegué a ti.

—¿Cómo?

—Un socio mío intentó rastrear tu teléfono pero lo habías cambiado. Supuse que al ser tan cercano a Lucas, habrías conocido a su hijo. Intervinieron el teléfono de Raúl y me notificaron cuando entraron llamadas de un sitio remoto en Alaska. Por eso pude enviarte la nota.

—¿Fuiste tú?

—¡Por supuesto que fui yo! No sé si supiste, y si no, me apena mucho ser yo quien te de la noticia pero, Lucas está muerto.

Damián lo miró.

—En verdad lo siento, Damián. Sé cuánto lo apreciabas... Y no sé cómo rayos te ligaron a la muerte de Javier, solo escuché los rumores de que te estaban buscando, y estos hombres no son como el detective, ellos no te quieren para hacerte preguntas.

—Sé que Elena está involucrada en todo esto. Quizá solo esté ayudando a los hombres de Valderrama pero algo tiene que ver.

—¡Con mayor razón tienes que aclararlo! —Andrés bajó la voz hasta un susurro—. Si lo que dices es cierto, las cabezas no dejarán de rodar hasta que lo hagas.

Damián observó a Andrés y después miró hacia las otras mesas—. Háblame de Elena, ¿qué sabes de ella?

Andrés se movió incómodo en el asiento—. Elena Amador es la jefa de los Ocultos. Una organización criminal que opera por toda la ciudad. Por lo que sé es una mujer impulsiva y no se anda con rodeos. Alguna vez la mencionó Javier pero siempre me mantuve al margen de esos temas. Tú sabes que Javier y yo no éramos tan cercanos.

—Dijiste que tenía un círculo pequeño… ¿Quién formaba parte de ese círculo?

Andrés alzó las cejas, mirando hacia otro lado—. No sabría decirte.

—Andrés —Damián insistió.

—Gente influyente, Damián. Gente con la que no te puedes meter.

—Aunque sea dame un nombre.

Andrés exhaló como si le estuvieran sacando las palabras contra su voluntad—. El que se me viene a la mente es el senador Rafael Vélez. El director de la comisión. Él platicó un rato con la esposa de Javier en el funeral.

—La esposa estará detrás de-

—No. Estaban separados. Nadie lo sabía, pero llevaban más de cinco años en habitaciones distintas. Lucas me lo contó.

—¿Sabes en dónde operan?

—¿Los Ocultos? —preguntó en voz baja y sacudió la cabeza—. Ni la más mínima idea. Aléjate de ellos, Damián. Aclara el asunto, deja que el detective encuentre al verdadero asesino y aléjate de todos ellos.

Damián miró hacia la mesa en donde la pareja estaba discutiendo—. Te seré honesto, Andrés. No estoy aquí para aclarar el asunto, Elena tiene a alguien que me importa.

—No te creo—. Al ver la seriedad detrás de la expresión de Damián, Andrés se inclinó hacia delante—. ¿Por qué?, ¿cómo?, ¿a quién?

—A alguien muy importante.

Andrés sacudió la cabeza—. Una mujer —dijo en tono de rechazo—. ¿Con quién te fuiste a meter, Damián?

—Un sicario de Elena me dijo en dónde puedo encontrarla.

—Estás buscando la puerta al matadero.

Damián lo miró sin decir nada.

—Válgame Damián, el problema en el que te has metido—. Andrés movió la cabeza preocupado—. No puedes solo llegar así como si nada y enfrentarla. No está sola. Ni siquiera llegarás a ella, y si milagrosamente lo haces, no va a ser en calidad de exigir nada.

—Lo sé.

—¿De verdad vale la pena? Asumiendo que siga con vida, es probable que termines con la tuya, ¿y por qué?, ¿porque estás enamorado? Eres un tipo muy inteligente Damián, hazte a un lado. Llora su pérdida, y hazte a un lado.

Damián lo miró durante un momento y después se levantó—. Estoy perdiendo el tiempo.

—Damián, ¡Damián!

Damián lo miró.

Andrés suspiró—. Mira, conozco a alguien que quizá te pueda servir de algo—. Sacó su teléfono pero antes de buscar el número, miró a Damián—. Tengo que preguntar. ¿Estás completamente seguro de que quieres abrir esa puerta?

Damián recargó las manos en la mesa—. Ya está abierta, Andrés.

—Esto es una pésima idea —dijo Andrés antes de llevarse el teléfono al oído.

Andrés murmuró en el teléfono e hizo anotaciones en la servilleta—. Te espera en esta dirección a las ocho.

Damián asintió—. Gracias.

—No me lo agradezcas —respondió irritado—. Te estimo y te estoy ayudando a cavar tu tumba.

Damián escuchó los murmullos de la gente, y siguió sus miradas asustadas.

Un hombre con lentes oscuros, y paliacate rojo, entró al restaurante. Lo que inquietó a todos los comensales y empleados fue la metralleta que cargaba con la mano izquierda.

Andrés siguió la mirada de Damián y su instinto fue levantarse. Las balas no estaban dirigidas hacia él, ni había sido su intención recibirlas. El cuerpo de Andrés se alzó del suelo y cayó de espaldas sobre la mesa con siete hoyos en la camisa.

5

La voz de Elena acompañaba el eco de los tacones acercándose en el pasillo.

—¿Bajar el precio? ¡Ah! Se le hace caro, me hubieras dicho antes—. Elena rio, hizo una pausa y continuó con una voz seria—. Súbelo... ¿Hacer qué?, ¿demandarme? —Abrió la puerta del departamento y sus ojos descansaron en la mujer atada a la silla—. Gina Navarro—, bajó el teléfono y sus cejas se alzaron al mirarla de arriba abajo—, no eres lo que esperaba.

Gina estaba dormida en el hotel cuando un trapo cubrió su nariz y boca. Al abrir los ojos vio una jeringa en su brazo, el rostro de un hombre y nubes, muchas nubes. La habían mantenido en un estado adormecido, entrando y saliendo del sueño, sin poder sostener un solo pensamiento coherente. Ahora que la lucidez había regresado a su cabeza, estaba atada a una silla en su antiguo departamento. Su primera reacción fue el pánico, la habían descubierto, sabían que ella había jalado el gatillo. Una especie de alivio llegó después. Había llegado el momento de pagar, pero al menos Damián estaba bien. Al escuchar la voz de la mujer, deseó que todo terminara rápido.

Llamaron del sector sur. No ha llegado el cargamento —dijo Vicente sin dejar de contemplar la niebla.

Gina volteó a verlo. No había notado que había alguien más en la habitación con ella. Reconoció el rostro del hombre, había viajado con él.

Elena giró los ojos hacia arriba—. Es la segunda vez que se retrasan, ya sabes qué hacer.

—Piénsalo bien, Elena. Son los únicos que venden lotes de tarjetas de crédito, si regresamos a la compra individual, vamos a perder dinero.

Elena alzó las cejas asombrada—. Me impresionas, Vicente.

Vicente alzó la frente, orgulloso.

—Me impresiona tu nivel de estupidez. ¿Crees que yo voy a depender de un solo proveedor? —Arrugó la frente—. Haz lo que te pedí y no me cuestiones. No te pago para pensar, te pago para ejecutar.

Vicente apretó los dientes y salió del departamento sacando su teléfono del bolsillo del pantalón.

—Pensé que Damián elegiría a alguien diferente. Alguien menos… simple. Perdón, no quiero ser grosera. Elena Amador —dijo presentándose—, me llaman la diosa del mercado negro, pero prefiero el título de presidente de la economía subterránea. Suena mejor, ¿no crees? —Elena sacudió la cabeza—. No me juzgues demasiado. Ustedes tienen tantas leyes y con tantas cláusulas que no hay forma de que hasta los más borregos rompan las reglas.

—Ya está hecho y Ferrer ya está en camino— Vicente anunció.

—¿Para qué lo quieres a él, si ya me tienes a mí?— La voz de Gina sonó tan áspera que ni ella misma se reconoció.

Elena y Vicente la miraron con curiosidad.

—¿Qué? —Gina los miró confundida.

—Tú no eres el objetivo, linda —Elena respondió con una discreta sonrisa.

—Oh. No, no. ¡Yo maté a ese hombre!

Vicente resopló.

Elena se sentó, cruzando una pierna—. Pronto terminará todo, Gina. Muy pronto.

—¡Les digo que Damián no lo mató!, ¡yo lo hice!, ¿quieren justicia para ese sujeto?, ¡pues bien!, ¡aquí me tienen! ¡Hagan su justicia!

Elena miró a Vicente e inclinó ligeramente la cabeza.

Vicente sacó un paliacate rojo y amordazó a Gina. Después miró a Elena—. El Chino me mandó el conteo del operativo. Mil doscientas noventa y cuatro hasta ahora.

—¿La gente del pueblo?

—No tienen idea—. Vicente exhaló, metiendo las manos a las bolsas del pantalón—. Están culpando al gobierno—. Miró a Elena—. Si el senador se entera de que tú estás detrás de esto-

—Yo me encargo del senador.

—El operativo Fem puede dejarlo en la calle. ¿A quién usarás después?

—Dije que yo me encargo—. Su tono era definitivo.

Vicente la miró. No encontró ninguna duda o temor en sus ojos. Asintió dos veces y cambió el tema—. ¿Qué vas a hacer con Nacho?

Elena miró hacia la cortina—. Lo voy a meter a una tienda o a una cafetería. Creo que da la pinta de buen empleado.

Vicente soltó una carcajada.

—¿Cuál es el chiste, Vicente?

—Nada —dijo acercándose nuevamente a la ventana para ver la niebla—. Solo creo que a la primera tarjeta que clone lo van a descubrir.

—Quizá—, Elena alzó las cejas—, ya lo decidiremos más tarde.

—¿Cómo pudiste vivir en este húmedo hoyo tantos años? —Vicente soltó la cortina.

Gina escuchó a Vicente, pero estaba muy concentrada en Elena. Había algo en ella, quizá su excesiva confianza y seguridad, que llamaba la atención de Gina. Quizá si Damián no fuera lo que Elena tenía entre ojos, Gina la habría admirado un poco.

—¡Te estoy hablando, pendeja! —Vicente cerró el puño, pero antes de que pudiera tocar a Gina, Elena le detuvo la mano.

—¿Tengo que recordarte quién está al mando? Si alguien la toca es por que yo lo decidí. ¿Está claro?

Vicente extendió sus labios en una sonrisa fingida. Su ira no era contra Gina, era contra ella. Desde que Elena lo había amenazado con matar a su familia se había quedado trabado, como en la espera de la última pedrada para atacar. Se decía a sí mismo que nunca se rebelaría contra ella, sería ridículo, el castigo era pena de muerte, para él y su familia. Pero de alguna forma tenía que sacar el coraje. Vio a Gina, en su mirada advertía que Elena no estaría ahí la próxima vez.

—Dime, Brenda—. Elena se llevó el teléfono al oído—. Perfecto, borra las contraseñas y dile a Soto que te lleve al sector este.

—¿Quién es la niña?—Vicente preguntó cuando Elena colgó.

—Mi nueva asistente.

—¿De dónde la sacaste o qué?

—Iba para el campo.

—¿Sentiste lástima por ella?—Vicente alzó una ceja.

—Me parece que será una gran líder. Aún con sus doce años puede llegar a reemplazar a algunos que no dejan de cometer errores.

La amenaza parecía más real porque Elena lo había dicho casualmente. Vicente forzó una risa y cambió el tema, queriendo mostrar que él no era reemplazable, mucho menos por una niña cualquiera—. Te dije que Nacho serviría para el trabajo.

—Mmhh... ¿y?, ¿qué esperas?, ¿un aplauso?— Elena respondió mientras escribía un mensaje.

Vicente sacudió la cabeza abriendo y cerrando el puño, detrás de su espalda.

—¿El departamento?—Elena se paró, y Vicente la

siguió a la puerta.

—Casi listo. Te enseño—. Vicente cruzó el pasillo y esperó a que Elena estuviera a un lado para abrir la puerta del antiguo departamento de Damián.

La luz incandescente los cegó por un momento—. ¡Apaga eso! —exclamó Vicente, y la luz se apagó.

—Perdón, no sabíamos que iba a entrar, jefa —dijo un joven, quitándose los lentes oscuros.

Elena observó el lugar. Lo que alguna vez había sido una vivienda, se había transformado en una pequeña cámara de tortura. Una pared de piedra impedía el acceso a la habitación y al baño. Habían sacado todos los muebles y lo único que quedaba era el esqueleto de una cocina y el piso en la pequeña sala.

Elena caminó hacia la cocina e intentó abrir las puertas, solo una de ellas se abrió. En el interior había una decena de botellas de agua. Elena tomó una de ellas y la abrió, llevándosela a la nariz.

—Tiene un cuarto de cloro, como usted indicó— dijo el joven.

—Veo que está casi listo, Checo. ¿Dónde están los demás?

El joven sacó una hoja que tenía doblada en el bolsillo—. Polo los mandó por material pero ya están las luces, se cerró el acceso a otros puntos de la casa y estamos terminando de sellar las ventanas.

Elena asintió, y después miró a Vicente—. ¿Los vecinos?

—El edificio Roble está vacío. Solo estamos nosotros. Un vecino se acercó ayer pero lo silenciaron antes de que comenzara a hacer preguntas—. Vicente sacudió la cabeza—. Todos están viejos y débiles, no tienes de qué preocuparte.

—Bien—. Elena le hizo una señal de aprobación al joven y salió del departamento. Al ver que Vicente la seguía al departamento de Gina, lo detuvo—. Voy a entrar sola.

Gina alcanzó a ver la expresión de Vicente. No le había gustado que Elena lo dejara afuera.

—Es un soldado obediente —dijo Elena, acomodándose frente a Gina. Sin decir nada, alzó su teléfono y comenzó a deslizar el dedo por las fotografías —. Entiendo por qué te enamoraste de él—. Volteó el teléfono, mostrándole una foto de Damián en la pantalla—. Yo también me acostaría con algo así, pero aquí entre nos—, Elena apretó los labios—, Damián no es una relación a largo plazo, tuviste que haberlo sabido. Entiendo la emoción, tú siendo una buena mujer de Valle de Plata, corriste al primer signo de aventura en tu vida. ¿Cómo te resultó eso?

Crees que me conoces.

—Es típico que mujeres como tú confundan pañuelos de seda con pañuelos desechables. Te daré una pista, Damián no es de seda—, regresó la vista a la pantalla y se humedeció los labios—, aunque sí es de varios usos—. Dejó el teléfono sobre la barra de la cocina y se recargó con los brazos cruzados—. Esto no es personal, y francamente no era mi objetivo eliminar a Ferrer. Pero después de lo que hizo—, Elena sacudió la cabeza—, la gran pendejada de matar a Javier, ¿sabes? ¡Eso es lo que me indigna! Un hombre como él tomando decisiones tan pendejas... ¿Por qué?, ¿por qué matar a Javier?

Gina intentó hablar pero la cuerda se lo impedía.

—Sí, fuiste tú—. Elena alzó una ceja, escéptica—. Mira, tengo una organización que dirigir, y no creerías lo difícil que es trabajar con este tipo de gente, especialmente con los hombres de Valderrama, son perros leales a su amo, y ahora que el amo no está, ensucian todo lo que pisan—. Suspiró—. Su petición no es tan dramática tampoco. La cabeza del hombre que mató a su dueño. ¿Quién los culparía? Y si fuera solo por ellos, quizá no me hubiera tomado la molestia y los gastos que todo esto ha implicado, pero hay muchos debajo de ellos y esto se puede convertir en un caos. No puedo dejar que eso pase—. Elena tocó la rodilla de Gina—. Me entiendes, ¿verdad? Y sobre ese otro asunto...

Gina la vio a los ojos.

—¿Sabes cómo creo que te resultó? Creo que tal vez al principio la adrenalina te hizo sentir viva, pero cuando la adrenalina se acabó, cada día y cada noche que le siguieron fueron mediocres. Regresaste a ser la misma chica del valle, sin nada que esperar—, Elena se acercó a Gina—, confundiste aventura con pasión. Si tuvieras la más mínima idea de lo que se siente tener pasión en tu vida, y no me refiero a ese cuerpo que comparte tu cama, nunca volverías a ser la misma—. Elena acercó su rostro a unos centímetros de Gina—. La mujer del valle se extinguiría en tu cuerpo y nacería una poderosa y confiada mujer que no volvería a tener un solo minuto aburrido en su vida.

Gina parpadeó un par de veces, aún cuando Elena ya había retrocedido, su energía era muy intensa, casi hipnótica.

Vicente estaba afuera con los brazos cruzados. Elena le echó una última mirada a Gina antes de irse.

—Que Nélida y Bozo lo esperen en el aeropuerto. Quiero a su sector siguiéndolos hasta que esté ahí dentro—. Ordenó antes de marcharse.

Vicente asintió y entró al departamento. Puso el seguro y arrastró una silla frente a Gina. Sacó una navaja y comenzó a limpiarla, echándole una mirada de vez en cuando. Cuando estuvo satisfecho con la navaja, observó a Gina y después le quitó la mordaza.

—Dicen que la peor forma de morir es deshidratado.

Gina sintió un alivio al perder la mordaza, pero no quitó la vista de la mano que sostenía la navaja.

—¿Quieres saber lo que le va a pasar a tu novio?

Eso llamó la atención de Gina. Vicente sonrió.

—Tomaré eso como un sí. Cuando salga del aeropuerto, unos amigos lo van a traer aquí, al edificio Roble, a su departamento, o más bien, a su tumba. Ahí en donde murió Valderrama, ahí va a morir él. Quizá se vuelva loco antes.

Gina apretó los labios, maldiciéndolo mentalmente.

—¿Escuchas eso? —Vicente se puso un dedo en los labios, e inclinó la cabeza un poco—. Están cerrando todos los huecos por donde esa rata se puede salir. Algunos estamos apostando. Sin comida puedes vivir hasta cuarenta días, pero ¿sin agua? no tantos—. Vicente rio al ver la expresión afligida de Gina—. Tranquila, no lo dejaríamos sin agua, pero no creo que la beba. No después de oler el cloro.

Gina desvió la mirada, intentando no escuchar.

—La deshidratación… Primero es un simple malestar, ya sabes, una sed insoportable, hasta que los órganos dejan de funcionar… se hinchan los riñones, se secan los ojos, vienen los mareos, alucinaciones. Se supone que puedes caer en coma. Según la ciencia es la muerte más dolorosa que existe—. Miró a Gina—. Pero, no creo que eso le pase a Ferrer, no me da esa pinta. Yo creo que se va a volver loco. ¿Cuánto crees que dure? ¿Quieres entrar a las apuestas?, ¿unas horas?, ¿una semana?

—Damián no mató a ese hombre.

—Espera, que esto se pone más interesante. La privación del sueño es una de las formas de tortura más efectivas, y con las luces que pusieron—, Vicente sacudió una mano—, te aseguro que no podrá pegar los ojos o tener un momento de paz.

Gina apretó los puños intentando zafarse. No podía escuchar más. No toleraba la imagen de Damián que le estaba pintando Vicente.

Vicente soltó una carcajada—. Bueno, de todas formas no podrías entrar a la apuesta. Tú solo eres un comodín en caso de que Ferrer intente una estupidez. Una vez que esté ahí dentro—, Vicente subió la navaja a su cuello y simuló cortárselo—, estás fuera.

Gina sintió un escalofrío, escucharlo de Vicente le hacía pensar que su muerte no solo sería un trabajo para él, sino que le daría placer. Se preguntó si ese soldado, como Elena lo había descrito, le sería leal hasta la muerte. Por la forma en la que Vicente miraba a Elena, no parecía que esa lealtad fuera inquebrantable, no por mucho tiempo—. Elena es una mujer muy segura. No me imagino que sea fácil trabajar para ella.

—¿Te cayó bien? —Vicente soltó una carcajada—. Elena tiene esta… cualidad. Te observa. Cuando crees que solo está hablando contigo, salen palabras de su boca que hacen sentido, pero durante todo el momento está soltando interrogantes que te hacen reaccionar, hasta un simple y discreto movimiento de tu nariz le da respuestas. Eso hace. Observa y obtiene respuestas. Muchos le tienen miedo y ni siquiera saben por qué.

Seamos honestos, quién temería a una delgada mujer de 1.70 que se mueve en tacones con delicadeza. No, aún con un arma, Elena no es una figura que asuste... pero aún así es temida por muchos, ¿sabes por qué? Porque esa mujer tiene un chip en la cabeza. Está programada para causar dolor. Eso hace. No se volvió así por alguna tragedia o un trauma en su vida. Es su naturaleza. Te analiza, descubre tus debilidades, tus defectos, te hace sentir como una basura mientras salen elogios de sus labios. Yo no negaré la sensación que me da golpear, matar—, sus ojos se iluminaron—, la adrenalina, la fuerza, la invencibilidad, ¡whew! Pero ¡Elena! —dijo riendo—, nos lleva a todos de calle. Ella abre una herida y les mete el dedo haciéndolos retorcer de dolor, y ¿crees que le causa placer?—, Vicente sacudió la cabeza—, no siente nada.

Gina recordó las palabras de Damián en Valle de Plata. Bien podía estar describiendo a Elena cuando habló de lo más vil del ser humano, pero, aunque Gina no quería admitirlo, una parte de ella sentía admiración por esa mujer.

Vicente se levantó—. Disfruta tus últimas veinticuatro horas —dijo antes de salir por la puerta.

Gina no supo si había olvidado amordazarla de nuevo, o si no tenía caso hacerlo. ¿A quién llamaría? Algún pobre vecino ya había pagado por su curiosidad, nadie más se acercaría.

Pensó en lo que había dicho Elena y en las palabras de Vicente. ¿Por qué le dirían todo eso? Quizá era más fácil hablar con una persona que estaba a punto de morir, era como hablar con una pared. Miró a su alrededor, nunca pensó regresar a su departamento, mucho menos que moriría ahí. *Ten cuidado con lo que deseas.*

Tres patrullas se estacionaron frente al restaurante Dos Toros y la prensa llegó después. El local ya estaba vacío, excepto por el cuerpo que yacía sobre la mesa. Tras el ruido causado por los disparos, el pánico se había apoderado de los clientes y empleados de aquel local, haciéndolos correr a la salida, e impidiéndole un nuevo tiro al hombre que portaba el arma.

Damián tenía el teléfono de Andrés en el bolsillo, junto a la servilleta en donde había hecho las anotaciones. Estaba parado en la esquina de la calle, esperando. Había visto entrar al sujeto armado a una farmacia, huyendo de las patrullas. Pasaron seis minutos antes de verlo salir de esa farmacia, usando una bata blanca y encima una chamarra gris. Tenía una mano dentro de la chamarra escondiendo el arma. El paliacate se asomaba del bolsillo del pantalón. El sujeto caminó deprisa, con la cabeza hacia abajo y sus ojos alerta. Damián se dio media vuelta cuando el hombre pasó por la esquina, e inmediatamente comenzó a seguirlo, guardando unos metros de distancia.

Mientras cruzaban la calle, una patrulla se detuvo del otro lado, a unos metros. El sujeto bajó aún más la cabeza y aceleró el paso, chocando contra un despistado peatón. Dos objetos cayeron al suelo. El teléfono del peatón y una navaja que portaba él en la cintura. El peatón lo maldijo mientras alzaba el teléfono y alcanzó a ver el arma que se asomaba por la chamarra.

—¡Está armado! —gritó el señor dando un paso atrás.

El sujeto aceleró el paso sin molestarse en recuperar su navaja. Damián la levantó y lo siguió a la entrada del jardín botánico. El sujeto se pegó a una pared, se secó el sudor de la frente y sacó un radio—. ¡Cabrón, saca la troca, estoy llegando a la calle Bandera!

—Ya sabes que no puedo Bozo. Está lleno de patrullas cabrón. La cagaste, Nélida no hubiera entrado así a un restaurante.

Damián no escuchó la respuesta de Bozo. En lugar de entrar al parque, corrió por la calle principal hacia la salida a la calle Bandera. Cuando el sujeto salió al callejón, no advirtió a Damián esperándolo. Con un rápido movimiento de la navaja, Damián dibujó una línea en su cuello. El hombre se llevó las manos a la herida, intentando contener la sangre, y se agachó lentamente hasta que su vida se evaporó por completo.

Damián caminó hacia la avenida principal. Tiró la navaja en un basurero y sacó el número de Andrés y la servilleta. Llamó al último número marcado, estaba registrado bajo el nombre de Neuriel Montoya. Una voz le respondió al segundo tono.

—Andrés, cómo chingas, cabrón, ¡ni porque es mi cumpleaños! —dijo la voz grave riendo.

—Habla Damián Ferrer, no puedo esperar a las ocho.

—… ¿Y Andrés?

—Muerto.

Tras una larga pausa, Damián se preguntó si seguía en la línea.

—Estoy un poco ocupado_ —contestó cortante—, pero creo que ya tienes la dirección. Aquí te espero.

- - - - - - - - -

Nacho sumergió la cabeza en el jacuzzi. Estaba intentando averiguar cuánto tiempo podía mantener la cabeza dentro, cuando un ruido lo hizo terminar su experimento.

¿Ferrer? Sacó la cabeza del agua, por el vidrio alcanzó a ver dos pares de zapatos negros, moviéndose en la habitación.

Salió del agua en silencio, agradecido de haber estado sumergido. Se paró del otro lado del ventanal, cubriéndose detrás de las cortinas.

—Busca afuera.

Con el corazón acelerado, Nacho tomó una botella del bar que estaba junto al jacuzzi y la apretó con ambas manos, esperando a que el sujeto se asomara.

El sujeto vio a Nacho, pero antes de que pudiera alzar su arma, Nacho ya había roto la botella en su cabeza y había corrido despavorido hacia la puerta.

Las miradas de todos los huéspedes siguieron al joven que corría empapado y en boxers por las escaleras del hotel. Los últimos en voltear fueron la joven recepcionista y el detective que le hacía preguntas.

—¡Alto ahí! —El detective Orozco sacó su placa al ver que dos hombres corrían detrás de él, y al menos uno de ellos estaba armado—. ¡Que se metan a sus habitaciones! —le gritó al de seguridad.

—¡Pinche Damián! —gritó Nacho en la entrada, chocando contra un hombre que parecía estar espiando en la puerta. *Metete al jacuzzi o lo que quieras, nadie te va a buscar*

—¿Dijiste Damián? —El hombre que estaba espiando se acomodó la camisa después de que Nacho lo había empujado—. ¿Ferrer?, ¿estás con él?

—¡No estoy con nadie! ¡A la chingada! Ferrer ya debe estar muerto —exclamó Nacho.

—¡Ey!, ¡ey! —Raúl corrió detrás de él sin pensarlo. No quería dejar que su única conexión con Damián saliera huyendo—. ¡No puedes correr así por la calle! ¡Te llevo!

Nacho lo volteó a ver, y después vio la puerta en dónde uno de los hombres estaba por salir.

Raúl pensó que el detective iría detrás de él, así que él también huyó hacia el coche. Nacho se metió del lado del acompañante y se agachó en lo que pasaba el peligro. La respiración agitada de los dos era el único ruido en el interior.

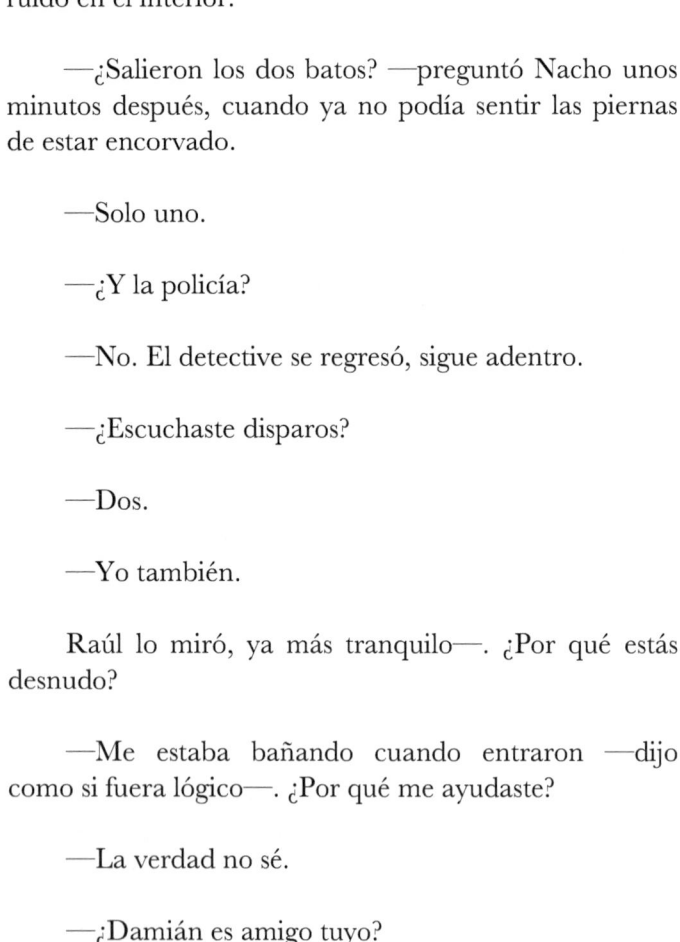

—¿Salieron los dos batos? —preguntó Nacho unos minutos después, cuando ya no podía sentir las piernas de estar encorvado.

—Solo uno.

—¿Y la policía?

—No. El detective se regresó, sigue adentro.

—¿Escuchaste disparos?

—Dos.

—Yo también.

Raúl lo miró, ya más tranquilo—. ¿Por qué estás desnudo?

—Me estaba bañando cuando entraron —dijo como si fuera lógico—. ¿Por qué me ayudaste?

—La verdad no sé.

—¿Damián es amigo tuyo?

—¿Amigo? No, no exactamente. Pero venía a

advertirlo, ¿por qué dijiste que estaba muerto?

—Porque yo creo que ya se lo llevaron.

—¿Quién?

—Mi jefa. Llegaste muy tarde.

—¿Yo?

—A advertirlo, ¿no venías a eso?

Raúl alzó una ceja, pero en lugar de soltar la avalancha de preguntas que tenía en la cabeza, asintió y se estiró para abrir la puerta del lado de Nacho—. Ok. Ya te puedes bajar.

—¿Qué?, ¿estás loco? No me voy a bajar.

—Ya casi me mató una vez Damián, yo solo vine a advertirle y todo esto está peor de lo que imaginé, no me interesa saber sobre tu jefa, ni esos locos, ¡ni nadie! ¡ni loco me voy a meter en-

—¿Qué pasa? —Nacho intentó asomarse un poco por la ventana, para ver qué había interrumpido a Raúl.

—El detective —respondió encendiendo el vehículo—. Se subió a su coche.

—¿A dónde vas?

—Voy a seguirlo.

—¿Para qué?

—Porque creo que me puede llevar a Damián.

—¿No que ya no te interesa?

—Solo quiero ver si está vivo. Y ya. Es todo—. Raúl lo miró—. Bájate.

—No.

—¡Ya se fueron!

—No me voy a bajar, carnal. Lo siento.

Raúl gruñó exasperado y manejó en la dirección que se había ido el detective.

- - - - - - - - -

—Senador, están esperando el dictamen sobre la creación del comité de localización de víctimas.

—Lo sé, lo enviaré en un momento. ¡Laura! ¿Han fallado las líneas?

—No, senador. ¿Pasa algo?

—Estoy esperando una llamada importante, solo quería asegurarme.

—No están fallando.

El senador asintió y entrelazó sus dedos,

recargándolos en la barbilla. Le había enviado el correo a Elena y para esa mañana ya debía haber respondido. Elena no se había retrasado ni una sola vez desde que el senador ocupó el cargo.

Antes de que terminara de sonar el teléfono, el senador ya se lo había llevado a la oreja.

—No tuve tiempo de leerlo antes, pero ya está.

El senador suspiró relajándose—. Perfecto, necesito enviarlo a la brevedad.

—Hice un par de modificaciones pero puedes enviarlo cuando consideres prudente.

—¿Modificaciones? —El senador descargó el correo nuevo de Elena y abrió el archivo.

El objetivo del dictamen era la creación de un comité de localización de víctimas y enviar a una gran cantidad de elementos a la zona sur de Ciudad de Plata, en donde los robos a grandes empresas comenzaban a alarmar a inversionistas.

—Elena debe haber un error. La cantidad de elementos enviados al sur no te afectará en nada porque-

—Te diré por qué no me afectará. Porque no vas a enviarlos. Vas a mandar a tus recursos al oeste del país.

—La tasa del crimen en el sur fue de-

—Yo me encargo de bajarla.

—Estamos hablando de-

—Ya sé de lo que estamos hablando. Los asaltos continuarán, pero a cambio puedo ofrecerte reducir el feminicidio.

El Senador Vélez empalideció y se llevó una mano al cabello. Más de mil doscientas mujeres habían sido asesinadas en el sur en los últimos dos meses—. Elena... Esas mujeres... Tú...

—No sé qué estás pensando Rafael pero no me interesa escucharlo. Envía a tus elementos al oeste, a fin de mes reportarás una baja de un setenta por ciento en el feminicidio en el sur. ¿Alguna objeción?

—Tengo que dar respuesta —dijo en voz baja el senador.

—¿Qué dijiste, Rafael? No te escuché.

—¡Esperan que tome acción! ¿Qué se supone que les diga?

—Estoy segura de que algo se te va a ocurrir, eres bueno mintiendo —dijo Elena antes de colgar el teléfono.

El senador se quedó con el teléfono en la mano aún cuando Elena ya había colgado. Comprendió que el feminicidio había sido elevado por Elena para tener con qué negociar cuando llegara este momento. Suspiró y cambió el dictamen antes de enviarlo. Al poco tiempo sonó el teléfono. Mientras era cuestionado por distintas personas en la llamada en conferencia, el senador se limitó a darles la razón a todos.

—Sí, como bien menciona el Senador Parián, es de suma importancia hacer algo al respecto, no lo estamos minimizando. La seguridad es prioritaria y no queremos que Ciudad de Plata termine boletinada o mucho menos, no, no. Es de suma importancia hacer algo.

Cuando le preguntaban por acciones concretas, el senador Vélez se extendía en un discurso que le daba vueltas a la importancia y les aseguraba que estaba tomando medidas, sin mencionar una en concreto.

- - - - - - - - - -

El detective Orozco llegó al restaurante Dos Toros y caminó hacia donde estaba el comandante hablando con otros policías.

—¿Comandante Cordero?

—Sí.

—Soy el detective Juan Manuel Orozco. Me llamó hace un momento.

—Sí. Como le comenté por teléfono, Andrés Montero fue asesinado aquí hace unas horas.

—¿Estaba solo?

—En este momento están interrogando a los

testigos, pero sabemos quién lo hizo—. El comandante leyó el reporte—. Israel Vinil, alias el Bozo. Encontramos su cuerpo a unas cuadras, afuera del jardín botánico. Todos los testigos lo identificaron como el agresor.

El detective no ocultó su decepción.

—¿Qué le hizo pensar que sería atacado?, ¿debo preocuparme por el otro nombre que me dio? ¿Raúl Martín?

Orozco sacudió la cabeza—. No pensé que el señor Montero fuera a ser atacado. Al menos no por un criminal cualquiera. Como le comenté, Andrés Montero y Raúl Martín están vinculados al caso de Damián Ferrer.

—¿Un criminal cualquiera? —El comandante rio—. No llamaría a un miembro de los Ocultos un criminal cualquiera.

—¿Los Ocultos? —El detective Orozco lo miró perplejo. El comandante no notó el cambio en su expresión.

—Por cierto, detective, ¿qué rayos pasó en el hotel Miranda? Reportaron un tiroteo y uno de los oficiales me dijo que usted estaba ahí.

El detective exhaló, tomando en cuenta la nueva información—. Damián Ferrer está en la ciudad —ofreció a modo de explicación—, recibí la pista de que estaba hospedado ahí. Estaba interrogando al personal de recepción cuando dos hombres armados salieron detrás de un chico.

—¿Qué pasa? —el comandante miró al detective.

Orozco sacudió la cabeza, su mente ya estaba resolviendo el acertijo—. Deben ser los Ocultos.

—¿Por qué?

—Cuando detuve a uno de ellos le dispararon.

—El chico que estaba persiguiendo…

—No. El chico huyó, le disparó su compañero.

El comandante alzó las cejas—. Sí, es su modus operandi.

—Discúlpeme un momento—. El detective sacó su teléfono y llamó a Ramírez—. ¿Viajó solo Damián?

—No.

—¿Con Gina Navarro?

—No, con un joven. Espera, por aquí tengo los papeles—. Ramírez regresó al teléfono después de un momento—. El muchacho fue identificado como Ignacio Arcos.

—¿Qué sabes de la mujer?, ¿se quedó en Utqiagvik?

—No regresó en ningún vuelo.

—¿Cómo sabes?

—No estaba en la base de datos.

—La base de vuelos comerciales. Revisa en vuelos privados.

—Las ventajas de trabajar en el gobierno. Información al alcance de todos —dijo Ramírez en tono burlón—. Espera se está abriendo.

El detective respiró impaciente.

—Ok, ¿listo?, un avión privado aterrizó en Barrow con dos hombres pero al salir solamente estaba uno de ellos y una mujer.

—¿Cuándo?

—Una noche antes de que llegara Ferrer. Escucha Chema, me encantaría seguir en tu caso pero asaltaron otra bodega y me tengo que ir. Te llamo en la noche.

El detective Orozco colgó el teléfono y se dirigió al comandante—. Le agradezco mucho.

El oficial asintió, regresando a su reporte. El detective rodeó la cinta amarilla y se subió a su coche.

—Damián Ferrer. ¿Qué sabemos hasta el momento? —El detective encendió un cigarro, abrió las notas de voz de su teléfono y comenzó a grabar—. Damián Ferrer cometió una serie de asesinatos relacionados con Lucas Martín. Tras su último crimen, el asesinato de Javier Valderrama, salió de la ciudad con Gina Navarro. Dos meses después de su partida, el senador Vélez, aparentemente actuando para los hombres de Valderrama—, *No necesariamente.* Detuvo la grabación y se regresó unos segundos—. Aparentemente actuando para un tercero, lo mandó localizar. Tras ser encontrado en Alaska, dos hombres viajaron en un vuelo privado y tomaron a Gina Navarro contra su voluntad. Uno de ellos, identificado como Ignacio Arcos, se quedó en Alaska y regresó con Damián en un vuelo comercial a Ciudad de Plata. Ambos hombres, Damián Ferrer e Ignacio Arcos, se hospedaron en el hotel Miranda. Mientras Andrés Montero era asesinado en el restaurante Dos Toros, Ignacio Arcos huía de dos sujetos en el mismo hotel—. Nuevamente pausó la grabación. *¿En dónde estaba Damián?, ¿por qué irían contra Ignacio Arcos?, ¿no era parte del plan que regresara con Ferrer?, ¿habría cambiado su lealtad en ese viaje?* Pensó en el muchacho que corría por el hotel en ropa interior. Joven, manipulable. Estuvo solo con Ferrer muchas horas, Damián Ferrer no se hubiera sometido a ese niño, pero no hubiera hecho algo que pusiera a Gina Navarro en riesgo si había estado dispuesto a regresar a la ciudad por ella. *¿Por qué irían los Ocultos detrás de Ignacio?, ¿estaban ayudando a Damián?* Sacudió la cabeza *¿por qué irían detrás de Andrés?, ¿qué tienen que ver con todo esto?* Sus pensamientos se fueron a Andrés Montero. En la entrevista que le hizo unos días antes, supo que Andrés, así como Raúl, ignoraba la información de los crímenes cometidos por Damián Ferrer, era un ingenuo aliado. Quizá Damián lo citó para pedirle ayuda.

Orozco se bajó del coche y apagó el cigarro,

entrando de nuevo al restaurante—. ¿Este hombre estuvo aquí? —le preguntó a un mesero, mostrándole una foto de Damián.

—Sí.

—Estaba con la víctima—. El detective afirmó.

El nervioso mesero intentó recordar, después asintió.

—Gracias—. El detective salió apresurado y manejó a su oficina pensando en el caso. Hasta ese momento había asumido que el senador había sido amenazado por los hombres de Valderrama, pero ahora tenía que ver cómo encajaba la pieza de los Ocultos en este rompecabezas.

Entró a la oficina del señor Octavio Argüello y puso las manos sobre su escritorio—. ¿Quién es el cliente?

Argüello bajó el teléfono—. Orozco, estoy en una llamada.

—¿Quién nos contrató para encontrar a Damián?

—Te regreso la llamada en un momento—. El señor Argüello colgó—. ¿Qué está pasando?

—Decía señora Millán.

—Pensé haberte dicho que ya no había caso.

—Argüello, ¿quién es la señora Millán? Solo

responde la pregunta.

El señor Argüello se llevó un dedo a los labios y tardó unos segundos antes de responder—. Es su apellido de soltera. La conoces como Maru Vélez.

—La esposa del senador.

—Sí. Pero es estrictamente confidencial.

El detective Orozco asintió y dio la vuelta. Dirigiéndose hacia su escritorio. Buscó en la base de datos el contacto del senador, rápidamente encontró en dónde vivía. Anotó la dirección en un papel y se levantó.

—Orozco, háblame—. El señor Argüello lo veía desde la puerta.

—Andrés Montero fue asesinado.

—¿Él qué tiene que ver?

—Era el único socio de Lucas que quedaba vivo.

—¿Encontraste a Damián Ferrer? ¿Sabes qué? No importa, te repito, ese hombre ya no es-

—Damián está en la ciudad pero él no lo hizo— Orozco sacó un folder del archivero y tomó las llaves de su coche.

—Escucha, Manuel—, el señor Argüello le detuvo el brazo para que le pusiera atención—, te di el caso porque era una prioridad en ese momento pero ya no quiero que sigas con eso.

El detective Orozco sonrió—. Debes estar bromeando.

—Sé que tienes una reputación pero no es un caso que no hayas resuelto, es un caso cancelado, como el de la torre de comunicaciones.

—Voy a encontrar a Ferrer, y lo voy a detener.

—¿Por uso de doble identidad? ¡Por favor, Orozco! En esta agencia han hecho cosas peores.

—Damián Ferrer es un asesino.

—Bueno—, el señor Argüello se sentó en el brazo de la silla y cruzó los brazos—, Javier Valderrama no era ningún santo y ni siquiera hay evidencia de que haya sido Ferrer.

—¿Valderrama? No Octavio, Damián ha matado a diestra y siniestra y nunca ha pagado por ello. Te agradezco que me hayas dado el caso, en verdad me alegra haberlo tomado—. El detective Orozco asintió y salió de la agencia.

Los rayos del sol alumbraban la zona más exclusiva de la ciudad, en donde estaba la mansión de Neuriel Montoya. Lujosos Mercedes, Ferrari y Lamborghini, rodeaban una fuente que ocupaba toda la glorieta, frente a las puertas de la mansión. Damián observó a la gente conversando y entrando al evento. Las mujeres vestían de largo, y los hombres usaban esmoquin.

Damián vestía pantalones negros y una polo negra. Sin importarle su atuendo, se acercó al mayordomo que entregaba bebidas en la entrada.

—El señor Neuriel Montoya me está esperando.

El mayordomo asintió—. Señor Ferrer, supongo—, Damián asintió—, siga el pasillo hasta el fondo y del lado izquierdo encontrará la puerta al estudio.

Damián rodeó a un grupo de mujeres que reían mientras se abrazaban en la entrada. Una de ellas hacía especial alboroto recibiéndolas, dejando claro que era la dueña de la casa.

El pasillo era de madera fina y estaba recién pulido. En una pared colgaban cuatro pinturas separadas por dos metros cada una. Las pinturas eran de un árbol en cada estación del año, comenzando por el árbol cubierto de flores rojas. Damián ignoró las conversaciones y las risas de los demás, sin saber qué esperar del tal Montoya. Al llegar al final del pasillo, a un par de metros de la pintura del árbol cubierto de nieve, encontró la puerta que había indicado el mayordomo.

El estudio parecía la sala de un museo. Dividido en dos amplios niveles, hacia donde Damián volteara habían estantes de libros o cuadros de exhibición. En una esquina había un escritorio, y un perchero del que colgaba un saco gris, y en el centro del estudio habían dos sillones individuales color chocolate. Uno estaba vacío y el otro ocupado. Neuriel Montoya estaba sentado con una pierna encima de otra, y los brazos apoyados en el sofá, en una mano sostenía una bebida.

Neuriel era un hombre delgado de alta estatura, con cejas pronunciadas y delicadas facciones. Tenía el cabello semi largo, peinado hacia el lado derecho. Usaba una camisa blanca con corbata gris, del mismo color que sus pantalones.

—Manhattan —dijo admirando su copa—. ¿Sabías que era la bebida preferida de Frank Sinatra?

Damián lo había imaginado de la edad de Andrés, pero Neuriel no parecía llegar a los cuarenta. Desde antes de cruzar una palabra con él, Damián presintió que ese encuentro no serviría de nada.

Neuriel lo volteó a ver y se aflojó un poco la corbata, como si estuviera listo para prestarle atención—. El famosísimo Damián Ferrer, ¿o era Manuel Padilla?—, sonrió—, ven, siéntate, Valderrama me habló mucho de ti.

—No tengo mucho tiempo. Andrés me dijo que podías ayudarme.

—Quizá—. Bebió un sorbo de la bebida, alzando el meñique del vaso.

Damián lo miró, rehusándose a ocupar el otro sillón.

—Mi padre fue un hombre con suerte. Mi abuela le

dejó una gran herencia que despilfarró antes de cumplir veinticinco. Todavía no le caía el veinte, seguía sin pensar en su futuro cuando un amigo lo convenció de comprar acciones, bajo préstamo obviamente, y en unos meses ya había amasado una gran fortuna otra vez—, miró a Damián—, pero solo un idiota depende de la suerte. Y como era de esperarse, la suerte se le acabó.

Damián vio el reloj en la pared. Eran las cuatro cuarenta.

—Todo esto lo conseguí yo—. Neuriel miró a su alrededor—. Sin suerte. A diferencia de Teodoro Montoya, tomé decisiones correctas en lugar de tirar los dados y dejar que la vida decidiera por mí—. Neuriel se aclaró la garganta al ver que Damián no estaba impresionado—. Hoy cumplo cuarenta años, Damián. Soy la estrella de una gran fiesta allá afuera en donde los invitados esperan ansiosamente mi presencia, y yo estoy aquí en el estudio contigo, dándote toda mi atención.

—Elena Amador se llevó a una persona. La tiene en Valle de Plata. Necesito sacarla de ahí.

Neuriel lo observó unos segundos, decidiendo cómo continuar—. ¿Ves esos trofeos?

Damián siguió su mirada hacia la pared.

—El de la izquierda es de 1998, el otro de 1999. Por dos años consecutivos me llevé el trofeo de artes marciales. He obtenido más trofeos y premios de los que te puedes imaginar, pero la cosa con las artes marciales, es que, como su nombre lo dice-

—Esto es ridículo —murmuró Damián, deseando no haber visto a Andrés. Él seguiría vivo, y Damián se estaría acercando a Gina.

Neuriel se aclaró la garganta—. Las artes marciales trabajan tu cuerpo, mente y espíritu. Te defiendes, pero maximizas tu esfuerzo y energía causando el menor daño posible.

—¿Es un consejo? —preguntó Damián, alzando una ceja.

Neuriel sonrió y asintió—. Qué listo. Andrés- ¿de verdad está muerto?

—Lo mataron en el restaurante Dos Toros. Lo siento mucho.

Neuriel sacudió la cabeza—. No éramos muy cercanos, solo es extraño haber hablado con él hace apenas unas horas y que de pronto te enteres de que está muerto, pero en fin, Andrés era socio de Valderrama, y si Javier podía confiar en él, yo también. Por eso acepté recibirte. Si no eres inocente, podemos por fin darle justicia al buen Javier, y si eres inocente, quizá pueda ayudarte.

—¿Y bien?

—Oh, inocente, sin duda. Como te decía, soy excelente juzgando gente. Me dicen que soy mejor que un detector de mentiras.

—Entonces, ¿vas a ayudarme?

Neuriel se levantó, tomó el vaso y bebió un sorbo de su bebida, acercándose a Damián. Este hombre lo trataba como a un igual. Todo el tiempo llegaban hombres con Neuriel, hombres que como él, no le llegaban a los tobillos. Estaba harto de los lamebotas que llegaban con halagos vacíos. Damián había llegado como ellos, buscando favores, pero no llevaba su dignidad como algo a intercambiar en un humillante trueque. Se metió una mano a la bolsa del pantalón y lo miró fijamente, buscando esa parte vulnerable que lo hiciera caer de rodillas a la mínima orden, pero algo le decía que en Ferrer no lo encontraría. Quizá Damián Ferrer no sabía realmente con quién estaba hablando.

—Javier organizaba las reuniones—. Estiró una mano hacia el mueble de caoba y tomó una fotografía con marco de oro. Habían cinco hombres en la foto, Javier Valderrama estaba en el centro y a su lado derecho Neuriel—. Nos veíamos en el pent-house del hotel Imperial—, señaló al que estaba a la izquierda de Javier—, Jaime Beltrán, el Comisionado General de la policía—, movió el dedo señalando a los demás—, Fabián Meneses, el jefe de la División de Inteligencia y este de la esquina es el senador Rafael Vélez —dijo con el índice sobre el hombre de corta estatura y poco cabello.

Damián recorrió la mirada sobre cada hombre. *Sabía que Lucas no era parte de ese círculo.*

—Cuando murió Javier decidimos que todo el tema se manejara con discreción. Sus guardaespaldas se encargarían de encontrar al culpable y hacerle justicia a su jefe, pero los demás nos mantendríamos al margen. De hecho esa fue la última vez que estuvimos todos reunidos. Valderrama nos dio a cada uno una copia de la foto en un marco de oro.

—Y todo esto tiene que ver conmigo porque…

Neuriel sonrió—. Nadie se metería con Elena—. Damián notó como sus ojos brillaron de una forma extraña al decir su nombre—. Y tampoco tendrían razones para hacerlo. Los Ocultos no son lo más honesto que hay allá afuera, pero aquí entre nos, en ese círculo habían grandes aportadores de su causa. Entre ellos el mismísimo Javier, y hasta donde sé, fue uno de sus mejores negocios.

—No me interesa destruir a los Ocultos, ni frenar la corrupción, solo quiero recuperar a mi mujer.

—Además está la cuestión de Javier y Elena. Esos dos eran muy cercanos, ¿lo sabías?

—No, no lo sabía.

—¿Quién es ella?_—Neuriel sonrió entretenido—, la mujer. ¿Es tu esposa?

—Sí.

—¿Le debía algo a los Ocultos?

—No.

—Entonces se la llevaron por ti.

Qué listo.

—¿Sigue viva? —preguntó Neuriel frunciendo el ceño, pero sin perder la sonrisa.

—Elena me quiere a mí, no a ella.

—Entonces entrégate y asunto arreglado.

—No conozco personalmente a Elena, pero dudo mucho que al entregarme la libere. Su misma gente es liquidada antes de darles libertad, ¿por qué la dejaría ir a ella?

Neuriel entrecerró los ojos. Le encantaba Damián. No solo por no dejarse intimidar, también le parecía un hombre interesante. La mitad de los invitados de la fiesta eran personas aburridas que solo habían asistido por hacer presencia en un evento exclusivo. Los lamebotas de siempre. Neuriel se dedicaba a sus negocios y sus reuniones eran en salones privados con siete u ocho personas máximo. Su esposa lo había convencido de hacer la gran fiesta y ahora tenía que estar ahí y cumplir con su parte. Sin embargo, Damián era una distracción caída del cielo, con un tema mucho más interesante que cualquier invitado de allá afuera.

—¿Mataste a Javier Valderrama?

—No.

—Ni siquiera dudaste.

—Yo no lo maté.

—Te creo, y lo siento pero tenía que hacer la pregunta. Pero bueno, soy el primer Montoya que sabe juzgar a la gente, lo único que deseo es que mis hijos cuando lleguen, hereden mis características y no las de su madre. Aunque no te imaginas lo exhaustivo que es cuando todo el mundo viene a ti pidiendo consejos al respecto. Mi esposa para empezar, pero creerías que sigue mis consejos y no. Le doy mi opinión en sus temas mundanos, quizá sobre alguna amiga pero no me escucha y terminan traicionándola, parece que solo lo hace para molestarme.

Damián sacudió la cabeza, sabía cómo manejar a ese tipo de gente—. ¿Siquiera tienes la capacidad de ayudarme?

—¡Por supuesto que sí! —respondió indignado, sentándose nuevamente—. Mira yo podría distraerlos, incluso sacarlos del Valle pero irán a otra parte a ejecutar su plan. Y aunque lograra convencer a Elena de dejarte en paz, los hombres de Valderrama no se van a quedar con los brazos cruzados. Pedirles que se hagan a un lado es como pedirle a un manzano que dé peras.

Damián exhaló impaciente.

—¡Pero! —Neuriel alzó un dedo—, el senador Vélez puede dar la orden, él me debe un par de favores. Literalmente le salvé la vida cientos de veces. No sé que habría hecho si no le hubiera dado los contactos que le he dado, pero en fin, él tiene ciertos acuerdos con ellos y hasta donde yo sé lo necesitan para ciertas partes de su operación—. Neuriel alzó la vista como si hubiera hablado de más—. Mientras tanto yo puedo darte un lugar para ocultarte.

—No voy a esconderme. No sé si entiendes mi situación pero cada segundo que desperdicio contigo es un segundo más que ella sufre. No me importa si tengo que caminar por el mismo infierno, de hecho es exactamente lo que planeo hacer.

—Admiro tu pasión—, Neuriel esbozó una sonrisa—, pero esa será la razón de tu fracaso.

Damián sacudió la cabeza, irritado ante la pérdida de tiempo, pero antes de que diera la vuelta para marcharse, Neuriel lo tomó del brazo.

—¿Te puedo dar un consejo?

Damián observó la mano de Neuriel. Neuriel lo soltó.

—Si no tuvieras nada que perder las tendrías todas de ganar. Pero llevas un letrero en la frente con tu talón de Aquiles. Eres un blanco fácil, Damián y la granada va a estallar.

—Entonces será mejor que tengas cuidado. Te acuestas con la que la sostiene—. Damián dio la vuelta y caminó hacia la puerta.

—¡Ferrer!

Damián se detuvo frente a la puerta y dio media vuelta. Neuriel se llevó el teléfono al oído sin quitarle la vista.

—Rafael, sí, nos llamó Maru para avisar, no te preocupes, no, tranquilo yo entiendo... sí lo recibí... ¿a mi esposa? Sí le encantó, muchas gracias. Rafael, estoy con Damián Ferrer. Sí, eso dije, ¿por qué te sorprende? Mira, te llamo porque necesito pedirte un favor.

6

—Gracias por recibirme—. El detective siguió a la señora Vélez a una de las mesas del jardín.

—El que usted haya sido el detective asignado al caso no me da ninguna tranquilidad. Esto debía mantenerse con estricta confidencialidad—. La señora Vélez tomó la taza con dedos temblorosos.

El detective Orozco la miró seriamente—. Entiendo su posición, y le aseguro que nadie sabrá que fue usted quien llamó a la agencia, pero es de suma importancia que me explique la razón por la que llamó.

La señora Vélez alzó un hombro—. Sabía que ustedes se dedicaban a localizar personas. Para nosotros era de vital importancia localizar a ese hombre.

—Sé que el senador Vélez necesitaba localizarlo, pero ¿por qué llamó usted?

—Él no me lo pidió.

—Lo sé.

—Él no puede enterarse.

—Nadie se lo va a decir, pero necesito escuchar sus razones, Maru.

La señora Vélez respiró profundamente, el detective le daba seguridad—. Un hombre y una mujer entraron a la casa hace unos días. Rafael seguía en la oficina pero mis hijos y yo estábamos aquí.

—¿Puede identificarlos?

—Si los veo sí, pero no sé quienes son, ni recuerdo sus nombres. Rafael me explicó después que eran amigos de Javier Valderrama.

El detective asintió.

—El tipo estaba armado y la mujer, que dejó muy claro ser la que mandaba, asustó a Rafael. Nunca lo había visto tan nervioso.

—¿Qué querían?

—Le dieron un ultimátum a mi esposo. Tenía que encontrar a ese tal señor Ferrer—. Bebió un sorbo del té—. Sabía que Rafael iba a buscarlo, pero no estaba de más ayudarlo. Si no lo encontraba... —La señora Vélez se llevó una mano a la frente—. No quiero ni pensarlo.

—Entiendo—. El detective Orozco asintió de forma compasiva—. El nombre de Elena Amador le hace-

—Elena—. Los ojos de la señora Vélez se iluminaron—. Así la llamó mi esposo.

El detective asintió, satisfecho, y se puso de pie—. Eso era todo lo que necesitaba saber, le agradezco muchísimo.

—Detective—, la señora Vélez se levantó detrás de él—, ¿tiene algún consejo que pueda ofrecerme? Esos dos me dejaron muy alterada, y no sé qué puedo hacer yo para evitar ese tipo de situaciones en el futuro. Mi esposo es un hombre importante-

—Su esposo es un hombre de muchos secretos, señora Vélez.

Maru lo observó entrecerrando los ojos.

—Si quiere mi consejo, aléjese de él. Aleje a sus hijos de él. El senador está tratando con gente que pone en riesgo a toda su familia. Con permiso.

- - - - - - - - - -

Elena tenía las manos apoyadas en un mapa de la ciudad. Alzó la vista cuando escuchó la puerta y la bajó nuevamente al ver que era Vicente—. Pensé que te quedarías con Gina Navarro.

—No tiene caso. ¿A dónde va a ir? Necesitamos

enfocarnos en el operativo.

—Bozo se está encargando. Le pedí que personalmente hablara con los otros líderes y los pusiera al tanto de la situación. Nadie mueve nada hasta no saber quién vació la camioneta.

—¿Y tu asistente? —Vicente se asomó a la parte de atrás de la bodega.

—En el sector este.

—Ah —dijo sentándose frente a Elena—. Si están todos parados, ¿quién va a seguir con el Operativo Fem?

—Revisa tus notificaciones, Vicente —Elena respondió aún con la mirada en el mapa—. El proyecto está suspendido.

Vicente observó la oficina improvisada. Habían traído una mesa, sillas y dos estantes—. ¿Esto va a ser permanente?

—Tal vez.

—Pensé que odiabas las bodegas.

—No seas idiota, no me voy a instalar yo aquí, las oficinas estarán listas en un par de meses y esto va a ser un laboratorio. Ven, haz algo útil.

Vicente se levantó con pesadez y se acercó a ver el mapa.

Elena señaló una línea roja—. Esta zona está desperdiciada. No está muy lejos del sector este, con un par de camionetas más, creo que podemos abrir otra ruta.

—Podemos armar ahí otro sector. Improvisado, con poca gente.

—Tenemos una logística perfectamente planeada—. Elena tomó el lápiz y marcó una cruz en el papel—. No podemos improvisar sectores, no estamos poniendo un tianguis, estamos dirigiendo una organización.

—Siempre haces esto.

—No seas sentimental—. Elena dio un paso atrás para observar completo el mapa.

—¡Sentimental! ¡Ja! Elena, actúas como si fueras la única que mueve un dedo en este lugar.

—¿Estás seguro de que quieres hacer esto?

Vicente pensó en Víctor, el bebé que su joven novia había dado a luz unos meses atrás. Hasta ese momento Vicente había sido uno de los pocos miembros de la organización que no tenía familia. Elena solo contrataba hombres y mujeres con familia cercana, hijos específicamente. Les decía que eso los hacía más confiables, pero en realidad solo quería tener a alguien con quién chantajearlos si llegaban a pensar traicionarla. Vicente lo sabía. Pero desde que su novia le había dado la noticia de su embarazo, quiso quedárselo e intentar hacer que las cosas funcionaran. Por eso el día que Elena le advirtió que él no estaba exento y enterraría a su familia si volvía a equivocarse, no pudo perdonarla. A partir de ese momento tenía poca tolerancia por las cosas que antes encontraba entretenidas.

Los dos voltearon a la puerta al escuchar que alguien tocaba.

—Jefa, traigo malas noticias.

—¿Qué pasó Chino? —Elena regresó la mirada al mapa, ignorando el desplante de Vicente.

—Bozo me mandó a seguir al tipo que contrató.

—¿Cuál tipo?

—El muchacho que llevó al sector norte.

—¿Nacho? —preguntó extrañada—. Chino, no tengo idea de qué me estás hablando.

—Sí, creo que así se llama. El jefe lo vio con otro güey en el sector norte. Mataron a Nélida.

Eso llamó la atención de Elena. Vicente también alzó la vista, interesado.

—Se separaron y Bozo nos pidió que siguiéramos a este niño, mientras él seguía al güey que lo acompañó. Lo seguimos al hotel Miranda, y casi lo teníamos pero un policía salió de la nada y arrestó a Omar.

Elena inclinó ligeramente la cabeza.

—Omar no va a hablar. Me aseguré.

—Bien—. Elena miró a Vicente—. Llama a Bozo, quiero ver si lo alcanzó.

—¿A quién le importa ese güey? Hay que encontrar a la rata de Nacho.

—A mí. Llámalo.

—Bozo se está encargando de él, ¿no? —Vicente tomó el teléfono y esperó a que respondiera.

—¿De quién?

Vicente alzó una mano en indiferencia—. Del güey que vieron con Nacho.

—¿No sabes quién es?

—¿Debería? —Vicente la miró como si le estuviera hablando en otro idioma, uno ofensivo.

—Comunícame con él.

—No contesta.

Elena apretó los dientes y aventó todo lo que estaba en la mesa, incluido el mapa, tomando por sorpresa a Vicente y al Chino—. ¡Maldito Ferrer! —Caminó furiosa de un lado a otro.

Vicente siguió marcando pero no tuvo éxito. El

arrebato de Elena le había aclarado la situación.

—Ferrer no te va a hacer nada —dijo intentando tranquilizarla.

—¿Tengo cara de estar asustada?

Vicente giró los ojos, arrepintiéndose de haber hablado.

—No era una pregunta retórica.

—No, no te ves asustada —respondió sin voltearla a ver.

—Escúchame bien Vicente, te di instrucciones claras de traerme a este imbécil, y dos meses después, lo único que tengo es a los jefes del sector norte muertos, y este pendejo haciéndose el listo conmigo. No estoy asustada, estoy ¡EN-CA-BRO-NA-DA! ¿Quién chingados se cree que es? Pero escúchame bien, escúchame muy bien, nadie se burla de mí.

Vicente alzó una ceja, deseando estar en otro lado. en más de una ocasión su jefa había perdido los estribos y se había desquitado con el primero que se le paraba en frente.

—Bueno, ya relájate, Nacho no sabía nada de por sí, ¿qué pudo haber dicho?

La mirada de Elena fue suficiente para que cerrara la boca.

—Encuéntralo Vicente. O me lo traes, o te vas despidiendo de Margarita y Víctor.

Vicente se levantó haciendo las manos un puño, era la segunda vez que lo amenazaba. Se paró frente a Elena desafiándola, pero Elena no se movió—. Lo tenía ahí mismo. Le pude haber disparado y terminar con este asunto pero me ordenaste que trajera a la mujer.

Elena lo observó con curiosidad, parecía que su furia se había desvanecido. El Chino dio un paso atrás.

Vicente tragó saliva intentando mantenerse derecho.

—¿Qué hubieras hecho tú?, ¿dispararle? Te recuerdo que los hombres de Valderrama son ahora nuestros hombres, y son bastantes. Si no creen que se hizo justicia por su jefe, dejarán de ser nuestros hombres y se convertirán en nuestros enemigos.

—Le pude haber roto las piernas antes, o lo que sea. ¡Matarle a su mujercita, yo qué sé!

—Exacto, tú qué sabes—, Elena rio—, no quiero que le rompas las piernitas o el corazón, Vicente. Quiero que me lo traigas, y yo, que sí sé, me encargaré de él.

Vicente escupió en el suelo—. Bien, pues ¿querías que viniera detrás de ella? ¡Ya viene! Considera el trabajo terminado.

Antes de que Vicente terminara de hablar, Elena ya había alzado la mano. Vicente no vio venir el golpe hasta que la palma de Elena dejó una marca roja en su mejilla.

Vicente tenía el corazón acelerado y el sudor comenzaba a bajar por sus mejillas. Elena permaneció de pie frente a él. El Chino, que estaba parado incómodo con la vista en el suelo, se preguntó si lo mataría.

—Por última vez, tráeme a Damián. Ya estás advertido.

Vicente dio un paso atrás y finalmente asintió. Se dio la media vuelta y salió con la cara enrojecida.

—Maldita perra —murmuró antes de meterse a la camioneta.

Elena suspiró y se sentó detrás de su escritorio—. Chino, tráeme a los hijos del senador Vélez. Después vas al sector norte y les dices que estás a cargo.

—Sí, jefa. ¿Algo más?

—Pídele a Brenda que venga.

- - - - - - - - -

El detective llegó a su casa y entró al estudio. Revisó los papeles que tenía sobre el escritorio. Abrió el folder de los crímenes de Damián Ferrer. Tenía impresas las imágenes de las escenas de cada crimen. Observó primero la foto, la joven de veintiocho años que cometió un supuesto suicidio, Zoe Martín. El detective sacudió la cabeza, incrédulo de que la policía pusiera tan poca atención a los casos del valle. Si la navaja que usó Zoe estuviera guardada en evidencia, el detective podía apostar a que encontrarían las huellas de Damián. Hizo a un lado la hoja y analizó el consultorio de la doctora Miranda. Tampoco había información relevante en su expediente. Miranda nunca había roto la ley ni tenía antecedentes. Era una mujer seria, estricta y profesional. ¿Quién más le habría hecho eso? La siguiente hoja era de Valentín Correa. El detective Orozco lo había encontrado en Valle de Plata, haciéndole un favor a su mejor amigo e investigador, Ramírez. Aunque lo habían declarado como un accidente, Orozco había hecho la recomendación de mantener la investigación abierta para encontrar al responsable. Él sabía que Valentín no había subido solo a esa montaña. Sin ver el caso de Lucas, regresó las fotos de Miranda y Zoe al folder y las observó un momento antes de cerrarlo. Después suspiró, alzando la mirada. *Mataste a esta gente inocente, ¿por qué?, ¿se interpusieron en tu camino?, ¿fueron un daño colateral?* Se levantó y encendió la música, una pieza de Strauss comenzó a sonar. *Vas a pagar, Ferrer.*

Se sentó nuevamente y abrió otro folder. Comenzó a leer la escasa información que tenían sobre los Ocultos y Elena Amador. Encendió la computadora y entró a la base de datos de la agencia, en donde escribió el nombre de Javier Valderrama. En unos cuantos minutos encontró los nombres de los hombres que trabajaban para él. Pensaba encontrar a Andrés Montero, quizá no solo era su socio en el hotel Miranda, quizá también trabajaba para él. No lo encontró, pero hubo un apellido que llamó su atención. Norberto Pascal. El detective vio los otros nombres de los trabajadores de Valderrama.

Oto Galindo había sido atropellado dos días antes de la muerte de Norberto Pascal.

El detective tomó el teléfono y llamó a la oficina. Cruz respondió enseguida.

—Cruz, entra al sistema de vigilancia y checa el video del día que murió el señor Pascal.

—¿Orozco? Estoy algo ocupado con-

—¿Querías mi opinión sobre tu caso, no? Hilda no envenenó a su esposo.

Cruz exhaló tras una pausa—. Lo sabía.

—Revisa el video, ve si un Audi se detiene entre las cinco y las nueve de la noche—. El detective esperó ocho minutos antes de que Cruz retomara la llamada.

—No se detuvo, pero un Audi negro redujo la velocidad a las seis con doce minutos.

—Se estacionó adelante. Esquivando la cámara.

—Puede ser.

—Cruz, Elena Amador lo mató.

—¿Quién? —Cruz preguntó atónito—. ¿Elena Amador? ¿LA Elena Amador?

—Te llamo después. Haz que liberen a la señora Pascal, ella es inocente—. Orozco colgó y se sentó frente

a la computadora con las manos detrás de la cabeza pensando, después decidió llamar a Ramírez.

—Chema me estás preocupando —respondió Ramírez—. Creo que te estás haciendo viejo, ¿desde cuándo necesitas tanta ayuda en un caso? Aunque me da gusto que para variar seas tú el que me llama.

—Ramírez necesito información de los Ocultos.

—.... No.

—Esto es serio-

—Chema te propongo algo. Vamos a comer algo, porque van a dar las seis y estoy seguro de que no has comido nada, y me cuentas sobre tu caso. Yo te apoyo en lo que pueda y tú obtienes tu victoria.

—No tengo tiempo.

—¿Quieres información o no?

Orozco miró hacia arriba. En la agencia no había suficiente información, y a él le llevaría cuarenta y ocho horas más conseguirla. Damián estaba en la ciudad pero no sabía por cuánto tiempo, no podía darse el lujo de esperar, necesitaba usar todos sus recursos—. Las Nietas de Tláhuac en diez minutos.

- - - - - - - - -

Vicente manejó enfurecido hasta el valle. Subió la escalera del edificio Roble y marchó al departamento de

Gina—. Ya estuvo. No sé a qué chingados está jugando el cabrón de Ferrer pero en este momento tengo que saber en dónde está—. Vicente jaló la silla en dónde Gina estaba sentada y la desató bruscamente.

—¿Cómo voy a saberlo?

—Creo que no me entendiste—. Vicente la tomó de los hombros—. No me vas a decir literalmente en dónde está. Él va a aparecer cuando se entere de que su perra está muerta.

Gina no tuvo tiempo de reaccionar antes de que el puño de Vicente le golpeara la quijada. Gina se detuvo de la mesa para no caer, pero Vicente ya estaba encima de ella soltándole un golpe detrás de otro. Gina intentó defenderse pero sus golpes estaban mal dirigidos y no causaban daño, lo único que le quedó hacer fue intentar cubrirse antes de que Vicente terminara con ella. Cuando Gina estaba severamente golpeada y no podía mantenerse de pie, Vicente la tomó del cuello. Irónicamente Gina no pensó en su vida. Sabía que al morir vería escenas de su vida como en una especie de película pero solo podía pensar en Damián. Sintió cómo la vida se escapaba en sus últimos alientos cuando el tono de una llamada hizo que Vicente la soltara.

Confiado en que su víctima permanecería en el suelo, Vicente salió del departamento tan furioso como había llegado.

Gina respiró contra el suelo, mirando la puerta por donde había salido Vicente. Reunió todas sus fuerzas para levantarse, y reprimiendo sus quejidos se acercó a la puerta. Retrocedió al escuchar las voces en el pasillo, pero optó por poner el seguro. Antes de que alguien intentara entrar, Gina se tambaleó a la ventana de su habitación. *No son muchos pisos,* pensó mientras se esforzaba por sacar las sábanas húmedas del armario. Con un esfuerzo sobrehumano amarró dos sábanas y dos toallas y las aventó por la ventana. La densa capa de neblina le impidió ver si llegaba al suelo pero al escuchar el cerrojo de la puerta moviéndose, se colgó de su débil improvisación.

Damián se bajó del taxi frente al bar. Pocos conocían el bar Nostradamus, era un bar muy exclusivo y de alta seguridad en el Norte de la ciudad en donde hombres y mujeres se veían para cerrar negocios, legales o no.

Damián se estaba sentando cuando entró el senador Vélez.

—Damián Ferrer—. El senador extendió una mano.

Damián asintió, sin saber muy bien cómo lo había reconocido, y estrechó su mano. Un mesero se acercó con la bebida que el senador pedía regularmente y le ofreció el menú a Damián, él lo rechazó.

—Espero que no hayas esperado mucho tiempo, ¿estás seguro de que no quieres beber algo?—. El senador se sentó, Damián movió la cabeza negando—. Así que estabas con Neuriel. Si puedo preguntarte,

¿cómo lo conoces?

—Un amigo en común.

—Me explicó tu situación—. El senador lo observó queriendo leer su mente.

—Elena Amador tiene a una persona que necesito recuperar. Me dijo Neuriel Montoya que tienes una relación cercana con ella.

El senador rio—. ¡Demasiado cercana, quizás!

—¿Qué tengo que hacer para que Elena la libere?

El senador se movió incómodo en la silla—.Te seré honesto Damián. Elena fue a visitarme a mi casa hace unos días. No, no somos cercanos. No como lo eran ella y Valderrama. De hecho, si Valderrama nunca la hubiera involucrado yo no tendría nada que ver con ese maldito grupo de criminales.

Damián frunció el ceño—. ¿No es usted parte de ese grupo?

—¡Dios, no! ¡Los detesto! No, es una larga historia pero en lo que a ti concierne, me amenazaron con tal de encontrarte.

Damián miró a su alrededor, preguntándose si eso era una trampa.

—Descuida, ya te entregué. ¿Te encontraron, no? No vine a verte para chingarte.

Damián apretó los puños, queriendo golpear al responsable de que se hubieran llevado a Gina—. ¿Entonces?

—Neuriel me pidió el favor así que... digamos que vienes con una buena recomendación.

—¿Cómo sé que no hablaste con Elena sobre esto?

—Elena estaría aquí ahorita mismo. Ni siquiera tenía que venir yo, solo le hubiera dado tu ubicación. Pero entiendo que no confíes en mí. Cosa que te pone en una situación muy complicada porque deberás hacerlo si quieres recuperarla.

—¿Cómo?

El senador se aflojó la corbata—. ¿Sabes en dónde quedan las bodegas de Valderrama?

Damián asintió.

—Elena está ahí. Podría apostar que ahí tiene a quien buscas. De cualquier forma yo puedo encontrarla.

—¿Y luego qué?

—No te voy a ayudar a entrar a los Ocultos. Pero sí puedo sacar a tu mujer de ahí. Estableceremos un punto de reunión, quizá el aeropuerto y yo me aseguraré de llevarla.

—¿Por qué harías eso?

El senador cruzó las manos y las apoyó sobre la mesa—. Porque odio a Elena Amador, y cuando ella no entregue tu cabeza, los hombres de Valderrama querrán la de ella.

—¿Así que me ayudas para deshacerte de ella?—. Damián lo miró escéptico.

—Ya tiene las horas contadas. Nada más deja de hacer pendejadas. Matar a los guardaespaldas de Javier no fue lo más inteligente que pudiste haber hecho. Ellos estaban ya haciendo el trabajo por ti.

—No sé de qué estás hablando.

—De los cuatro hombres que estaban con Javier cuando lo mataste.

—Te equivocas.

—Me da lo mismo si mataste a Javier, de hecho me hiciste un favor—. El senador sacudió una mano, ignorando el tema—. Pero solamente quedan dos de sus hombres. Elena está segura de que tú los estás desapareciendo y su teoría no es descabellada.

—¿Cuándo los mataron?

—Hace unas semanas, me parece.

—Si me encontraste en Utqiagvik, ¿cómo pude haber sido yo?

—Damián, no importa. Solo te pido que por ahora no hagas nada. Déjame investigar en dónde está tu mujer, llevártela, y desaparece, no dejes que Elena te encuentre. En dos días máximo, los hombres de Valderrama me quitarán una piedra del zapato.

Damián lo observó durante unos minutos, decidiendo si podía confiar en él. El senador tenía razón, si le hubiera querido poner una trampa, Elena habría aparecido en el restaurante.

—De acuerdo.

—Bien. ¿Cómo se llama ella?

—Gina Navarro.

El senador se levantó—. Entonces dame tu teléfono y te avisaré en dónde y cuándo. Antes de que Damián pudiera decir algo, el senador alzó una mano—. Sé que tienes prisa, lo haré a la brevedad.

El senador estaba caminando hacia la puerta cuando se detuvo y dio la vuelta—. Damián.

Damián se estaba levantando de la mesa. Lo miró.

—Si cualquiera de ellos te ve, nuestro plan vale madres—. El senador miró a su alrededor, pensando—. Ten—, sacó una tarjeta de su bolsillo—, ve a esta dirección. ¡A la chingada, puedo hacerlo! Hoy a las nueve en punto te llevaré a Gina.

Damián asintió, tomando la tarjeta—. Son las cinco

y media ¿estás seguro de que te dará tiempo?

—Te encontré en menos de veinticuatro horas, creo que puedo encontrar a una mujer que está en la misma ciudad—. Le aseguró el senador antes de dar la vuelta—. ¡Nueve en punto!

El senador se fue murmurando, Damián alcanzó a escuchar el nombre de Elena acompañado de groserías. Metió la tarjeta a su pantalón y salió del bar. En la esquina de la siguiente cuadra había un letrero de una arrendadora, en lugar de esperar un taxi, Damián se dirigió hacia allá.

Raúl se detuvo frente a unas canchas de tenis—. Es ridículo, nunca lo voy a encontrar.

—¿Y ahora qué?, ¿está aquí?

—¿Quién?

Nacho alzó las cejas—. ¿Damián?

—No, aquí doy clases.

—¿Ahorita?

—No. Solo déjame pensar.

—Te preocupa que el detective ya lo haya encontrado.

—No creo. Habríamos visto su coche en la agencia—. Raúl iba a darle una explicación cuando se le quedó viendo—. No sé por qué sigues aquí. Bájate.

—No puedo bajarme aquí. El sector del este está por aquí y me van a encontrar.

—Al menos cómprate una camisa—. Raúl le extendió dos billetes de doscientos.

Nacho lo tomó pero alzó las cejas sin saber qué hacer. En respuesta, Raúl miró hacia la calle y alzó las cejas viendo hacia la boutique.

—Órale, estás en todo—. Nacho se bajó del coche con una sonrisa—. ¿Vienes?

—Aquí te espero. ¡¿Qué estás haciendo?! —exclamó cuando Nacho le quitó las llaves del coche.

—Perdón carnal, pero no quiero que me dejes aquí.

Raúl sacudió la cabeza incrédulo. *¡Vaya suerte la mía!*—. Pinche Damián.

—Amén —dijo Nacho alejándose.

Raúl estaba recargado en el coche cuando Nacho salió de la tienda con una bolsa en la mano, usando un chaleco gris sin mangas y abierto del pecho.

—Eso te compraste.

—¿No te gusta?—. Nacho no podía dejar de

sonreír—, está genial y además estaba al dos por uno—, Nacho le mostró el chaleco rojo que tenía en la bolsa.

—Guau… solo, Guau—. Raúl volteó al escuchar una voz familiar.

—¡Entrenador!

Romina y Mateo sonrieron alzando una mano desde la esquina.

Raúl también sonrió y se estaba acercando a ellos, preguntándose por qué estaban solos, cuando Nacho lo detuvo del hombro.

—¡No mames cabrón!

—¡Qué!

—Esos güeyes trabajan para Elena—. Nacho señaló el Jetta que redujo la velocidad.

—¿Estás seguro? —Raúl le quitó el brazo de su hombro. No quería a Romina y Mateo ahí parados si eran criminales los que estaban en el vehículo.

El coche se detuvo pero nadie se bajó—. Ya me cacharon—. Nacho se agachó y caminó hacia la parte de atrás del coche, pero al ver que no bajaban corriendo a matarlo, dudó.

—¿Quiénes son los morros?

—Los hijos de un senador.

—Vienen por ellos —Nacho dijo viendo el Jetta fijamente.

—¿Qué?, ¿estás seguro? —Raúl jaló a Nacho y ya estaba corriendo antes de terminar de hacer la pregunta.

Los hombres se bajaron a unos pasos de los niños. Raúl jaló a Romina y Nacho no tuvo más opción que golpear a uno de los sujetos que intentaba tomar a Mateo. Los hombres sacaron sus armas en respuesta.

—¡Las llaves!, ¡las llaves! —gritó Raúl mientras se metía al coche con los dos niños gritando—. ¿En dónde está su mamá?

—¡No sé! —Gritó Romina asustada, por encima del tiroteo—. Estábamos en el parque y un señor nos dijo que ahí la esperáramos.

Raúl arrancó y el Jetta arrancó detrás de él.

—Pónganse el cinturón —dijo Raúl nervioso, recordando su secuestro unos meses atrás—. No entres en pánico, no entres en pánico —murmuró.

—No, no entres en pánico —dijo Nacho agarrándose de la puerta hasta con las uñas.

- - - - - - - - -

El detective esperó diez minutos a que llegara Ramírez al restaurante. Ramírez se veía preocupado al llegar. Vestía un traje gris y corbata vino. El cabello le llegaba a la nuca y tenía muchas más canas que Orozco, a pesar de ser de la misma edad.

—Ya sé que tienes prisa —le dijo al detective Orozco parado a un lado de él—, para variar, yo también.

Se miraron durante un momento y después ambos sonrieron y el detective Orozco se levantó y abrazó a su viejo amigo.

—Qué gusto me da verte, Chema. Aunque solo me hayas querido ver porque necesitas algo de mí—. Ramírez llamó a un mesero y pidió dos platillos del menú.

—Llamaron a la agencia para localizar a Damián.

Ramírez silbó—. ¿Otro interesado? Guau, ese Ferrer debe valer mucho.

—No es otro. Te conté ese día—. Orozco notó las bolsas debajo de los ojos de su amigo, y se preguntó si se veía igual que él.

—Ah sí, el cliente anónimo.

—La esposa del senador Vélez.

—El senador ya tiene la ubicación de Ferrer—. Ramírez lo miró confundido, mientras tomaba un pan de la canasta.

—Ahora sí, pero en ese momento no. Ella estaba

ahí cuando le dieron el ultimátum al senador.

—¿Los hombres de Valderrama?

—Elena Amador.

—Nooo—. Ramírez entrecerró los ojos. Orozco asintió—. ¿Elena Amador tiene al senador Vélez?

El mesero dejó dos platos de chilaquiles en la mesa y se marchó tras asegurarse de que no necesitaban nada.

—Necesito información de los Ocultos, Ramírez. La puedo conseguir yo, pero me tomará más tiempo y eso es lo único que no tengo.

Ramírez bajó la mirada a su plato—. No hay mucha información de los Ocultos en el sistema, ya sabes que esos no se atrapan vivos. Y tampoco puedo imprimir esa información de la base de datos.

—Ramírez me estás matando.

—No he terminado—, Ramírez alzó un dedo y sacó su teléfono—. Aquí está lo que sí puedo conseguir. Dime, ¿qué necesitas?

—Quiero saber sobre Ignacio Arcos.

—El hombre que viajó con Damián, ¿no?—. Ramírez ya estaba buscando en su teléfono.

—Sí—. Orozco no había considerado la comida hasta que el olor le recordó que estaba hambriento.

Comenzó a comer mientras Ramírez sacaba la información.

—Pues no es nadie—. Ramírez frunció el ceño, no muy feliz con lo que estaba encontrando—. Estudió la primaria en la zona rural, huérfano, entró a la secundaria pública pero dejó los estudios después de unos meses. No tiene seguro social.

—Está con los Ocultos. Y si no me equivoco—, el detective se acercó con un brillo intenso en los ojos—, también los hombres de Valderrama.

Ramírez no pudo evitar soltar una carcajada—. Te volviste loco.

—Piénsalo. Elena Amador, ¿qué tienes de ella?

Ramírez se llevó un bocado a los labios mientras buscaba en el teléfono—. Hija del oficial Amador, bla, bla, blá, estudiante ejemplar, bla, bla, blá, aquí—. Ramírez se limpió los labios, encontrando algo interesante—. En 2011 se encontró evidencia de su relación con el Faquir y su grupo de los Sangrientos—. Ramírez miró al detective—. Pero eso no nos lleva a ningún lado, los Sangrientos desaparecieron después del fracaso del Faquir intentando vender drogas.

—Pero no desaparecieron.

—Me decepciona detective, el Faquir fue asesinado y la organización se acabó.

—¿De quién fue esa victoria? —Orozco se recargó

en el asiento, esperando a que Ramírez hiciera la deducción.

Ramírez alzó la vista recordando—, para el senador Rafael Vélez.

Orozco asintió—. En eso basó su campaña, en la desmantelación de los Sangrientos. Pero los Sangrientos no desaparecieron, solo cambiaron de nombre.

Ramírez frunció el ceño, siguiendo la lógica de Orozco.

—Elena Amador y Vicente Tenorio, la mano derecha del Faquir, siguieron operando y cambiaron el nombre de la organización a...

—Ocultos—. Ramírez soltó el tenedor, perdiendo el apetito—. Entonces los rumores son ciertos.

—¿Cuáles?

—En la división no los están buscando pero deben saber que siguen operando. En todos los archivos, la versión oficial es que los Sangrientos dejaron de operar. Una victoria para el sistema.

—¿Para el sistema?, ¿o para Rafael Vélez?

Ramírez lo miró sin decir nada.

Orozco alzó un hombro—. Quizá no lo saben.

—Lo saben —Ramírez dijo asintiendo, en un tono

indignado—. Pero todos están cubriendo al senador, ¿quién sabe cuántos más están metidos con Elena? —sacudió la cabeza—. Toda esa campaña fue un fraude.

Orozco asintió, recuperando el interés en su plato.

—No sé—, Ramírez exhaló, llevándose las manos detrás de la cabeza—, definitivamente el senador está con ellos. Hace unas horas aprobaron el comité de localización de víctimas, ¿sabes cuántos policías mandaron al sur?

Orozco lo miró.

—A ninguno. Decenas de muertes y nuestra policía no asoma ni los pies en ese lugar. No sé en qué rayos están pensando.

—¿Por qué te desanimas?, lo vas a averiguar, ¿no es esto a lo que nos dedicamos?

—¿Por qué me desanimo? ¡Chema esto es un hoyo sin fondo! Gente como tú y yo intenta reparar una sociedad respetando el sistema, ¡y el mismo sistema es el que daña a la sociedad en primer lugar!

El detective Orozco se hizo para atrás, acomodándose en el asiento.

Ramírez suspiró derrotado—. No te hice caso. Me debí de haber salido cuando tú lo hiciste.

—Ramírez, espera un momento. Tuve mis razones para salirme de la división, pero la gente no es tan impredecible. Bajo circunstancias extremas todos sacan lo peor de sí mismos, sean parte del sistema o no. No te olvides que el sistema está formado de carne y hueso, con las mismas necesidades y debilidades que los demás.

Ramírez lo miró.

Orozco alzó una ceja, y se acercó a la mesa—. Nosotros no hacemos lo que hacemos para resolver todos los problemas de la sociedad, así como los criminales no buscan dañar a toda la sociedad. Tanto ellos como nosotros estamos haciendo un balance. Si dejamos de hacer esto, se rompe el balance, y ellos ganan.

Ramírez sonrió—. Ellos ganan. Decías eso todo el tiempo cuando éramos niños, aunque eras menos filosófico y no te ponías sombreros espantosos.

El detective Orozco sonrió—. Entonces, ¿podemos regresar a mi urgencia?

—Sí, pero mentí. Tus sombreros sí eran espantosos.

—Ramírez concéntrate.

Ramírez sonrió y regresó su atención al plato frente a él—. No me hagas caso, estoy trabado con un caso que me tiene algo frustrado.

—¿De qué es?

—Ha habido ciento cincuenta y seis robos en unas semanas. No se llevan dinero y no hay nada en común excepto el hecho de que sacan contenedores completos.

—¿Qué se están llevando?

—¡De todo! Equipo, medicamentos, ropa… el último robo fue en las bodegas de Galia.

—¿Los laboratorios?

Ramírez asintió—. Llegué a un punto muerto.

—Mándamelo.

—¿En serio?

—Me estás ayudando con esto, es lo menos que puedo hacer.

Ramírez se aclaró la garganta—. En ese caso, creo que recuperé mi apetito —dijo regresando la atención a su plato—. ¿Qué vas a hacer cuando encuentres a Ferrer?

—Haré que confiese.

—¿Y después?

—Entregarlo, por supuesto.

- - - - - - - - - -

Raúl se metió al estacionamiento de un centro

comercial huyendo del Jetta. Subió hasta el último nivel y se detuvo en el lugar más alejado y oscuro.

—¡No contesta el detective! ¿Qué hago con ellos?

—¿Me preguntas a mí? —Nacho miró a los niños en el asiento de atrás. Romina y Mateo estaban callados y tomados de la mano.

La alarma de un coche los hizo brincar. Raúl y Nacho voltearon hacia donde un despistado hombre buscaba sus llaves desesperado por apagar la alarma.

Nacho no le quitó los ojos de encima al señor hasta que se subió al vehículo y desapareció por la rampa—. Nunca sabes.

Raúl lo observó—. ¿Cómo te involucraste tú en todo esto?

Nacho alzó un hombro—. No es tan difícil. Cuando no tienes nada, aceptas cualquier cosa.

—¿Y no podías aceptar algo mejor?, ¿un trabajo? —Raúl alzó una ceja.

Nacho rio durante unos segundos y después se puso serio—. Ah, ¡Hablas en serio! ¿quién va a contratarme a mí?, ¿de qué? Ni sé hacer nada.

—¿Y no puedes aprender?

Nacho sacudió la cabeza—. Chale, lo mejor que puede hacer alguien como yo, es aceptar que algunos nacemos con todas las de perder. Si no te resignas, la decepción es cañona.

—Si no tuvieras esperanza en el futuro no te habrías metido con ellos.

—¿Esperanza? Nel, de eso no se come. No tenía esperanza, tenía unos pesos asegurados con la jefa. Me iban a pagar por hacer cosas que sí puedo hacer.

Raúl bajó la voz para que los niños no lo oyeran—. ¿Matar?

—Chale güey, no he matado a nadie.

—¿Cuánto tiempo crees que eso iba a durar? ¿Tan siquiera sabes si eres capaz de hacerlo?

Nacho lo observó entretenido por un momento—. No me gusta adelantarme a las cosas.

Raúl vio la hora y tomó su teléfono—. ¿Los llevo a su casa? Su mamá tampoco contesta.

—No manches, ahorita no nos podemos ir. Deja que se vayan esos güeyes.

Raúl miró a Romina, pensando que algo le había pasado a su madre—. ¿Qué fue exactamente lo que pasó? Dijiste que estaban en el parque.

—Sí. Fuimos con mamá al parque y estábamos en el subibaja cuando un señor nos dijo que mamá se había ido a la tienda de helados y que fuéramos con ella.

Nacho sacudió la cabeza—. Y ahí van ustedes de tontos, ¿no les enseñaron a no hablar con extraños?

Raúl le echó una mirada para que se callara.

—Mamá ya no estaba en la banca, sí se había ido —Romina dijo intentando defenderse.

Raúl suspiró, probablemente ellos mismos se la habían llevado.

—¿Y el senador?, ¿ya lo llamaste?

- - - - - - - - -

El senador se estacionó frente a su oficina. Tenía varias llamadas perdidas del entrenador de tenis de sus hijos. Cuando entró una llamada más de él, la rechazó, maldiciéndose por haberle dado su teléfono. *Todos quieren favores de un senador, chingados.* Se sacudió las manos y suspiró, *no, no me voy a encabronar, este es uno de los mejores días de mi vida,* apagó ese teléfono y sacó el otro. Buscó un número, sintiendo mariposas en el estómago.

Elena respondió en el tercer tono de la segunda llamada—. Qué insistencia, Rafael. Estoy ocupada, será mejor que tu interrupción valga la pena. Tienes tres segundos.

—Elena, estoy seguro de que esto te va a interesar—. Se ajustó el cuello, sintiéndose orgulloso—. Después de mucho, mucho esfuerzo, adivina quién-

—Te queda uno.

—¡Está bien! Sé dónde está Damián.

—¿En dónde?

El senador miró el teléfono incrédulo ante la falta de emociones de Elena—. Pensé que estarías más contenta.

—La dirección, Rafael.

—Sí, sí... ¿tienes dónde anotar?—. Elena suspiró en respuesta, el senador le dio la dirección de la casa de seguridad y le aseguró que Damián estaría ahí a las nueve.

—Muy bien, Rafael, lo tomaré en cuenta

—Esperaba un poco—, la llamada se cortó con el senador aún hablando—, más de gratitud —dijo bajando el teléfono.

Elena estaba consiente de que no había dado la orden de cancelar el secuestro de sus hijos, y le entregó la nota con la dirección a Vicente.

—Lleva a esta dirección tres camionetas con los líderes de cada sector y rómpele las piernas. No quiero que se escape—. Tomó el teléfono y llamó al Chino.

Vicente asintió leyendo la dirección—. ¿Ahí está?

—Va a llegar. Espéralo en el interior. Esconde las

camionetas—. Elena miró fijamente a Vicente—. Esto no puede salir mal. Esta es tu última oportunidad, ya sabes lo que te estás jugando.

Vicente tomó su chamarra, decidido a hacerlo bien esta vez. *Llegó tu hora, Ferrer*.

—Sí, jefa —respondió Chino con voz nerviosa.

—¿Qué pasó con lo que te pedí?

—El idiota de Nacho se llevó a los niños con otro cabrón. Perdón jefa, le fallé.

—¿En dónde estás?

—Los perdimos por la Plaza. Estamos dando vueltas.

—Regrésate. Te necesito en otro lugar—. Miró hacia la puerta en donde Brenda estaba parada—. Entra.

—¿Problemas?

Elena sacudió la cabeza—. No lo llamaría un problema, más bien un retraso. ¿Hiciste lo que te pedí?

Brenda se agachó junto al escritorio y sacó una caja—. Estos son los del proyecto Fem.

—Brenda... Leíste sobre el proyecto.

—Obvio, me pediste que lo organizara.

Elena alzó una ceja, pero decidió dejarlo pasar por esa ocasión—. ¿Hay algo que me quieras decir?

Brenda alzó un hombro—. Esas mujeres te sirvieron para negociar, ¿no? Yo también lo hubiera hecho.

Elena no encontró tristeza, temor o ansiedad en su voz, pero sus palabras eran difíciles de creer, después de todo, Brenda había sido una víctima y había viajado con esas mujeres.

—Deshazte de esto.

Brenda asintió y tomó la caja.

—Aquí en la oficina—. Aclaró Elena, al ver que se la llevaba.

—¿Esto también? —Brenda señaló la caja, leyendo la etiqueta—. ¿Proyecto Emblema?

—Ensamblaje. Ese sigue en pie. Te diré después qué hacer con esto.

Brenda se sentó en el suelo, y jaló la caja del proyecto Fem. No tardó en comenzar a romper los papeles que había en el interior. —. ¿Quién es Damián?, ¿para qué lo quieres?

—Nuestra gente quiere su cabeza.

—¿Qué hizo?

—Mató a un importante inversionista del grupo.

Brenda asintió y regresó a lo que estaba haciendo.

—¿Y su esposa es el anzuelo?, ¿qué le van a hacer a ella?

Elena alzó una ceja—. Haces muchas preguntas.

Brenda respondió sin voltearla a ver—. Pensé que querías que aprendiera.

Elena sonrió—. Y lo harás, en su tiempo.

- - - - - - - - - -

Gina colgaba de su débil cuerda improvisada en medio de la densa neblina, pensando en todas las formas en las que su plan fracasaría. En cualquier momento alguien se asomaría por esa ventana, o se desataría un nudo y hasta ahí llegaba. Una vez que tocó el final de la toalla, calculó unos metros para tocar el piso, pero su valentía parecía haberse quedado arriba. *¡Brinca, solo brinca!* Apretó los ojos y los labios, y se armó de valor abriendo las manos.

La caída fue breve. Aterrizó en un montoncito de tierra, doblando su pie izquierdo y dejando caer su peso sobre él. Se tiró al suelo apretando su tobillo pero el grito que salió de sus labios fue débil. Estaba segura de que no la habían escuchado, aunque era difícil saber si había gente cerca. No podría verlos con la neblina. Caminó agitada y lo más rápido que su pie la dejaba, viendo tan solo unos metros delante de ella. Sabía cómo llegar a la montaña, una vez ahí podría esconderse y sentarse a descansar.

Había caminado más de cien metros cuando escuchó el grito de un hombre llamándola. Su corazón se aceleró e intentó caminar más rápido, pero aún cojeaba y no soportaba el dolor de los golpes que le había dado Vicente en su visita. Los gritos se acercaban, y Gina, casi en lágrimas, con la angustia de ser encontrada y asesinada ahí mismo, se forzó hacia delante.

Al escuchar el ruido que venía de la otra dirección, se detuvo. La tenían rodeada, hasta ahí había llegado. Alcanzó a ver los pies de su captor pero ya no podía correr, no tenía la fuerza de soportar su peso, mucho menos de huir. Con las mejillas húmedas y la respiración agitada vio al hombre acercarse entre la niebla. Recordó la vez que Valentín estaba a punto de matarla y Damián entró por esa puerta y lo detuvo. Su estómago se apretó pensando en que nunca lo volvería a ver. Se sentó sobándose el tobillo, incapaz de mantenerse de pie. *Quién sabe*, pensó débilmente, *tal vez me dejen vivir.*

El detective Orozco miró fijamente el semáforo mientras repasaba su reunión con Ramírez. Después de analizar el movimiento criminal de la ciudad, Ramírez y él designaron ciertas zonas en donde estaban operando los Ocultos. Una de ellas era Valle de Plata, en dónde habían reducido la seguridad considerablemente. Si Orozco estaba en lo correcto, Elena había comenzado operaciones en el valle, hacia dónde él se dirigía.

Tomó el teléfono, notando que no tenía batería. Lo conectó al coche y al cabo de unos segundos se comenzaron a descargar mensajes y llamadas perdidas. El detective llamó a Raúl.

—¡Detective! ¡Qué bueno que contesta! ¡Tengo a los hijos del senador! …. Secuestro…

—Raúl, estoy entrando al valle y se está cortando. ¿Hola? ¿Raúl?

El detective detuvo el coche y le regresó la llamada antes de perder la señal por completo.

- - - - - - - - -

Raúl apretó los dientes—. Se cortó, pero está yendo a Valle de Plata. ¿Vamos?

—No, no, no—. Nacho se agarró del asiento. A mí me dejas por ahí, yo no me acerco a ese lugar, está lleno de Ocultos. Es más, la mujer de Damián debe estar ahí ahora que lo pienso.

Raúl miró a los niños—. Los voy a dejar en una estación de policías-

—¡No! ¡no nos dejes!, ¡llévanos contigo!

Mateo cruzó los brazos—. Yo me quiero ir a mi casa —dijo en una tierna y enojada voz.

Nacho negó con la cabeza—. Tu casa es peligrosa por ahora. Yo que tú me quedo lejos de ese lugar.

Mateo abrió los ojos asustado y apretó las manos en el asiento.

—¡Son niños! —Raúl le reclamó a Nacho—. Ok, ya sé qué hacer.

—¿Nos vamos? —Nacho miró hacia atrás, temiendo que el Jetta estuviera cerca.

—No podemos quedarnos aquí para siempre.

—¿Y si están ahí?

—No, ya sé a quién llamar.

Aunque entendió la situación a medias, Simón aceptó recoger a los niños en el centro comercial y llevarlos a su casa mientras Raúl intentaba arreglar las cosas.

—Como que tengo hambre. ¿Por qué no esperamos allá adentro y comemos algo? —Nacho le hablaba a Raúl pero vio a los niños con la esperanza de que le hicieran segunda.

Raúl los volteó a ver. Mateo estaba molesto pero Romina sonrió.

—¿Tienes hambre?

—Algo —dijo con una tímida sonrisa.

—Ni siquiera nos compraron nuestro helado —Mateo dijo con su expresión seria.

Raúl suspiró agradecido de que no supieran el peligro que corrían ellos o sus padres. Romina estaba algo nerviosa pero Mateo era fácil de distraer—. Vamos por ese helado entonces.

Romina y Mateo siguieron a Raúl hacia la tienda de helados. Nacho caminó detrás de ellos, mirando hacia atrás para asegurarse de que nadie los siguiera. Una vez que ordenaron, se sentaron a esperar a Simón, Raúl con el teléfono en la mano, y Nacho devorándose el helado.

—¿Si viene tu amigo? —dijo Nacho cuando terminó de comer. Los niños todavía estaban a la mitad.

—Sí —Raúl respondió, viendo a Simón subir por las escaleras eléctricas.

—¿Qué onda? —Simón puso una mano sobre el hombro de Raúl y jaló una silla para sentarse con ellos—. ¿Qué pasó? No te entendí nada.

Raúl le hizo una señal a Nacho para que se llevara a los niños.

—¿Por qué no me acompañan por otro helado?

—Todavía no acabo —contestó Romina.

—Es para mí—. Nacho estiró las manos y los niños las tomaron.

—Los iban a secuestrar.

—¿Neta?

—Sí, Nacho y yo los metimos al coche antes de que se los llevaran.

—Claro, Nacho… recuérdame, ¿de dónde lo sacaste?

Raúl hizo una pausa antes de responder—. Todo esto es tu culpa.

—¿Qué? —Simón alzó las cejas.

—Me dijiste que le avisara a_Damián que el detective iba por él, pero cuando llegué al hotel Miranda fue todo un desmadre. Unos tipos estaban siguiendo a este güey y salió disparado, gritando algo sobre Damián. En resumen lo subí a mi coche y no lo pude volver a bajar.

—Nada de eso tiene sentido.

—Le pregunté si estaba con Damián Ferrer y cuando dijo que sí, le dije que nos subiéramos al coche. Él estaba en boxers y-

—Esto se pone cada vez más extraño.

—El punto es que estaba siguiendo al detective, porque según yo me iba a llevar a Damián, y lo perdí.

—A Damián.

—Al detective. Concéntrate Simón.

—¿Ok?

—Fui a la agencia en donde trabaja el detective, si había arrestado a Damián, lo llevaría ahí, ¿no? Pero su coche no estaba afuera, así que seguí dando vueltas como menso. Me detuve frente a las canchas para pensar a dónde ir, cuando escuché que me llamaban—. Raúl vio a los niños y Simón le siguió la mirada—. Los iban a secuestrar, Nacho y yo los agarramos antes de que eso pasara.

—¿Los niños te estaban llamando?

—Son Romina y Mateo Vélez.

—¡Ah! Son los hijos del senador—. Simón asintió, él sabía que Raúl les daba clases de tenis—. Ok, entiendo porqué los iban a secuestrar, pero ¿por qué no se los llevaste a sus papás?, ¿por qué viniste para acá?

—El senador no me contesta, y creo que se llevaron a su mamá. Son los mismos que tienen a la novia de Damián.

—¿Secuestraron a la novia de Damián?

Raúl asintió—. Creo que la tienen en Valle de Plata.

—Raúl, no entiendo nada de lo que está pasando.

Hasta donde yo me quedé, un detective estaba buscando a Damián y tú lo ibas a advertir. Todo esto está muy loco.

—Ya sé.

—Y ahora que estoy buscando al detective, no me entra la llamada. No me puedo llevar a los niños al valle y no sé en dónde dejarlos.

—¿Para qué quieres ir al valle?

—¿A buscar a Damián?

—No, no... mira, yo te dije que le ayudaras, pero irte a meter con secuestradores es-

—Solo necesito dejar a los niños en un lugar seguro en lo que me contesta el senador o aparece su esposa.

Simón suspiró—. Nadie los va a buscar en mi casa.

—Ya sé, por eso me atreví a pedírtelo. Pero llévatelos y no salgas de ahí. En cuanto termine este desmadre yo llego a tu casa, si el senador me contesta antes, le diré a dónde pasar por ellos.

Simón asintió.

Raúl convenció a los niños de que estarían seguros con Simón, y les prometió buscarlos más tarde. Una vez que Simón partió con ellos, Raúl se dirigió a Nacho—. Vamos a buscar a Damián.

—¡Otra vez con ese güey!, ¿estás enamorado o qué pedo?

—¡Ni al caso, güey! —contestó Raúl ofendido—. Pero si Gina está en Valle de Plata, tendremos que ir a sacarla.

Nacho soltó una carcajada—. Estás bien pendejo. ¿Sabes cuántos Ocultos hay ahí?

—Los cuentas en el camino.

Nacho sacudió la cabeza entretenido pero lo siguió al coche—. Yo me bajo en el centro. No puedo acercarme ahí a menos de que me vuelva un suicida de repente, y eso no va a pasar.

—Ok.

- - - - - - - - -

Gina apretó los ojos escuchando las pisadas acercándose.

—¿Gina? ¡Gina! ¡No lo puedo creer! —Damián se hincó junto a ella y la tomó con cuidado, sintiendo una punzada de ira en el estómago al ver la sangre que escurría de su labio y su ceja. Su rostro estaba lleno de marcas, solo pudo imaginarse cómo estaría el resto de su cuerpo. Apretó los dientes, alzando la vista en la dirección por la que venía Gina.

Gina se había quedado sin habla. Esperaba encontrar a su captor y en su lugar había llegado un salvador. Las palabras se quedaron en su lengua pero apretó a Damián en un abrazo que ni los Ocultos podrían separar.

—Pensé que nunca te volvería a ver —dijo Gina en una voz entrecortada, cuando encontró las palabras. Ahora que se sentía fuera de peligro, comenzaba a sentir el daño de los golpes de Vicente.

—Aquí estoy, amor. Aquí estoy—. Damián nunca la había llamado de otra forma que no fuera por su nombre, pero después de haberla perdido y pensado muerta, las palabras eran lo de menos.

—¿Cómo me encontraste?

—Es una larga historia. ¿Qué fue lo que pasó?—Damián la ayudó a levantarse y notó el tobillo hinchado.

—Brinqué por la ventana. Bueno, me improvisé un descenso.

Damián dejó escapar una risa acompañada de algunas lágrimas. Sentía tantas emociones que le estaba costando trabajo poder controlarlas todas. Miró a su alrededor. Gina no podía caminar, mucho menos correr si los encontraban.

—¿Qué haces? —Gina preguntó cuando Damián puso un brazo debajo de sus piernas.

—Dejé el coche en el cementerio. No quise anunciar mi llegada.

Ninguno habló durante unos minutos. Gina recargó

su cabeza en el pecho de Damián. Media hora antes, habría asegurado que su destino sería muy distinto. ¿Qué importaba el dolor físico? Había salido de ahí. La vida le había dado otra oportunidad. Miró a Damián, no le parecía que él estuviera tan feliz.

—¿Qué piensas?

Damián sacudió la cabeza, sin responder.

—¿Damián?

Después de un suspiro, la miró—. Muchas cosas.

Gina alzó las cejas, esperando más.

Damián frunció el ceño, mirando hacia la carretera—. Estoy emputado, Gina—. Parecía que iba a continuar, pero exhaló y no dijo nada más.

—¿Por qué? —Gina frunció el ceño—. Ya quedó todo atrás… Damián no pensarás- bájame.

—¿Qué? —Damián preguntó con el ceño fruncido.

—Bájame.

—Gina, tenemos que salir de aquí.

—¿Los dos?

Damián apretó los labios.

—No. Quieres deshacerte de mí y regresar. Bájame.

Damián se detuvo y alzó la cabeza sin ocultar su frustración, después la bajó.

Gina habló con la respiración entrecortada—. Vicente, el responsable de esto—, señaló su quijada—, se fue. Él ya no está en el valle. Pero si lo que quieres es pelear, vamos a pelear. Solo te aviso que vamos en una misión suicida.

—Tú no vas a pelear.

—Tenemos el mismo derecho tú y yo de decidir lo que va a hacer el otro.

Damián rio, pero desvió la mirada, incapaz de verla.

—Sé que te enoja lo que pasó, no creas que yo estoy dando brincos de alegría, pero no me intenté escapar solo para regresar a decirle a ese hombre que termine lo que empezó.

Damián la volteó a ver—. No vas a regresar.

—Tú tampoco.

Damián la observó por un momento—. Gina, creo que estás en shock.

—¿Por qué?

—Estás de un increíble humor para haber estado secuestrada.

—Estoy feliz de que ya se acabó. Escapamos. Los dos. Fin. ¿Por qué no irnos cuando vamos ganando?

—Porque no vamos ganando.

—Damián, por favor. Esto es una locura.

—Gina—, Damián tomó su mano—, ¿cuántas noches van a pasar antes de que alguien nos encuentre? La siguiente no van a intentar secuestrar a nadie, nos van a matar en cuanto nos vean. No estaremos seguros hasta que hayamos hecho algo al respecto—. Damián exhaló impaciente. No quería seguir discutiendo ahí, tan cerca de los Ocultos—. ¿Te podemos llevar a un hospital y después pensamos qué hacer?

—Eso… me parece lo más sensato.

Damián asintió y la volvió a tomar en sus brazos. Estaba serio pero el coraje parecía haber disminuido.

—¿Qué pasó en Alaska?

Gina se aclaró la garganta—. No lo sé. Un momento estaba en la cama, contigo, y al otro estaba en un avión. Ya estaba de regreso en mi viejo departamento cuando mi cerebro empezó a trabajar bien.

—¿Quién estaba contigo?

—Vicente. Él estaba en el avión, de hecho, y… después llegó Elena.

—¿La conociste?

Gina parpadeó un par de veces, pensando en ella.—_Algo así.

—¿Y bien?

Gina alcanzó a ver el coche, pero un Sentra pasó por la carretera y se detuvo adelante.

—¿Son ellos? —preguntó Gina.

—No sé—. Damián miró hacia el cementerio, ya no faltaba tanto.

—¿Nos habrán visto?

—No. Creo que está intentando llamar—. Damián forzó la vista para distinguir lo que hacía el sujeto al volante—. Creo que es seguro.

—¡No! Espera..

Vieron al Sentra dar la vuelta y regresar por la carretera. Damián siguió caminando, unos minutos después de haberlo perdido en la niebla.

—¿Qué vamos a hacer? —preguntó Gina, nerviosa.

—Por lo pronto salir de aquí.

Gina asintió—. ¿Tú cómo llegaste aquí? —preguntó cuando ya estaban llegando al coche.

Damián la bajó y abrió la puerta del coche. Gina se apoyó en él para subirse. Damián se subió por el otro lado y encendió el coche. Una vez que estaban en la carretera, Gina observó el valle por el retrovisor. Cuando consideró que estaba a una distancia segura, miró a Damián—. ¿Y bien?

—Vicente no llegó solo a Alaska. Un tipo se quedó allá, un chavito, de hecho.

—¿Y luego?

—Él me habló de Elena y mencionó un sector improvisado en el valle, no era seguro pero él creía que aquí estabas. Pensé venir directo del aeropuerto pero necesitaba un plan. Fue una gran casualidad encontrarte allá afuera, no tuve que matar a nadie para llegar a ti.

Gina sonrió pero sintió un escalofrío al escuchar a Damián—. Bien. Eso está bien. ¡Raúl!

—No tengo la menor idea.

—¡No! ¡Ahí está!—. Gina señaló el coche que iba en el otro sentido. Raúl iba en el asiento del conductor y a un lado iba Nacho—. ¿Van hacia el valle? —preguntó incrédula al ver que Raúl tomaba la salida—. ¡Da la vuelta, Damián!

Damián se metió en el retorno y siguió a Raúl, echándole las luces.

—¡Ay nos cacharon! —gritó Nacho—. ¡Te dije que me dejaras en el centro! ¡Pero no! ¡Nadie me hace caso nunca!

—Es Damián —Raúl murmuró con el ceño fruncido, viéndolo por el retrovisor. Cuando vio a Gina en el asiento de al lado, estuvo seguro de que eran ellos. Frenó de golpe y se bajó del coche casi tropezando.

Damián apretó el freno a unos metros de Raúl.

—¡Damián! —al verlo, Raúl olvidó el rencor que le tenía. Abrió los brazos esperando a que se bajara del coche, sin importarle que había estado a punto de atropellarlo.

—Raúl—. Damián sonrió y aunque no era afecto a los abrazos, no quiso dejarlo con los brazos extendidos.

Gina se conmovió al ver a los hermanos abrazarse, aunque el dolor de la quijada no la dejaba sonreír. Cuando Raúl soltó a Damián, le dio un abrazo a Gina. Gina reprimió el dolor al sentir sus brazos sobre los lugares en donde había sido golpeada.

—Raúl —dijo forzando una sonrisa a pesar del dolor. Después volteó a ver al joven que se bajó del coche.

—La famosa Gina—. Nacho le sonrió como si fuera una vieja amiga—. ¿Puedo? Creo que Raúl está intentando matarme —dijo metiéndose al coche—. ¿A quién se lo bajaste?

—Lo renté.

Nacho se sentó en medio del asiento de atrás, y puso una mano en cada asiento delantero. Gina se acomodó nuevamente, intentando encontrar una posición que hiciera soportable el dolor.

—La voy a llevar al hospital —Damián le dijo a Raúl.

—Te sigo —. Raúl asintió y se subió al coche.

Nacho miró a Gina—. Tu novio está loco, creo que no hay nada que no haría por ti.

Gina le sonrió y después vio a Damián, preguntándose qué tanto habría pasado entre ellos.

—¿Qué es?, ¿un Mercedes?

—Civic —Damián respondió.

—Cabrón, dijiste que nadie me iba a encontrar, y ahí estoy yo de pendejo en el jacuzzi y nomás veo como dos cabrones se meten al cuarto.

Damián lo miró por el retrovisor. Nacho no estaba bromeando.

—¿Cómo saliste de ahí?

—Salí hecho la madre del cuarto, y luego un poli me hizo el paro.

Gina y Damián lo voltearon a ver.

—Bueno, chance nos estaba deteniendo a los tres, pero solo cachó a uno. Cuando salí del hotel choqué con tu amigo que quién sabe a quién chingados espiaba desde la puerta.

—¿Raúl?

—Te estaba buscando y se puso todo loco cuando me escuchó decir tu nombre.

—¿Por qué diría tu nombre? —Gina alzó una ceja.

—Creo que grité algo como "pinche Damián" o algo así.

—Y… ¿No quieres que te dejemos en algún lado? —Gina miró a Nacho.

—Nel. Tengo las horas contadas, mejor pasarlas con amigos—. Nacho nunca se había movido con gente así y lo hacían sentir seguro, aún cuando las circunstancias no lo eran.

Nacho le hizo preguntas a Gina durante todo el trayecto. Quería saber desde la escuela en la que había estudiado, hasta su divorcio. Cuando Gina le hacía preguntas personales, Nacho cambiaba el tema sintiéndose intimidado por la amabilidad en la voz de Gina.

Al llegar al hospital, un doctor recibió a Gina. Mientras, Nacho, Raúl y Damián se sentaron en la sala de espera a ponerse al día.

—¿Entonces los niños están en casa de Simón? —preguntó Damián, intentando hacer algo con la información.

Nacho estaba sentado en silencio junto a ellos.

—Sí. Pero aún no tengo noticias de su mamá y el senador rechazó todas mis llamadas.

—Necesito hablar con él. El tipo es un idiota. No se da cuenta de que Elena lo necesita más que él a ella.

—¿Cómo sabes?

—Lo tiene en dónde quiere. Elena sube la voz y el senador hace lo que le pida. No tiene más que amenazar a su familia y él va y hace cualquier cosa.

—¿Qué más vas a hacer si amenazan a tu familia? Solo haces lo que te digan y ya, supongo —Raúl respondió alzando un hombro.

—No. Te deshaces de la amenaza.

Nacho y Raúl se miraron entre ellos.

—No sé qué va a hacerle Elena cuando se de cuenta de que no estoy ahí, pero quiero hablar con él—, vio la hora, eran las siete con quince—, convencerlo de que Elena no tiene tanto poder como le hace creer.

—Pero sí lo tiene—. Nacho habló por primera vez—. Cuando Elena pide algo se tiene que hacer. Si no lo haces, terminas huyendo como yo, esperando a que te encuentren para chingarte.

—A lo que me refiero es que el senador tiene más contactos y recursos que ella. Sobretodo ahora que Valderrama no está. Por lo que entiendo él era el mayor contribuyente.

—¿Cómo sabes? Yo no te conté eso, ¡ni siquiera lo sabía! Te dije de los contenedores de asalto, los laboratorios, la orden de ejecución de esas mujeres—, se detuvo cuando vio la repulsión en la mirada de Raúl—, pero yo ni conocía al tal Valderrama.

Damián suspiró—. Lo supe por Neuriel Montoya. Un contacto de Andrés. En fin, tengo que hablar con el senador.

—¿Ponerlo en contra de esta chava? —preguntó Raúl.

Damián asintió—. Que Gina se vaya contigo. Voy a intentar hablar con el senador antes de que llegue Elena a la casa de seguridad. Si lo convenzo, tal vez les mande una redada y se deshaga de ellos de una vez por todas.

—¿Por qué lo haría?

—Cuando hablé con él me puso una trampa, pero no todo lo que dijo fue mentira. Odia a Elena, eso es un hecho.

—Va, pues yo me llevo a Gina, y si el senador te contesta le dices que tengo a sus hijos, para que pase por ellos a casa de Simón. Pásame tu número te mando la dirección.

—Lo debes de tener en las llamadas perdidas.

Raúl lo miró sin saber qué decir. Tras una pausa, suspiró—. Lo siento. Quise contestar, es solo que...

Damián sacudió la cabeza—. Después hablamos de eso. Por ahora solo quiero que Gina esté a salvo.

—¡Detective! —Raúl exclamó, poniéndose de pie.

—¿Detective? —Damián repitió enderezándose, al ver al hombre de la gabardina acercándose a ellos.

Raúl no se había dado cuenta de lo que había hecho hasta que vio la expresión de Damián. Se llevó las manos a la boca, pidiendo disculpas en su mente. No lo había hecho a propósito, cuando el detective le regresó la llamada, Raúl le explicó lo que había pasado con los hijos del senador y sin pensarlo le dijo que iba para el hospital para que atendieran a Gina. El detective no mencionó a Damián, pero sabía que estaría con ella.

—Detective Orozco—. Sacó su placa con la mirada puesta en Damián—. Damián Ferrer, estoy seguro de que querrás acompañarme.

Damián miró a Raúl y sacudió la cabeza. Sabía que había cometido un error y no había sido su intención traicionarlo, pero aún así le había echado todo a perder—. Habla con el senador. Convéncelo de que haga lo que te dije.

—¿Qué? Ni siquiera me contesta el teléfono. Detective Orozco, espere un momento—. Raúl intentó persuadirlo.

El detective lo ignoró—. Damián, no me gustaría hacer una escena —dijo abriendo el abrigo, mostrando su arma. Después inclinó la cabeza, indicando la puerta.

—Raúl, haz lo que te pedí—. Damián miró hacia las puertas de la sala de urgencias por dónde se habían llevado a Gina.

—¡Gina va a estar bien! —Raúl gritó apenado.

7

Nacho estaba parado frente a la máquina dispensadora, apretando distintos botones—. ¿Se fue?

—Sí. ¿Qué estás haciendo? —preguntó Raúl irritado, con las manos en la cabeza. No podía creer que hubiera sido tan torpe.

—No iba a dejar que a mí también me llevaran, ¿o sí?

—A ti ni te estaban-

—¿En dónde está Damián?

Raúl y Nacho voltearon a ver a Gina en la puerta de la sala de emergencias.

—¡Gina! ¿Qué te dijeron?, ¿cómo estás?

—Raúl, ¿en dónde está Damián?

—Se lo llevó el detective —confesó sintiéndose culpable—. ¡Pero está bien!

—¿Lo arrestaron?

—Algo así. Pero no te preocupes, creo que solo le van a hacer unas preguntas... Me pidió que te llevara.

—¿Que no me preocupe? —Gina rio. Sentía que iba a tener un colapso nervioso—. ¿Cómo lo encontraron?

—Eso no importa—. Raúl temió que Gina lo odiara si le decía la verdad.

—¿Raúl?

Raúl suspiró—. Estuve buscando al detective para decirle que tenía a los hijos del senador, que intentaron ser secuestrados... me preguntó en dónde estaba y le dije que había venido al hospital.

—¿Le dijiste que Damián estaba aquí?

—No. Aunque... Tal vez dije tu nombre... Gina, no fue mi intención.

—¿Y ahora qué?

—Damián me pidió que hablara con el senador.

—¿Eso es todo?, ¿lo dejamos ahí? No. Yo me voy a entregar, Damián no tiene por qué pagar por mis errores.

—¿Tus errores? —Raúl frunció el ceño. Nacho también la observó extrañado.

Gina apretó los labios, sin saber hasta dónde podía hablar. Damián hacía un alboroto cada que ella hablaba de lo que había pasado con Valderrama.

—Creo que está medio drogada. Seguro le dieron muchas pastillas los batos—. Nacho miró a Raúl.

—Damián está bien. Te lo prometo —le aseguró Raúl—. Solo nos dejó un pendiente, y tenemos poco tiempo.

Gina no encontró consuelo en sus palabras, pero asintió—. ¿A dónde vamos?

—Primero a casa de Simón. No puedo llegar con el senador con las manos vacías.

- - - - - - - - -

El detective Orozco tenía una mano en el volante y el otro brazo recargado en la ventana. En un par de ocasiones abrió la boca para hablar pero cambió de opinión, había ansiado el momento en el que tuviera a Ferrer y no lo iba a arruinar en el trayecto. A Damián le había parecido familiar el rostro del detective pero no lograba identificar de dónde lo conocía. En lugar de hacer preguntas, Damián se limitó al ver el reloj y contar los minutos para las nueve.

Orozco se estacionó frente a la agencia, y le abrió la puerta a Damián. Damián suspiró antes de bajarse y seguir al detective al interior. El señor Argüello se sorprendió al ver a Orozco acompañado, y se levantó, inseguro de seguirlos al cuarto de interrogatorios.

—Toma asiento, Ferrer.

Damián se acomodó en la silla, se inclinó hacia adelante y recargó los brazos en la mesa.

—¿Cómo te sientes?

—Presionado —respondió Damián, esperando que Raúl se encargara de hablar con el senador—. No por usted, detective, haga lo que tenga que hacer. *Solo apresúrese.*

El detective tomó asiento, iniciando una avalancha de preguntas. ¿En dónde naciste?, ¿cómo conociste a Gina Ferrer?, ¿cuál es tu relación con Raúl Martín?, ¿cuál era tu relación con Andrés Montero?

Todas las preguntas eran superficiales, con la intención de llevarlo a un estado en el que Damián respondería con la verdad. Sin embargo, Damián contestó tranquilo cada una, en ningún momento dudó o aparentó estar incómodo. Su estado no había cambiado en lo absoluto.

Orozco entrecerró los ojos, intrigado ante la postura de Damián. Había pasado los últimos días pensando en él, creando su perfil, analizando sus pensamientos y acciones, y ahora que lo tenía en frente, parecía un completo desconocido.

—Te confesaré algo. Este fue un caso que dudé en tomar. Era algo relativamente sencillo, localizar a un sujeto. Algo que cualquiera de los otros agentes pudo haber hecho. Pero mientras más escarbaba tu nombre, más me daba cuenta de la escoria que realmente eres. Has causado mucho sufrimiento Damián, es hora de pagar por todo lo que has hecho.

Damián se limitó a escucharlo. Aplaudía la pasión del detective, pero no podía dejar de pensar en Raúl y el senador. ¿Ya lo habría localizado?

—Quizá tengas la ingenua impresión de ser un héroe que viajó a rescatar a su damisela en peligro, pero no te confundas, no eres más que un cobarde asesino, un peligro para la sociedad.

No para la sociedad. Damián frunció el ceño, entretenido por la intensa emoción del detective. *¿Odio? No, ni siquiera lo conocía hasta que le dieron el caso, ¿por qué lo hacía ver tan personal?*

El detective puso una hoja frente a Damián. Era el correo que le había enviado a Raúl—. Mataste a estas personas.

Damián vio la hoja de reojo, notando el nombre completo del detective. Exhaló, por fin encontrando la respuesta a la pregunta que se había hecho durante todo el camino. Ahora sabía de dónde lo conocía.

—No lo niegas.

—No lo admito.

El detective lo observó por un momento, considerando la forma de continuar—. Supongo que te agarré justo a tiempo. Ahora que recuperaste a Gina, ya no tienes motivos para quedarte en Ciudad de Plata.

Si el detective no hubiera estado tan atento a la reacción de Damián, se habría perdido el discreto cambio en su respiración. Por fin lo había logrado incomodar.

Damián se aclaró la garganta, aparentando indiferencia—. ¿Cómo sabes que estoy aquí por ella?

—Bueno, sé que no estás aquí por los hombres de Valderrama. Saliste huyendo de ellos.

Damián asintió lentamente—. Alguien piensa que estoy detrás de sus muertes.

El detective soltó una risa—. Sí, hay alguien que quiere hacerles creer que eres tú, y aquí entre nos, ¿quién lo dudaría? No eres ningún inocente.

Damián frunció el ceño, pensando. ¿Quién se beneficiaría de sus muertes? —¿Será que Elena está tratando de cortar sus pérdidas?

El detective alzó una ceja, asintiendo—. Elena tiene mucha gente de Valderrama en su organización, gente que escucharía a los cuatro guardaespaldas del jefe. Si alguno de ellos daba la orden, Elena perdería a mucha gente. Así que mientras ellos desaparecían, Elena tenía la perfecta coartada, tú.

Damián alzó las cejas—. Impresionante, detective.

—Como siempre digo, nunca he dejado un caso sin resolver.

Damián asintió impresionado—. ¿Pero este es tu caso? Eres un detective privado, y no se me ocurre una sola persona que requiera tus servicios para condenarme.

El detective sonrió—. Supongo que a veces creo mis propios casos.

El señor Argüello se movió hacia delante con el ceño fruncido y recargó los codos en las rodillas.

—¿Por qué dudaste en tomar el caso?

—Creo que ya hiciste suficientes preguntas.

—Si me dices, yo te diré la verdad.

El detective se llevó un dedo a los labios—. De acuerdo.

Damián suspiró, esperando la respuesta.

—De hecho ya respondí tu pregunta, Ferrer. Cualquiera pudo haberlo hecho. No era un gran reto.

Damián asintió—. Entonces, ¿por qué lo tomaste?

El detective encogió un hombro.

—Yo creo que sí lo sabes—. Damián no esperó a que el detective respondiera—. ¿Quieres escuchar mi teoría? Creo que al revisar mi expediente leíste en algun lado que era de Valle de Plata. Creo que esa fue la razón por la que rechazaste, y después aceptaste el caso.

El detective lo miró perplejo. Las cejas del señor Argüello también se alzaron sin contener la sorpresa.

—Juan Manuel Orozco—. Damián suspiró—. Estuvimos juntos en la Casa Luz y Esperanza.

Casa Luz y Esperanza. Las palabras retumbaron en la cabeza y el estómago del detective. Carraspeó, intentando encontrar de nuevo su voz, escondiendo el dolor, y temor que ese innombrable lugar le causaba. Su expresión era seria, pero Damián vio el dolor en su mirada.

—No te culpo por no querer recordar. Creo que eras el único al que trataban peor que a mí. Manuel Orozco y Manuel Padilla, ¿cómo nos distinguían? Basura y… ¿Cómo te decían?, ¿lacra?... Te dije que te diría la verdad—. Damián alzó las cejas—. Aunque eso explica que te hayas convertido en un ejecutor de la ley.

El detective nunca había tenido motivos para recordar esa época, pero no le dejó ver a Damián que sus palabras lo afectaban—. ¿Entonces cómo explicas que tú te hayas convertido en el hombre que la rompe?

Damián se acercó como si estuviera confesando un

secreto—. Pero no la he roto.

Orozco se levantó—. ¡Tú mataste a Zoe, Miranda, Valentín, Lucas, y Javier! —golpeó la mesa con el puño—. ¡Confiesa Damián!

—Creo que tu ira está mal dirigida. No me odias a mí, odias mi pasado que es el mismo que el tuyo. ¿Quieres ver justicia en la sociedad? —Damián también se levantó y azotó la mesa con las manos, alzando la voz—. Captura a Elena Amador.

—Orozco—. El señor Argüello se dirigió a la puerta, esperando que el detective lo siguiera.

—¿Crees que no te voy a meter a la cárcel? Te voy a hundir en ese agujero.

Damián exhaló—. ¿Y si estás equivocado? Si digo la verdad y no maté a nadie... ¿En dónde está tu sentido de la justicia? ¿No necesitas evidencia y estar seguro de que yo lo hice?

—Estoy seguro de que tú lo hiciste.

—Entonces tendrías evidencia. Pero no la tienes. Porque no soy culpable.

El detective se pasó una mano por el cabello—. De acuerdo. Te seguiré el juego. ¿Cuál es tu teoría? ¿Quién cometió esos asesinatos?

Damián sacudió la cabeza—. Diría que Lucas.

—Ajá. Lucas mató a su esposa, su hija, su socio…

—El hombre perdió la cabeza.

—Orozco —repitió en voz fuerte el señor Argüello—, ¿un minuto?

El detective miró a Damián fijamente antes de dar la vuelta y seguir al señor Argüello al pasillo.

—Dime que no tienes a Damián Ferrer ahí dentro por temas personales de tu pasado.

—Por supuesto que no. Voy a hacer que confiese.

El señor Argüello cruzó las manos y las apoyó en sus labios—. ¿Por qué no me dijiste que lo conocías?

—No lo conocía.

—Orozco, somos una agencia de Investigadores, ¿crees que no sé en que orfanato creciste?

—Eso es irrelevante.

—¡No si ahí conociste a Ferrer!

—No recuerdo esa época, mucho menos a los niños de ahí. En el caso no se mencionaba nada sobre la infancia o el pasado de Ferrer hasta que comenzó a trabajar en el parque ¡y nada de eso importa! El punto es que Ferrer es un asesino-

—Ferrer era un caso de localización. Se acabó. Lo

convertiste en tu caso y está bien pero, ¡no sé qué demonios hace aquí el sujeto! Y si te soy completamente honesto, me hace muchísimo sentido que Lucas Martín se haya vuelto loco y haya matado a todos ¡antes de darse un pinche tiro!

—Todo indica que-

—¿Tienes evidencia?

—Octavio-

—¿Tienes evidencia? ¿Sí o no?

El detective guardó silencio.

—Eres mi mejor detective, Orozco. Lo sabes perfectamente. Pero si no la tienes, será mejor que liberes a ese hombre. No voy a enfrentar cargos cuando ni siquiera tienes una orden para tenerlo aquí contra su voluntad.

El detective Orozco lo observó marcharse. Sacudió la cabeza y regresó al interrogatorio.

—No estoy aquí contra mi voluntad —dijo Damián—, aunque para serte honesto coincidió con tu jefe. Si no tienes evidencia, deja mi caso. Me quieres meter en un hoyo, pero el mismo caso es el hoyo, y nunca vas a llegar al fondo. Dijiste que tú creas tus propios casos. Tienes uno en el que yo puedo ayudarte.

El detective alzó las cejas, siguiendo la mirada de Damián hacia los folders que estaban en la orilla del escritorio—. No estás aquí en calidad de asistente.

—Topaste con pared, ¿no es cierto?

Orozco cruzó los brazos. El señor Argüello había dejado muy clara su posición, y sin la confesión de Damián no tenía nada. Necesitaba esa confesión. Miró hacia la información que Ramírez le había enviado, había estado tan enfocado en Damián que ni siquiera la había revisado.

—Yo no soy nada para la sociedad comparado con una organización como los Ocultos. Y eres el único investigador que sabe en dónde estará Elena Amador a las nueve de la noche.

—¿Esa es tu prisa?, ¿ir a verla?—El detective cruzó los brazos, pero estaba más tranquilo, ahora que había decidido cambiar su estrategia—. ¿Los Ocultos están detrás de esos casos?

—Al menos dos. Los robos y feminicidios. Todo es obra de Elena.

—¿Leíste los seis casos en cuatro minutos?—Orozco alzó una ceja, esbozando una discreta sonrisa.

—Leo entre líneas.

—Bien.

Damián entrecerró los ojos, incrédulo.

—Lo haremos. Pero no así, no en unas horas.

Necesito más información, evidencia. Tú me entiendes.

—La puedo conseguir—. Damián se enderezó.

—Y lo haré con una condición… Al final me vas a decir la verdad. Toda la verdad.

Damián lo observó.

—¿Me das tu palabra?

Con un suspiro, Damián estrechó su mano—. Cuando terminemos sabrás toda la verdad.

El detective asintió una vez y extendió una mano indicándole que podía marcharse.

Damián se detuvo en la puerta—. Si supieras quiénes son los que están en el círculo de Valderrama y Elena, no te apresurarías a etiquetar buenos y malos.

- - - - - - - - -

Elena estaba sentada detrás de su escritorio con la mirada ausente. Treinta minutos antes había llamado Amador Cabrera pidiéndole que lo recibiera en las bodegas. Mientras que Elena quería estar en el operativo para ver personalmente a Damián, no podía rechazar a uno de los hombres de Valderrama. Solamente quedaban Amador y Leandro. La consolaba saber que Vicente tomaría el operativo muy en serio, sabiendo lo que tenía en juego. *No me falles*.

A un lado de la oficina, en la parte de atrás de la

bodega, Chino vigilaba a Maru Vélez, la esposa del senador, quien seguía dormida bajo los efectos del cloroformo, sobre unas bolsas de plástico transparente. Tenía las manos atadas a la espalda y una mordaza. Al Chino le pareció buena idea llevar a Maru para no llegar con las manos vacías, pero la orden había sido entregar a los niños. El Chino estaba tranquilo. Elena lo había tomado muy bien.

—Ferrer no ha llegado —avisó por mensaje Vicente.

Eran las ocho con cuarenta minutos. Aunque era temprano, Elena supo que Damián no llegaría. Habría llegado horas antes si en verdad creyera que Gina estaba en camino.

—¿Quién está en el valle?

—Ahí siguen Checo y Polo con su gente.

—Pensé que Rubén y Tasco los sustituirían.

—No lograron comunicarse.

—Déjalo. Si a las ocho con cincuenta no ha llegado, dejas una van y te regresas—. Elena suspiró.

En los segundos que duró la llamada, su lista de ejecuciones se había hecho más grande. Intentó comunicarse con la gente que tenía en el valle pero no tenían servicio. Si Damián sabía que Gina no estaba en la bodega, solo significaba una cosa. *Imposible. Gina no ha ido a ningún lado. Vicente la dejó ahí.* Volteó al escuchar un toque en la puerta.

—Jefa, ¿quiere que vaya al sector norte?

—No, Chino. Tengo otros planes para ti—. Sopló un mechón que tenía en la cara y se levantó del escritorio, sacando su arma del cajón. El Chino alcanzó a alzar una mano antes de que la bala impactara su frente—. ¿Ya no hay personas que puedan hacer bien su trabajo? —preguntó en la puerta, observando el cadáver. Salió de la oficina. Caminó hacia la esposa del senador y se agachó junto a ella—. ¿Qué hago contigo? No eres lo que tenía en mente—. Elena imaginó al senador escuchando las plegarias de sus hijos pidiendo rescate. Acarició el cabello de la mujer—. Despierta pronto. Voy a necesitar que grites tan fuerte que el senador te escuche todas las noches mientras intenta dormir en su cama vacía. Pero ve el lado positivo, Maru, fue tu vida por la de tus hijos, supongo que si tuvieras que decidirlo harías ese intercambio sin pensarlo.

—Elena, tienes una llamada—. Brenda vio el cuerpo del Chino y después a la esposa del senador.

—El Chino pensó que bastaría con no llegar con las manos vacías.

Brenda asintió, estirando la mano con el teléfono—. Neuriel Montoya.

Elena tomó el teléfono.

—Ya terminé, ¿te importa si voy al sector este?

—¿A qué?

Brenda alzó un hombro—. Soto cocina bien.

Elena asintió—. Llévate el teléfono que está en el tercer cajón—. Después se dirigió a Neuriel—. Te escucho.

- - - - - - - - -

Simón se rascó la nuca y descolgó el teléfono—. Espera, explícame otra vez—. Le echó una mirada confundida a Raúl.

—¡No mames, cabrón! —Nacho se llevó las manos a la cabeza—. ¡Es la tercera vez que te lo explica!

Raúl estaba sentado sobre el descansabrazos del sofá con una pierna cruzada.

—¿Qué pasa? —Romina lo volteó a ver.

Raúl se levantó y tomó el control de la televisión—. Nada, ya sabes cómo son los adultos—. Subió el volumen y le guiñó un ojo. Romina sonrió y regresó su atención a las caricaturas.

Gina dormía profundamente en la habitación de Simón, bajo los efectos del medicamento. Raúl abrió la puerta para asegurarse que el volumen no la despertara, y regresó a la esquina de la pequeña casa en dónde Simón seguía con el teléfono en la mano.

—Solo dile que llamas de parte de Damián y que es

urgente organizar una reunión.

—Claro, sí… y, ¿por qué no lo llamas tú?

—¡Ya te dije! A mí no me contesta-

—No, pero desde aquí, desde el teléfono de la casa, o de mi cel. No va a saber que eres tú.

—Sospecho que no quiere hablar conmigo. No nos podemos arriesgar a que me cuelgue y no nos vuelva a tomar la llamada.

—Entonces, ¿qué le digo?

—¡Olvídalo! ¡Yo lo llamo! —Nacho le arrebató el teléfono—. Dame el número.

Raúl lo dudó pero Simón parecía decidido, al menos no tenía que volver a explicarle.

—Senador… —Nacho frunció el ceño y miró a Raúl.

—Vélez —susurró Raúl, arrepintiéndose de haberlo dejado llamar.

—Senador Vélez. Esta llamada es muy importante. Tenemos a sus hijos.

Raúl abrió la boca y sus ojos casi salen de sus cuencas—. ¡Qué estás haciendo!

Nacho volteó para el otro lado, acercando el auricular y apretando con un dedo su otro oído—.

Damián Ferrer va para el zócalo y será mejor que esté ahí o sus hijos pagarán.

—No puedo creerlo—. Raúl se llevó las manos a la boca al ver que Nacho colgaba—. ¿Qué acabas de hacer?

—Listo. ¿Ahora qué?

—¡¿Ahora qué?! Que yo voy a llegar a verlo si Damián no regresa, y ¡va a matarme porque va a creer que secuestré a sus hijos!

—No exageres, todo va a salir bien, tranquis—. Nacho puso una mano encima del hombro de Raúl y después caminó hacia el sofá.

—Nacho—. Raúl sonrió, tocándose la barbilla—. ¿Todo va a salir bien? ¡Le dijiste que los secuestramos! —Bajó la voz al ver que los niños estaban escuchando—. ¿Crees que me va a dejar explicar?

—Sí. ¡De nada! —Nacho negó con la cabeza y se sentó en el sofá a ver las caricaturas con los niños.

—¿Y ahora? —Simón cruzó los brazos, preocupado.

—Reza porque conteste Damián.

- - - - - - - - -

El Café Geisha estaba en la esquina de la calle Primavera, en donde Damián había sido interrogado. El mesero le entregó el cargador y el café que pidió.

Damián pensó en ir al departamento que compartió con Raúl pero era probable que Raúl se hubiera mudado y no quería perder tiempo viajando en la ciudad en la hora pico.

Bebió un sorbo del café, sintiendo el cansancio acumulado de los últimos días. No recordaba cuándo había sido la última vez que durmió o comió algo decente. Desde que se llevaron a Gina en Utqiagvik, no había tenido un solo minuto de paz. Solo quería estar con Gina en algún lugar seguro, pero tenía dos amenazas; Elena y el detective. De Elena podía encargarse, pero tenía que asegurarse de que al cortar la cabeza, no surgieran otras que buscaran lo mismo. Si el senador realmente influía en Elena y los Ocultos, quizá él podría dar la instrucción de que dejaran en paz a Damián.

Por otro lado estaba el detective. Aunque Damián le había mentido sobre no haber matado a nadie, le había prometido decirle la verdad cuando todo terminara. No podía mantener su palabra y su libertad. Era una o la otra.

Bebió otro sorbo del café y echó un ojo al teléfono. La pantalla mostraba la barra cargando en rojo. Se recargó en el asiento y cruzó los brazos, observando a la gente que caminaba por la acera, hasta que un bip lo hizo mirar el teléfono. Lo encendió y al cabo de unos segundos entraron las notificaciones de mensajes y llamadas perdidas. Seguían descargándose los mensajes cuando marcó un número y se llevó el teléfono a la oreja—. Raúl.

—¡Damián, qué bueno que me llamas! Vine a mi casa a dejar a Gina pero ya estaba a punto de salir para ver al senador.

—Entonces lo convenciste.

—Algo así, yo no quise llamarlo porque no me quería tomar la llamada así que lo llamó Nacho.

—¿Por qué?

—Porque Simón no entendía nada. El punto es que Nacho le dijo que ibas para el zócalo y que si no estaba ahí, sus hijos pagarían… ¿Bueno? … ¿Sigues ahí?

—¿Cree que esto es un secuestro?, ¿por qué no solo le pediste a los niños que le llamaran a su papá? —*Somos unos idiotas* —escuchó exclamar a Raúl alejado de la línea—. Que lo llamen para que no esté histérico, solo pásame a Gina antes de colgar.

—Sí, claro.

Mientras Gina tomaba el teléfono, Damián pagó por el café y salió a tomar un taxi.

—No está.

—¿Cómo que no está? —Damián le hizo la parada al Tsuru amarillo que le echó las luces.

—¡No está! Se había quedado en mi recámara pero, ¡no sé a dónde fue!

—Te veo en el zócalo—. Damián colgó, sintiendo una vez más el terror de desconocer el paradero de Gina.

- - - - - - - - - -

—Elena.

Elena estaba de espaldas pero reconoció la voz de Amador.

—Espera en mi oficina, estaré ahí en un minuto—. Sacó el teléfono y llamó a Vicente.

—No llegó —respondió Vicente, con una voz derrotada.

Elena caminó abriendo y cerrando los dedos. La sangre le hervía e hizo un esfuerzo sobrehumano para no estallar—. Mata a Gina Navarro.

Amador cruzó una pierna y la desdobló, repitiendo el proceso con la otra pierna. Elena entró a la oficina sin prestarle atención, viéndolo de reojo acomodarse la corbata y echarse aire con una mano. Elena tomó dos copas de un estante y las llenó de vino. Le ofreció una a Amador y se llevó la otra a su escritorio.

—Es francés—. Elena alzó una ceja y sonrió esperando a que bebiera.

Amador asintió en cortesía y bebió de dos tragos el líquido—. Elena —dijo limpiándose los labios—. Tenía que venir a escucharlo de ti.

—¿Escuchar qué?

—Aprendí un par de cosas durante todos los años que estuve junto al señor Valderrama.

Elena cruzó una pierna y recargó un dedo en la barbilla.

—Él jamás habría autorizado el operativo Fem.

—Ajá…

—Ese operativo fue una vil y retorcida estrategia. Cualquier cosa que intentabas conseguir, lo pudiste haber hecho de mil maneras. No de esa forma.

—Creo que no te estoy entendiendo, Amador. ¿Me estás intentando decir cómo dirigir mi organización?

—El señor Valderrama era un admirable hombre de negocios. Él jamás permitiría todo lo que has hecho desde su muerte. Involucrarse contigo fue lo peor que pudo hacer.

Elena aplaudió tres veces, tomándolo por sorpresa—. No es común que alguien tenga el valor de decirme algo así.

—No soy tan cobarde o estúpido como los demás.

—Entonces dímelo otra vez sin que te tiemble la voz—. Elena lo miró fijamente durante un momento y después tomó una pelota roja de goma que estaba sobre su escritorio—. Aunque admiro que tengas el coraje de decir todo esto no tenemos mucho tiempo, así que, ¿quieres decirme qué es lo que realmente buscas?

—Oto y Pascal están muertos, si estás permitiendo que Ferrer se salga con la suya, solo puedo imaginar una cosa.

Elena alzó la mirada, negando con la cabeza, y apretó la bola entre sus dedos—. Frío.

—Tú sabías que asesinaría a Valderrama.

—Muy frío.

—Tú le ayudaste a hacerlo.

Elena dejó la pelota sobre la mesa y lentamente se levantó y rodeó su escritorio, acercándose a Amador—. No tuve nada que ver con su muerte. Y lo que estoy haciendo ahora no tiene nada que ver con él—, vio la hora—, inténtalo nuevamente. Última oportunidad, solo te quedan unos cuantos segundos.

Amador entrecerró los ojos y abrió la boca pero no pudo hablar. Se aclaró la garganta y tosió un par de veces, alzando un dedo para que Elena lo esperara—. Tú—, la tos le impidió continuar. Intentó respirar por la boca, sintiendo una repentina asfixia y se llevó las manos a la garganta—, eres… peor… de lo que ima…

—Imaginé, sí—, con una risa, Elena asintió un par de veces—, algo así dijo Oto antes de morir—. Elena puso una mano en la boca de Amador y otra en la parte de atrás de la cabeza. Con un repentino y brusco movimiento, jaló su cabeza y al instante Amador dejó de luchar por su vida—. Me desespera tanto la asfixia.

8

—Neuriel Montoya—. Elena leyó el nombre en la bitácora. Neuriel le había llamado para desahogarse de un pésimo día. Estaba indignado. Había escuchado sobre los robos pero no pensaba que él sería una de las víctimas. Elena no había dado la orden de robarle a él, pero no creía que se tratara de una coincidencia, y ahora que revisaba la bitácora, confirmaba sus sospechas. Tomó el radio que estaba sobre el escritorio, y cambió de canal mientras alguien llamaba a la puerta.

—Ya estamos aquí jefa—. Guzmán se detuvo en la puerta y Valencia, su compañera se quedó atrás—. Tasco viene en camino.

Elena asintió—. Un favor, Guzmán. No puedo comunicarme con Checo, necesito que vayas para el valle y me digas qué rayos está pasando ahí-

—¿Chino?_—Valencia no pudo ocultar su sorpresa

al ver el cuerpo de su compañero afuera de la oficina. Se llevó las manos a la boca y resistió las ganas de llorar.

—¿Qué pasa Valencia? —preguntó Elena.

Valencia se pasó las manos por la cara y las limpió en sus pantalones, desviando la mirada del cuerpo que yacía frente a ella—. No, no jefa. Nada.

—Mmmm—. Si Valencia no hubiera empalidecido, quizá Elena la habría dejado vivir—. Quédate aquí—. Le ordenó Elena y le indicó a Guzmán que la siguiera.

Rodearon la pequeña oficina y se detuvieron a unos metros de la mujer que yacía recostada sobre un plástico. Maru Millán, la esposa del senador, comenzaba a recuperar el conocimiento.

—Jefa, no sé si ella vaya a ser un problema—. Guzmán miró de reojo a Valencia—. El Chino y ella se estaban volviendo muy cercanos.

Elena suspiró—. Una lástima. Valencia tenía tanto potencial—. Asintió y Guzmán dio la vuelta, entendiendo la instrucción.

—Mmmmm. Mm. Mmmm—. Maru intentó suplicar a través de la mordaza. Sus ojos se llenaron de lágrimas.

Elena inclinó la cabeza y se llevó un dedo a los labios—. Shhh, me duele un poco la cabeza así que no grites —dijo antes de agacharse y quitarle la mordaza.

—Mis hijos, ¿en dónde están? —dijo desesperada, intentando zafar las manos atadas a su espalda.

—Están bien. Fue tu vida por la de ellos.

Maru rompió en llanto, pero movía la cabeza asintiendo, mientras se dejaba caer nuevamente sobre el plástico.

—¿Lágrimas de gratitud? —Elena preguntó con el ceño fruncido y una sonrisa—. Pensaste que te habías quedado sin hijos, ¿no es cierto?

Maru la miró con ira, pero antes de que pudiera decir algo, se escuchó un balazo que la hizo brincar. Valencia cayó hacia el frente, detrás de ella estaba Guzmán alzando su arma.

—Guzmán—, Elena se levantó—, pídele a Tasco que limpie todo esto cuando llegue, no quiero interrupciones.

Guzmán asintió y Elena se metió a la oficina, cerrando la puerta. Por el cristal vio a Guzmán pararse junto al portón de la entrada. Elena tomó el radio y desbloqueó su celular.

Vicente contestó antes de que terminara de sonar—. Ya estoy llegando.

—¿Por qué agregaste a Neuriel Montoya a la lista?

—Era el único que tenía robots industriales.

Elena entrecerró los ojos. Ella no había solicitado ese equipo—. Entiendo, aquí te veo—. Colgó y revisó la bitácora nuevamente, leyendo la lista de lo que le habían robado a Neuriel. La comparó con el post it amarillo que tenía en el escritorio. Cuando Neuriel la llamó desesperado para contarle, no mencionó todo el equipo que se habían llevado. Elena buscó el número de Neuriel.

—Me muero por que sean las diez_—dijo Neuriel en voz baja para que no lo escucharan.

—Estuve buscando entre mis contactos y encontré a un viejo proveedor que maneja robots industriales. Te los puede entregar hoy mismo si aún los necesitas.

—¿Si aún los necesito? Me caes del cielo. Mi proveedor se tarda veinte días en entregar.

—Entonces Vicente te va a mandar las fotos de lo que tiene para que veas si lo quieres y le hagas el pago. Efectivo, ya sabes.

—Claro… te veo esta noche.

Vicente estaba parado en la puerta cuando Elena colgó. Antes de dirigirse a ella, sacó su teléfono para grabar la conversación que estaba a punto de tener. Por fin tendría algo sobre ella. Tras asegurarse de que estuviera grabando, metió el teléfono al pantalón.

—Le vas a vender el equipo que le robamos.

Cuando Elena alzó la vista, Vicente estaba parado

en la puerta con los brazos cruzados.

—Que lo pinten y le cambien el número de serie. Su equipo no nos sirve de nada.

—Es para el Proyecto Ensamblaje—. Vicente la miró atónito, su cara enrojecía pensando en que Elena se había vuelto loca—. Me dijiste que te habían pedido esas máquinas específicamente.

—¿Estás seguro de que yo te dije eso? —Elena lo miró a los ojos—. ¿O te lo pidieron por debajo del agua?

La pausa de Vicente fue obvia. De un momento a otro, su mirada cambió de acusadora a confundida y finalmente un destello de entendimiento lo hizo bajar la mirada y apretar los labios. *¡Soy un idiota!* Con el puño cerrado golpeó la pared, soltando una carcajada histérica ante una Elena imperturbada.

Los labios de Elena se alzaron de las orillas—. Fuiste tú el que robó la mercancía, ¿verdad? —sacudió la cabeza con la ceja alzada—. ¿Cómo no lo vi antes?

—Elena—, Vicente puso las manos en el escritorio—, yo estuve aquí desde antes de que tú llegaras, el Faquir me hizo su mano derecha y tú no tenías ningún derecho a la cabeza.

—Esa es la diferencia entre tú y yo, Vicente. No espero a que alguien me dé las cosas, las tomo.

—Sin el Faquir no hubieras sido nadie.

Elena sonrió irónicamente—. ¿Quieres hablar del Faquir? El Faquir tuvo una gran idea pero no pudo con ella. Su organización era pésima, no sabía dirigir y no sabía ejecutar.

Vicente enrojeció indignado—. ¿Cómo te atreves? El Faquir creó esta organización, el Faquir-

—El Faquir nos estaba llevando en picada. Por eso me tuve que deshacer de él.

—¿Tú... Mataste... Al Faquir? —Las venas de su frente se marcaron con ira.

—Era eso o ver cómo destruía al grupo y las posibilidades que teníamos.

—Maldita perra —dijo en un susurro—. El Faquir te quería, ¡confiaba en ti!

—Sentimentalismo—. Elena sacudió la cabeza—. ¿Cuándo ha sido eso suficiente? —Vio la hora y tomó el radio pero antes de que pudiera apretar el botón, Vicente tomó la engrapadora y le golpeó la cabeza, haciéndola retroceder.

Elena se llevó una mano a la frente, y con la otra se apoyó en el escritorio. Sonrió mientras Vicente salía apresurado de la bodega, diciéndole algo a Guzmán—. Corre todo lo que quieras, no vas a llegar a ningún lado—. Sacó un espejito de su bolsa y revisó su frente—. Agh, espero que esto no se ponga morado —dijo aplicando maquillaje sobre la mancha roja.

—¿Todo bien, jefa? Vicente salió muy alterado.

—Ese cabrón es un traidor —respondió Elena metiendo la bitácora a un cajón.

Guzmán sacó su arma—. ¿Quiere que lo traiga?

—No. Quédate aquí y vigila a la esposa del senador—. Elena vio la hora, cerró con llave el cajón, y tomó su bolsa y las llaves del Audi.

- - - - - - - - - -

Eran las nueve con diez cuando Damián se bajó frente al zócalo. Se hizo paso entre la gente, buscando a Raúl o al senador. A lo lejos se escuchaban niños gritando y riendo, y el ruido de los motores de los juegos mecánicos. Raúl lo alcanzó frente a un puesto de algodones de azúcar, Nacho venía detrás de él, dándole una mano a Mateo y con la otra comiéndose un elote.

—No logramos comunicarnos con él. ¿Ya está aquí? —preguntó Raúl, con una mano en el hombro de Romina.

Damián miró a su alrededor—. Ni modo, ya estamos aquí.

No pasó mucho tiempo antes de que el coche blindado del senador se estacionara en una esquina.

—Quédense cerca —le dijo Damián a Raúl, y comenzó a caminar.

El senador caminó evitando el contacto con las demás personas. Su chofer lo siguió de cerca—. ¿En dónde están mis hijos?

Damián volteó hacia atrás. Los niños estaban con Raúl comprando un algodón de azúcar—. Eso fue una confusión.

El senador miró a Damián y caminó hacia ellos. Su chofer caminó detrás de él y se quedó a unos pasos.

—¡Papi! —gritaron abrazándolo.

El senador detuvo a Romina antes de que el algodón de azúcar tocara su camisa. Le revolvió el cabello en una pequeña muestra de afecto y le dio una palmadita en el hombro a Mateo—. ¿En dónde está mi esposa? No he podido comunicarme con ella.

—Yo tampoco.

El senador volteó sorprendido al escuchar la voz de Raúl—. ¡Tú! ¡Tú te los llevaste!

—Un momento, yo lo estuve llamando y usted ignoró mis llamadas.

—El entrenador nos salvó, papá —Romina respondió, aún con un brazo alrededor de él.

El senador miró a Damián—. Pensé que estarías en la casa de seguridad. ¿Decidiste no esperar a tu mujer?

Raúl miró a los niños—. Vamos a sentarnos allá, si

les parece.

—No será necesario, no pienso permanecer aquí —dijo el senador.

—Tenemos que hablar—. La forma de hablar de Damián no daba mucha alternativa al senador, quien se movió incómodo y terminó por indicarle a su chofer que acompañara a los niños.

Raúl tomó a los niños de las manos y caminó hacia la dulcería, con el chofer a unos pasos.

El senador sacudió la cabeza negando—. ¿Sabes quién soy? No puedo estar aquí parado como cualquier persona común y corriente, ¿y tú? ¡menos! —miró de reojo a Damián y bajó la mirada, alzando un hombro—. Todavía puedes ser un héroe... Todavía podemos llegar al punto de encuentro.

—No es necesario.

—¿Tan rápido se te fue el amor por esa mujer?

—Gina está bien. Está a salvo.

—¿Cómo sabes? ¿En dónde está ella? —El senador miró hacia Nacho y Raúl, no había ninguna mujer con ellos.

—A salvo —repitió Damián.

El senador miró hacia el cielo y se puso una mano en la nuca.

—¿Pasa algo senador?

El senador apretó los labios y cerró los puños mientras volvía a perder su oportunidad de quedar bien con Elena—. No tengo nada que hacer aquí contigo. Un hombre sin palabra y... Y que se mueve entre secuestradores, ¿qué podría esperar de ti?

—Le recuerdo que usted me intentó entregar a Elena.

—¿Entregarte? ¡Eso me gano por querer ayudarte!

Damián dio un paso hacia él, y apretó los puños—. Déjate de pendejadas, imbécil. Me pusiste un cuatro y mientras ella intentaba secuestrar a tus hijos, yo te los estoy regresando. ¿Quieres saber en dónde está tu esposa? Estoy segura de que Elena necesitaba a alguien con quién castigarte cuando yo no apareciera. Ahora, puedes escuchar lo que te voy a proponer, o puedes tomar a tus hijos, enfrentar las consecuencias de Elena, y yo no volveré a verte en toda mi vida.

El senador intentó hablar pero solo consiguió balbucear sin sentido.

—¿Y bien? —presionó Damián—. No tengo mucho tiempo.

—¿Qué?, ¿qué propones? —el senador miró hacia la gente, incómodo por la multitud.

—Me dijiste que odiabas a Elena. Mentiste en

muchas cosas pero en eso no.

—Ajá, ¿y?

—Cuando hablé con Neuriel Montoya me di cuenta de lo mucho que Elena te necesita. Eres más importante para los Ocultos de lo que piensas, es por eso que Elena te tiene sometido-

—Nadie me tiene sometido.

Damián entrecerró los ojos.

—¿Y luego qué?, ¿la mando a la chingada?, ¿ese es tu consejo? Le digo que a partir de ahora mando yo y ya—. El senador rio, metiendo las manos a las bolsas del pantalón.

—Organiza una reunión con Vicente. Él también odia a Elena. Estoy seguro de que pueden encontrar una solución a los problemas de ambos.

—Te volviste loco. Sabía que esto era una pérdida de tiempo.

Damián lo observó con cuidado—. ¿Qué sabe Elena?

—¿Perdón?

—Ella no solo llega y te amenaza. Elena tiene algo con qué manipularte.

—Esa es una estupidez.

Damián lo miró.

El senador se sintió atrapado—. Bueno pero, ¿quién chingados te crees? Yo soy el senador Rafael Vélez, tú no eres nadie—. Sus labios comenzaron a temblar—. Ni Elena, ni tú-

Damián miró a los señores que volteaban a verlos, alzó una ceja y vio de nuevo al senador—. No quiero algo para chantajearte, quiero saber por qué no actúas.

El senador exhaló, alterado—. ¿Quieres saber? Elena fue la... —bajó la voz—. Elena sabe cómo llegué a este puesto. Dejémoslo ahí. ¿Crees que no va a hacer nada con esa información? Esa mujer puede quitármelo todo y esa maldita no tiene corazón.

Ella te dio el puesto. —¿Y crees que Elena va a guardar tu secreto para siempre?

—No si no coopero.

Damián suspiró y sacudió la cabeza—. Aún así el plan puede funcionar, y no importa a qué acuerdo llegues con Vicente, no tendrás que cumplirlo.

El senador lo miró indignado—. ¡Soy un hombre de palabra!

—Los dos sabemos que eso no es cierto. Escucha, Vicente va a querer hacer negocios contigo y deshacerse de Elena. Querías quitarte una piedra del zapato, ¿no?

—¿Pero qué rayos estás diciendo? Vicente no la va a

matar. Tiene mucho que perder, al igual que todos los que la conocemos.

—No estoy diciendo que él la mate, pero si él se queda a la cabeza ya no habrían consecuencias para él. Le conviene.

—¿Y yo qué gano? Si quita a Elena y se queda él, yo sigo con la misma mierda. Ese grupo me seguiría haciendo la vida imposible.

—Con Vicente a la cabeza, ¿cuánto tiempo durarán los Ocultos?

—Mira Damián, Vicente no es Elena, pero tampoco es ningún tonto.

Damián asintió—. Hay un detective interesado.

—Lo que menos quiero es que arresten a esa mujer, ¿no entiendes que si la arrestan lo primero que va a hacer es hablar de mí?

—Primero Vicente se deshace de ella, y una vez que él esté solo, el detective hará el arresto. Vicente irá a la cárcel y desmantelarán la organización de los Ocultos. Tú podrás seguir tu vida sin estar bajo el mando de nadie.

El senador se quedó en silencio y después de un par de segundos miró a Damián como si de pronto hubiera recordado que seguía ahí parado—. Tengo que recuperar a mi esposa.

—Entonces te recomiendo que hables con Vicente en cuanto antes.

El senador le hizo una señal al chofer—. Trae el coche, ya nos vamos. ¡Y llévate a los niños! —El senador se puso las manos en la cabeza y resopló—. Estamos en contacto.

Damián asintió y se volteó hacia Raúl y Nacho. Les hizo una señal con la cabeza de que había terminado.

—¿Cómo te fue?, ¿va a cooperar? —Raúl preguntó de camino al coche.

—Difícil saberlo. El senador se mueve con el mejor postor.

Nacho miró a Damián—. ¿Qué hacemos ahora? ¿Buscamos a Gina?

Damián vio a Raúl—. Vamos a tu casa. Quizá ya regresó.

—¿No quieres que pase al hospital a recoger el coche que rentaste?

—Primero vamos a tu casa.

Raúl asintió, y manejó deprisa, sabiendo que Damián estaba desesperado por ver a Gina. Raúl se preguntó qué haría Damián si Gina no estaba ahí. ¿Pensaría que se la llevaron ellos? Miró a Damián, pero no se atrevió a hacer preguntas, Damián estaba muy concentrado en algo, mirando por la ventana.

—¿A poco no está bien chida la casa de este güey? —Nacho señaló la entrada del residencial Montecarlo. Al ver que Damián no respondía, le dio una palmada a Raúl en el hombro—. Deja que la vea de día, se va a querer venir a vivir contigo.

Gina no estaba en la casa. Raúl le enseñó a Damián la habitación en la que Gina se había recostado. Damián tomó el sobre con el logo de hospital y leyó los papeles mientras bajaba a la sala. Al terminar, dejó el sobre en la mesa del comedor—. Si algo le pasa a Gina, te juro que voy a-

—Eso no va a ser necesario.

Los tres voltearon hacia la puerta, en donde Gina se limpiaba los pies antes de entrar. Usaba una playera amarilla de manga corta y unos pantalones de mezclilla que le quedaban grandes.

Damián se levantó del sofá—. ¿Por qué te fuiste así nada más? ¡Son las once de la noche-

—¡Damián! ¡Te soltaron! ¡Ay me muero! ¡Pensé que te habían arrestado!

—¡Yo pensé que te habían secuestrado!

Gina apretó los labios y acarició su mejilla. Damián suspiró, no queriendo empezar un pleito. Caminaron al sofá y Damián esperó a que Gina hablara.

—Aunque Utqiagvik dejó claro que soy secuestrable,

yo no sería tan rápida en saltar a conclusiones.

Raúl se aclaró la garganta—. Deben morirse de hambre, yo preparo la cena—. Nacho lo siguió a la cocina.

—Pensé lo peor.

—No me pasó nada.

Damián entrecerró los ojos—. Tienes un esguince en el tobillo, y golpes en el rostro, abdomen y brazos. Un golpe en la mandíbula fue tan fuerte que te lesionó el cuello. No podías haberte sentido con ganas de ir a dar un paseo.

Gina buscó el sobre del hospital, sabiendo que Damián había leído el contenido. Damián señaló hacia la mesa de la sala.

—No tienes que preocuparte, tú ya tienes bastante. Raúl me dijo que te había llevado el detective y tenía miedo de que te metieran a la cárcel, tuve que salir a pensar y tomar decisiones.

—¿Cómo cuáles? —Damián preguntó con temor.

—Damián—, lo miró angustiada—, voy a confesar. Le diré al detective que yo soy la responsable de la muerte de Javier Valderrama. No pueden detenerte, no voy a permitirlo.

Damián tomó su mano—. El detective, uno muy obstinado si te soy sincero, no tuvo de otra más que dejarme libre.

—¿No supo que eras culpable de los asesinatos?

—Preferiría que no dijeras algo así. Al menos no mientras me quieras libre.

—¿Cómo te encontró?

Raúl tosió en la cocina. Damián sacudió la cabeza—. Eso no importa. Al final valió la pena. Accedió a llevar el caso de Elena Amador y los Ocultos.

Nacho asomó la cabeza pero no dijo nada.

—¿No es un detective privado?

—Le gustan los casos complicados. Él se encargará de que intervengan las autoridades correspondientes. Por otro lado el senador quizá también haga algo al respecto. De una u otra forma, Elena se tiene que ir.

Gina se dejó caer sobre el respaldo.

—¿Qué pasa?

—Nada—, Gina sacudió la cabeza—, me da gusto que se haga justicia, supongo. Damián, ¿qué estamos haciendo?

Damián frunció el ceño.

—¿Por qué seguimos aquí? Si desaparecí hace rato fue porque pensé que te estaban arrestando por matar a

Javier, pero si eso no es un problema, ¿por qué seguimos aquí?

—Tú sabes que mientras Elena esté viva, no estaremos a salvo en ningún lado.

Gina se levantó—. ¡Nos encontraron una vez! ¡Eso no significa que tenemos que empezar una guerra! Podemos irnos.

Damián cerró los ojos y suspiró.

—Damián...

—¿A dónde fuiste? —preguntó Damián al abrir los ojos.

Gina apretó los labios. Damián solo quería cambiar de tema. Sacudió la cabeza, y se sentó nuevamente—. Fui a ver a Lázaro. Tiene un amigo que trabajaba en la policía. Él fue el que me dijo que no se hacía nada con los casos de Valle de Plata, ¿te acuerdas?

Damián asintió.

—Bueno, pues después de que su esposa me prestó esta linda ropa, Lázaro llamó a la estación para ver si te estaban buscando. Su amigo no supo decirle pero me contactó con alguien que aceptó recibirme.

—¿Fuiste a la estación?

—Sí. Solo quería saber si había una orden de detención en tu contra. No la hay.

Damián apretó los labios con una discreta sonrisa.

—Si hubieras visto todo lo que pasó. Mientras yo esperaba al comandante, llegó un hombre muy alterado. No sé qué le robaron pero llegó ahí exigiendo un reembolso. Estaba indignadísimo. Hizo todo un pancho. "¿No saben quién soy?" Gritaba una y otra vez. Pensé que era alguien famoso pero los oficiales tenían la misma cara que yo. Neuriel Montoya—, Gina sacudió la cabeza—, seguro lo conocen en su pueblo.

—¿Neuriel?

—¡La cena está lista! —Raúl y Nacho se sentaron en la mesa del comedor.

—¿Lo conoces? —Gina preguntó.

Damián asintió, sacando su teléfono—. Lo vi antes de reunirme con el senador.

—¿Sí? —Neuriel respondió en el segundo tono.

—Si quieres recuperar lo que te robaron, pídeselo a Elena Amador.

—¿Quién habla?

—Damián Ferrer.

—¿Ferrer? —Neuriel hizo una pausa—. ¿Estás seguro?

—Completamente.

Tras una larga pausa, Neuriel le agradeció y colgó el teléfono.

- - - - - - - - -

Elena estaba sentada a la orilla de la cama, recogiéndose el cabello. Vio la hora, Guzmán ya tendría que haber llamado con noticias de Valle de Plata. Miró a Neuriel por el espejo del tocador—. Te ves pálido, ¿quién era?

—Un amigo—. Neuriel guardó el teléfono y se bajó de la cama. Caminó lentamente hasta la orilla en donde Elena estaba sentada—. Puedo tolerar muchas cosas… De hecho, de ti—, puso una mano sobre su hombro y con la otra la tomó de la barbilla—, casi cualquier cosa.

—¿De qué estás hablando? —Elena se levantó, no le gustaba el tono de Neuriel ni la forma en la que la estaba tocando.

—Que me roben es un no rotundo. Que me roben… Es algo que no soporto.

Elena lo miró fijamente y después de un momento suspiró. *Así que ya te dijeron.* Por un momento se preguntó si se trataría del mismo Vicente, queriéndose deshacer de ella.

—¿Y bien? ¿Es cierto? ¿Me robaste? —le preguntó poniéndose de pie frente a ella—. Dime la verdad porque eso no puedo permitirlo.

—Neuriel, creo que estás confundido—. Elena se recostó en el centro de la cama, y alzó los brazos hacia la cabecera.

Aunque era difícil para Neuriel resistir a Elena desnuda en la cama, su coraje era mayor—. ¿Confundido? Entonces, ¿es mentira?

—No—. Elena alzó las cejas—. No es mentira, sí te robé. Estás confundido porque no soy alguien a quien le tengan que permitir las cosas—. Sacó la pistola que guardaba en la parte de atrás de la cabecera y le apuntó a Neuriel—. Ahora dime, ¿qué vamos a hacer al respecto?

- - - - - - - - -

El senador tomó el volante, incrédulo ante lo que acababa de pasar. Su chofer, Lázaro, recibió una llamada de una emergencia familiar y le suplicó al senador que le permitiera ir al hospital en donde habían internado a su padre. El senador miró a los niños por el retrovisor y tomó su teléfono—. Mamá, te voy a dejar a los niños esta noche—. El senador ignoró las caras de decepción de sus hijos—. Algo le pasó a Maru y tengo demasiado en la cabeza.

—¿En dónde está mamá? —le preguntó Mateo desde el asiento de atrás.

El senador subió el volumen del radio y apretó dos dedos contra su sien intentando calmarse. No tenía una explicación para sus hijos, y no podía consolarlos a ellos cuando él mismo necesitaba apoyo. Vio a los niños por el retrovisor y se arrepintió de haberle dado el fin de semana libre al chofer. Lázaro había pedido demasiados permisos últimamente, el que su padre estuviera enfermo no era ningún pretexto para que el senador se quedara sin empleado. *Puedes quedarte en el hospital, voy a contratar a alguien más.*

El guardia de seguridad los recibió en la casa de la mamá del senador Vélez. De la caseta a la casa había un camino pedregoso por el que el senador condujo deprisa. Su madre estaba en la puerta de la casa, y junto a ella estaba sentado Balú, su pequinés.

—¡Niños! ¡¿Qué les han estado dando de comer que están enormes?!

—¡Abuela! —los niños gritaron y corrieron a abrazarla.

—¿Manejaste tú?, ¿qué pasó con Lázaro?

—Está libre —contestó cortante el senador.

—¿Libre? ¿Cómo es posible? ¿En dónde está Maru?

El senador sacudió la cabeza mientras entraba a la casa.

—¿Pero cómo no vas a saber?

El senador la miró y después a los niños. La señora asintió y guió a los niños al interior. Balú los siguió moviendo la cola. Rafael se sirvió una copa de whisky y se sentó mientras los niños decidían qué cenar.

—Ya les están preparando algo. Dime... ¿Cómo estás?

—¿Cómo voy a estar mamá? Maru está desaparecida. Ni siquiera han llamado para pedir rescate.

La señora cruzó las manos—. Hay que hacer algo con la inseguridad, esto no puede seguir pasando.

—Mamá, por favor no me vengas con esas cosas, hacemos todo lo posible pero nunca es suficiente. ¡Nunca puedes quedarle bien a todos, carajo! ¿Por qué siempre me pasan estas cosas a mí?

—Bueno hijo, ponte en los zapatos de-

—Olvídalo—. El senador dejó el vaso en la mesa—. No puedo con esto.

—¿Te vas?

—Mañana vengo por ellos—. El senador salió azotando la puerta.

En lugar de manejar a su casa, el senador regresó a Nostradamus, el bar en donde había visto a Damián.

En dos horas bebió una botella de whisky. Todo el tiempo considerando las palabras de Damián. La angustia y el miedo se fueron desvaneciendo con cada trago y al final, los problemas no le parecían tan graves.

Rio mientras bebía los restos de la botella, pensando en lo irónico que había sido el secuestro de su esposa. Maru había hecho las maletas, pensó entre risas, y él la detuvo. Prácticamente él la había entregado. *Ay Rafael, eres un pésimo esposo. No, no. Le doy todo, ¡a todos!* Llamó a Elena, preguntándose si notaría que estaba tomado, pero Elena no respondió. *¡Regrésame a mi esposa!* Iba a decirle, si es que se dignaba a contestarle. Le ofreció su tarjeta al mesero y pidió su cuenta cerrada. No estaba de humor para dejar propina.

Se tambaleó hasta su coche con los pensamientos corriendo en su cabeza. *Ferrer tiene razón, esa perra me necesita más de lo que yo la necesito a ella… ¡Yo no la necesito para nada!* Se subió al coche e intentó recordar el camino a su casa. La sirena de una patrulla lo hizo voltear por el retrovisor pero la patrulla se siguió derecho. *Soy el senador Rafael Vélez, presidente de la comisión, nadie va a detenerme a mí.* Al llegar a su casa se tambaleó hacia la entrada. Al ver que la luz estaba encendida, volteó hacia la acera. Una camioneta blindada estaba estacionada. Como si se hubiera metido a una tina con hielos, el impacto reemplazó los efectos del alcohol, y caminó hacia la puerta como quien busca sorprender a un ladrón. Giró la manija lentamente y asomó la cabeza.

Vicente estaba sentado en el comedor, con los brazos apoyados en las rodillas—. Tenemos que hablar.

Raúl salió al patio y le ofreció una cerveza a Damián. Después de cenar habían platicado de Alaska y Gina se había quedado dormida en el sofá. Nacho había estado bebiendo hasta quedarse con el codo recargado en la mesa y una botella vacía aparentemente pegada a su mano.

Damián aceptó la cerveza y regresó su mirada a Gina.

Raúl la volteó a ver mientras se acomodaba en la silla—. Ya es viernes.

Damián asintió, metiendo las manos a las bolsas del pantalón.

—Ahí se sentó el detective cuando te vino a buscar —le dijo señalando con la cabeza la silla que ocupaba Damián.

—¿Ah sí?

—Damián—, Raúl suspiró—, tengo que preguntarte algo.

Damián lo volteó a ver y asintió ligeramente.

—¿Es cierto que mi mamá te daba sesiones en Valle de Plata?

Damián sopló, sabiendo que Raúl merecía la verdad—. Sí.

Las cejas de Raúl se dispararon. No lo había querido creer o no pensó que Damián lo admitiría—. ¿Tú...?

—Fue una época muy complicada.

—Entiendo… Entiendo —dijo bebiendo de un trago la cerveza—. ¿Quieres otra? —preguntó levantándose.

Damián negó con la cabeza y esperó a que Raúl regresara. No había ninguna manera fácil de confesarle a alguien haber matado a toda su familia. Miró a Gina otra vez.

—Entonces—. Raúl se sentó nuevamente.

—Yo lo hice, Raúl.

—Hiciste… ¿Hiciste qué? —Raúl se levantó—. ¿Sabes qué? No me lo digas, no me interesa saber.

—Raúl…

—No—. Raúl se levantó con una sonrisa nerviosa —. No —repitió perdiendo la sonrisa. Sus ojos llenándose de lágrimas. Miró a Damián fijamente, no estaba mintiendo. Se llevó las manos a la cabeza—. Dime que no mataste a mi madre.

Damián lo observó sin responder, pero en el silencio Raúl había confirmado la respuesta.

—¿Por qué?—, con el ceño fruncido y sacudiendo la cabeza preguntó—, ¿por qué harías algo así?

Damián sintió un nudo en la garganta al ver a Raúl sufrir de esa forma—. Si pudiera cambiar las cosas-

—¡¿Por qué?!

—Quería lastimar a Lucas.

—¿Con ella? —su pregunta fue apenas un susurro.

Damián asintió.

Raúl miró hacia el suelo y después regresó la mirada a Damián—. ¿Zoe?, ¿la conocías?

—Vivimos juntos en el valle.

—¿Zoe no se suicidó?

Damián negó con la cabeza.

—Querías lastimar a Lucas—. Raúl rio entre lágrimas, le dio un trago a la cerveza, apretó la botella y después la aventó contra la pared. El cristal se hizo pedazos antes de caer al suelo. Damián miró de reojo a Gina, el ruido la había despertado. Nacho también había volteado.

—Lo querías lastimar con todos—, Raúl se limpió la nariz con la playera—, por eso me secuestraron. Tú lo planeaste.

—Sí.

—¿Y qué pasó?—, sus manos temblaron—, ¿te arrepentiste?

Damián asintió. Su mirada reflejaba el sufrimiento de Raúl.

—Sé que Lucas era un hijo de puta, créeme que lo sé, pero, ¿ellas qué te hicieron? —Raúl preguntó en tono de súplica.

—Raúl-

—Creo que será mejor que te vayas—. Raúl se limpió la nariz y lo miró—. Si pudiera te entregaría a esa mujer yo mismo.

En el interior de la casa, Nacho vio a Gina y siguió su mirada hacia el patio en donde discutían Raúl y Damián—. Lo que haya pasado entre ellos, seguro se va a arreglar.

—No estoy tan segura.

—Son amigos, los amigos se perdonan.

Gina sacudió la cabeza—. Hay cosas que no se pueden perdonar.

—¿Tan cabrón?

Gina asintió apretando los labios—. Damián ha hecho cosas que no puede deshacer.

—Y tú lo perdonas.

—Yo no fui la víctima.

Nacho vio a Raúl—. ¿Él sí?

Gina asintió con una mirada de lástima.

—Bueno, todos nos equivocamos, ¿qué no?

Gina soltó una pequeña risa. Ojalá se hubiera tratado de un error. Odiaba que Damián cargara con todo lo que había hecho. Miró a Nacho—. Damián me dijo una vez que había aventado un boomerang. Creo que está regresando.

Nacho asintió apretando los labios—. A todos nos va a cargar la chingada al final.

—A ti no—, Gina sonrió tomando la mano de Nacho—, todavía lo tienes en tus manos, estás a tiempo.

—¿Yo? ¿A tiempo?—Nacho alzó las cejas—. Creo que lo disparé cuando entré a trabajar para Elena.

—Ey, escúchame muy bien. Tú no has hecho nada. Eres joven, puedes empezar de cero. Tienes mucho que hacer y toda tu vida por delante.

—¿Eso crees?

—Estoy segura. Mira, entiendo por qué te fuiste con Elena, créeme, lo que vi de esa mujer...

—Es buena, ¿no? digo, no en el sentido de-

—Sí entiendo, es una mujer con mucha confianza y se mueve como si el mundo girara alrededor de ella.

—No es eso, es lo que dice... es de las que cumplen, no es como los maestros ojetes que te dicen que no vas a llegar a ningún lado, o como los que te dan el avión porque les das lo mismo.

—Nacho, tal vez Elena cumple, pero, ¿qué puede prometer esa mujer?

—¿Dinero?, ¿futuro?

—Futuro—. Gina lo miró alzando una ceja —¿Qué futuro?, ¿uno en el que tienes que pasar la vida escondido?

—No...

—¡Por el amor de Dios, se llaman Ocultos!

—¡Me hace sentir seguro! —exclamó Nacho levantándose—. Ella... Ella me hace sentir así. Y no me gusta, o sea no la veo como mi novia ni nada, te lo juro por esta—. Nacho cruzó los dedos en forma de cruz.

Gina sonrió—. Es lógico que la veas como una figura materna, pero—, lo tomó de las manos—, ¿en verdad crees que alguien como ella va a cuidarte? A Elena no le importa tu vida, solo le importa lo que hagas para ella. Lo sabes tan bien que ahora estás huyendo de ella.

Nacho se rascó la cabeza—. ¿Qué otra cosa haría? No sabría ni por dónde empezar, además, no le veo el caso, estoy solo, ¿a quién va a importarle lo que haga?

—¿Quién dijo que estás solo?—. Los dos voltearon al ver a Damián entrando apresurado—. Es hora de irnos.

—¿A dónde? —Gina le preguntó.

—Hay un hotel a unas cuadras. Creo que estarán seguros ahí.

Nacho alzó las cejas pensando en la última vez que Damián lo había dejado en un hotel "seguro". Estaba a punto de protestar cuando sintió la mano de Gina en su brazo.

—¿Qué hay de Raúl? —Gina volteó hacia el patio. El corazón se le partió al verlo en un rincón con la cabeza sobre los brazos—. No podemos dejarlo así nada más.

—Va a sobrevivir.

- - - - - - - - -

Sobre el escritorio habían tres cafeteras vacías y dos tazas. El reloj de pared anunciaba las seis de la mañana cuando el detective terminó de imprimir siete horas de investigación. El disco de las sinfonías de Haydn lo había acompañado durante toda la noche.

Había comenzado con dos asuntos, mujeres asesinadas y equipos robados, y con una pista que le dio Damián. Los Ocultos.

Orozco consideró el método tradicional. Hacerle preguntas a los familiares de las víctimas, tanto en los asesinatos como en el robo, pero la pista de Damián era suficiente para inspirar su creatividad y buscar otras formas de resolverlo.

A las doce de la noche había despertado a Saúl, un joven hacker que le facilitaba la vida por una cantidad considerable de dinero. Primero le dio los números de serie de equipos de tecnología avanzada, ya que tendrían algún chip de localización y le pidió que encontrara la ubicación. El detective guió a Saúl deduciendo los días y horas en que fueron robadas y Saúl logró hacer veintitrés capturas de pantalla con los lugares en donde estaba el equipo, las placas de las camionetas que las habían robado y el lugar de donde habían salido esas camionetas. Saúl le compartió un video al detective en donde se veía claramente a un sujeto cargar una caja pesada y llevarla a la camioneta. Saúl tuvo que mejorar la claridad de la imagen, pero finalmente pudieron ver la etiqueta que decía "Proyecto Ensamblaje" encima de la caja.

Para la una y media de la mañana, el detective le pidió a Saúl que entrara al servidor del correo de Javier Valderrama. Cuando Saúl le informó que un profesional había encriptado toda la información y no podría recuperarla tan rápido, el detective le pidió que entrara al servidor del senador, y buscara tres palabras clave: víctimas – proyecto – feminicidio. Al principio no hubieron coincidencias, así que el detective le pidió que escribiera el nombre de algunas de las víctimas. Saúl le informó que en una carpeta oculta aparecían esos nombres. Mientras que no estaba la palabra feminicidio,

Fem era el asunto de uno de esos correos. Saúl cambió las palabras clave, el detective le pidió que sustituyera proyecto con operativo e iniciara nuevamente la búsqueda. Tanto Saúl como el detective se sorprendieron de la cantidad de información que saltó en el correo del senador. En una carpeta oculta, habían más de setenta correos con el asunto: Operativo Fem. El correo provenía de una IP que Saúl no podía localizar. Le prometió al detective que la identificaría pero le tomaría un par de días hacerlo.

Orozco buscó la Sinfonía 45 y subió el volumen. Separó la información en dos sobres, uno contenía la información del "Operativo Fem" y el otro "Proyecto Ensamblaje". Los dejó sobre el escritorio, mirando hacia la ventana en donde comenzaba a salir el sol. Tomó la nota con el mensaje que había recibido a las once, con las direcciones de Amador Cabrera y Leandro Arena. Las dos siguientes víctimas de Elena. Cerró los ojos dejándose llevar por el sonido del violín y alzó los dedos orquestando la turbulenta sinfonía.

—Elena no está aquí —dijo Vicente al ver que el senador miraba desesperado.

—¿En dónde está mi esposa? —el senador preguntó entrando, y cerró la puerta.

—La tiene en la bodega—. Vicente se levantó—. Necesito que me ayudes a salir del país.

El senador alzó las cejas perplejo ante la petición—.

¿Qué es esto?, ¿una trampa?

—Elena salió de control, necesito que consigas papeles para mi mujer y mi hijo—. Vicente sacó un arma y la puso sobre la mesa.

El senador lo observó fijamente, tras una pausa se acercó al comedor y jaló una silla para sentarse—. Yo quiero a mi esposa.

—Imposible. No puedo acercarme a Elena.

El senador asintió apretando los labios. Sin Vicente en los Ocultos nadie podría frenar a Elena—. ¿Qué pasó entre ustedes?

—Es una larga historia. Sé que puedes ayudarme, la pregunta es… ¿lo harás?, ¿o quieres acompañar a tu esposa al cementerio?

El senador pensó en las palabras de Damián—. Mi esposa está viva. Elena me necesita, si la mata se deshace de la única carta que tiene en el gobierno. No lo hará.

Vicente asintió apretando los labios—. Veo que finalmente estás despertando Rafael. Aunque ese ya no es mi problema.

—Mira, no tienes que huir. Si alguien tiene que desaparecer de los Ocultos, no eres tú.

—¿Cómo?

—Tú lo dijiste, Elena está fuera de control. No se

puede tener una cabeza así en una organización tan, tan importante como la tuya. Además tú llevas más tiempo en el grupo, ¿no serías tú la cabeza si el Faquir hubiera dejado a alguien al mando? Sé que Elena lo estimaba pero-

—¡Lo estimaba! —Vicente dijo en tono de burla.

—¿Qué?

—Elena mató al Faquir.

El senador se llevó una mano a la barbilla considerando la nueva información. Javier Valderrama había hecho toda una campaña para el senador, en donde el mayor triunfo de Rafael Vélez había sido desmantelar a los Sangrientos. Toda la información de ese grupo había desaparecido, y el senador, con Javier, había creado documentos que se expusieron al público sobre la organización en ese entonces. Pero si no había sido Javier, y todo había sido obra de Elena, entonces ella tendría los documentos originales, ella podría demostrar que los Sangrientos no fueron desmantelados, y que la campaña del senador fue toda una mentira.

—¿Quién sabe eso?

—Solo ella.

—¿Estás seguro? —El senador entrecerró los ojos.

—¿Por qué?, ¿te preocupa que se enteren de la verdad?, ¿que tú no destruiste al Faquir y los Sangrientos?

El senador se frotó los ojos intentando deshacerse del frustrante tic. Después se levantó, empujando la silla y abrió una puerta de vidrio que guardaba el alcohol.

—No creo que quieras hacer eso ahorita. Ya te ves bastante alterado, no te quieres poner peor.

—¡A ti qué te importa cómo me ponga!

Vicente se levantó y le arrebató la botella, aventándola al suelo. El senador vio el cristal partirse y el líquido desparramarse, pero Vicente ya lo tenía agarrado del cuello de la camisa—. ¡Escúchame bien imbécil! Mi esposa y mi hijo están esperándome en el coche. Lo que pase con tu vida me vale madres pero te necesito concentrado para hacer lo que te pedí que hicieras.

El senador se ajustó la camisa y se peinó, aclarándose la garganta—. Pensé que te estaba convenciendo de quedarte.

—Si mato a la jefa, más de quinientos empleados van a querer mi cabeza, ¿crees que voy a hacer eso?

—No, no tú personalmente. Pero hay alguien que puede hacerlo.

—¿Quién?

—Damián Ferrer.

Vicente soltó una carcajada—. Ese hombre es una verdadera pesadilla, todos los problemas que tengo son por ese imbécil.

—Dejemos que él mate a Elena, que se deshaga de ella, es lógico que en su ausencia, tú quedarías al mando.

—Elena ya debe haber puesto un código gris sobre mi cabeza.

—Habla con ella, pídele que te reciba. Nadie tiene que saber lo que pasó en esa oficina, su gente los habrá visto juntos y pensará que te perdonó o lo que sea.

Vicente desvió la mirada, considerándolo—. En el momento en el que me vea, soy hombre muerto.

—Entonces no vayas solo. ¿Qué es lo que más quiere Elena en este momento? —El senador sacó su teléfono y le marcó a Damián—. Ferrer va a cooperar, créeme—. Se detuvo con una nueva idea—. Te alteró mucho saber que Elena había matado al Faquir, ¿no es cierto?

—El tipo hizo la organización, ¡él fue-

—A lo que me refiero es, ¿crees que los demás estén tan alterados si se enteran?

Vicente entrecerró los ojos—. Llama a Ferrer.

- - - - - - - - -

El hotel Paraíso estaba a seis cuadras del residencial Montecarlo. Habían llegado en la madrugada y aunque no se comparaba con el lujo del hotel Miranda, Nacho no había dejado de admirarlo desde la recepción. Al entrar a la habitación, dejaron sus cosas y Damián salió al balcón. Nacho y Gina decidieron darle espacio. Se recostaron y para cuando Gina despertó, Damián seguía en el mismo lugar.

—Ustedes son tan afortunados.

Gina lo volteó a ver—. Pensé que seguías dormido.

Nacho se estiró—. El hotel Miranda, la casa de tu amigo… Este hotel —dijo estirándose—. No tienen idea de lo que es vivir del otro lado de la moneda.

Gina apretó su mano—. Disfrútalo—. Miró hacia el balcón.

—¿No durmió para nada?

Gina negó con la cabeza.

—¿No crees que quiera estar solo? Después de…

Gina alzó las cejas—. Solo hay una forma de averiguarlo—. Suspiró y abrió la puerta del balcón—. ¿Estás bien?

—Sí—. Damián tomó la mano de Gina—. Estás fría—. La jaló hacia él y puso sus brazos encima de ella.

—Sobre lo que pasó ayer… ¿Le contaste todo?

Damián asintió.

—Lo siento mucho, Damián.

—No soy yo el que necesita ser consolado —contestó cortante.

Gina apretó los labios—. Lo sé.

Damián suspiró—. Lo siento.

—Está bien.

—Tenía que decirle la verdad.

—Lo sé.

—Es solo que… Quedó destruido. Es la segunda vez que lo dejo así. Tiene toda la razón en odiarme.

—¿Quieres que lo llame?

—No. Espera—, sacó su teléfono del pantalón—, ¿bueno?

—¡Damián! Qué bueno que contestas, habla el senador Rafael Vélez. Estoy con Vicente, tenías razón en aconsejarme acudir a él, ya tenemos un plan para deshacernos de Elena.

9

Orozco leyó la placa de División de Investigación sobre la puerta. Desde antes de abrirla escuchó los timbres telefónicos y conversaciones dispersas. Por un momento recordó su salida de esas oficinas, no pensó regresar nunca y ahora estaba ahí. Aprovechando el acceso con viejos contactos.

Caminó entre escritorios cubiertos de papeles y sobres amarillos con sellos de confidencial, en donde hombres y mujeres trabajaban absortos en sus computadoras, otros caminando deprisa de un escritorio a otro o a la copiadora, y otros respondiendo los incesantes tonos del teléfono. Al fondo había una pequeña mesa con una cafetera y algunas tazas sucias, y a un lado estaba el escritorio de Ramírez.

—No lo puedo creer —dijo Ramírez al alzar la vista y encontrar a Orozco parado frente a su escritorio—. Déjame sacarte una foto.

—¿Ocupado?

Ramírez vio el sobre que cargaba Orozco bajo el brazo y puso las manos sobre los papeles revueltos en el escritorio—. Llevo tres días saliendo a las dos de la mañana y entrando a las siete. Esto es un caos. ¿Cómo entraste?

—Tengo mis contactos.

Ramírez rio sacudiendo la cabeza—. Don Rogelio te estimaba. Ya va para, ¿qué?, ¿veinte años vigilando?

—Aquí entre nos, no creo que esté vigilando nada.

Ramírez sonrió y desvió la mirada hacia su escritorio, al ver los papeles desordenados su expresión se oscureció—. Agradezco tu visita.

—No estoy aquí para distraerte.

Ramírez lo volteó a ver.

—Los casos que me enviaste—. Orozco observó las ojeras bajo sus ojos y la corbata desalineada.

—¿Tienes algo? —sus ojos se abrieron de par en par.

—¿Tú que crees? —se sentó, por un momento agradeciendo a Damián por la pista que lo había llevado a la investigación.

Ramírez hizo todos sus papeles a un lado y tomó el sobre que le ofrecía Orozco.

—Al menos dos de tus casos están resueltos.

Ramírez entrecerró los ojos—. No te creo.

—Uno es el Operativo Fem.

—¿Operativo Fem? —Ramírez sacudió la cabeza—. Nunca lo he escuchado.

—Es de los Ocultos.

Ramírez alzó la vista de los papeles.

—Al igual que los asaltos a las bodegas y empresas.

—¿Cómo sabes todo esto?

—Recibí una pista y me puse a investigar.

—¿Qué pista? —Ramírez se llevó una mano a la frente al ver con detenimiento uno de los documentos.

—Damián Ferrer me dijo que los Ocultos estaban detrás de esos casos—. Orozco alzó una ceja.

Ramírez soltó una carcajada—. Finalmente lo encontraste. Felicidades, otro caso resuelto detective Orozco—. Asintió, regresando su vista a los papeles pero un pensamiento lo hizo alzar la cabeza con una mirada de confusión—. ¿Son amigos ahora?

—Lo estaba interrogando.

—¿Para qué? ¿No era un caso de localización?, ¿sabes qué? No importa. No tengo tiempo de pensar en él ahora—. Ramírez sonrió, poniendo la información del Operativo Fem en la computadora—. ¿Cómo conseguiste esto?

—Con los servicios de Saúl.

—El hacker... —Ramírez esperó a que se terminara de descargar la información—. Pero él no pudo hackear a los Ocultos, es imposible.

—No le pedí que los hackeara a ellos. Le pedí que entrara al servidor del senador Vélez.

—¿Hackeaste al senador Vélez? —Ramírez alzó las cejas con una gran sonrisa—. ¿Conseguiste esto en su servidor?

—Saúl buscó en su computadora la información que me diste sobre las mujeres asesinadas. Habían cientos de coincidencias pero entre los documentos solo dos estaban en una carpeta oculta. No le tomó más de unos minutos averiguarlo.

—No puedo entrar.

—Tu sistema tiene límites. El de Saúl no.

Ramírez vio nuevamente los documentos—. ¿Esto es lo que estaba en el servidor del senador?

El detective Orozco asintió.

Ramírez se levantó y abrió el cajón de hasta arriba de un archivero negro. Buscó entre los archivos y sacó varios folders.

—Entonces el senador sabía que las iban a matar.

—No. Bueno no lo sé. La fecha en la que se descargó el archivo es posterior a los asesinatos. De hecho, Saúl me dijo que no lo había abierto. En este momento está descargando todas las carpetas ocultas del senador.

—Ocultas —dijo Ramírez con una risa irónica—. No puedo usar esto para proceder contra el senador. Puedo conseguir una orden de registro, pero tardará días y cuando sea notificado va a eliminar todo.

Orozco asintió—. Saúl intentó entrar a las cuentas de Valderrama pero todo fue eliminado. Quizá no puedes ir contra el senador con esto, pero sí contra Elena, ella hablará del senador.

Como si le hubiera recordado algo, Ramírez sacó el segundo sobre que le entregó Orozco—. Proyecto Ensamblaje —leyó— ¿Qué es esto?

—La lista de las cincuenta y siete empresas que asaltaron y el inventario faltante.

—Ya tengo esa información—. Ramírez frunció el ceño.

—Tú tienes de dónde salió, te estoy dando a dónde llegó y quién se lo llevó.

—Eres el mejor—. Ramírez sacudió la cabeza, incrédulo, dando vuelta a la hoja.

—Nada más falta que haga el arresto por ti.

Ramírez rio—. Como si tuvieras la autoridad para hacerlo. ¿Qué? No me veas así, fuiste tú quien renunció—. Bajó la mirada hacia los papeles—. Orozco, esto es impresionante—. Vio las fotografías de las camionetas blancas, placas y otras imágenes con los mapas con rutas trazadas—. ¿Cómo carajos conseguiste todo esto?

Orozco sonrió—. Creo que no te tengo que recordar que con las preguntas correctas nada queda sin respuesta.

Ramírez sonrió de oreja a oreja, levantándose—. Podría besarte.

—Preferiría que no lo hicieras.

Ramírez sonrió y se llevó los papeles.

Orozco lo vio detenerse a medio camino. Dio la vuelta y regresó a su escritorio—. Necesito algo más. Trabajaré en esto y le llevaré la información al señor Meneses. ¿Nos vemos en el bar a las nueve? ¡Esto te lo tengo que agradecer! —dijo sonriendo.

—No sé, estoy-

—¡Ocupado! Yo también, pero vamos, te invito una cerveza.

—No tomo cerveza.

—Chema, me estás volviendo loco.

Orozco sonrió—. Te veo a las nueve.

- - - - - - - - -

Gina y Nacho bajaron a comer al restaurante del hotel. Damián quedó en alcanzarlos pero se quedó en la habitación repasando las palabras del senador. Toda la mañana le había dado vueltas al asunto.

Vicente está listo para subir al mando, así que esto es lo que haremos: Elena tiene reuniones con los líderes de los sectores los domingos. Este domingo, Vicente te llevará con ella. En un mensaje de texto te enviaré la dirección y la hora. Irás atado, para no levantar sospechas. Una vez que estés dentro, Vicente los dejará solos. Tú te deshaces de Elena y Vicente se ocupará de los líderes. Después, Vicente se irá por los demás, sus segundos. Cuando termines, tomas una de las camionetas y te largas. Vicente llegará con los demás y encontrarán la penosa situación de Elena y los líderes. Vicente los hará líderes al momento y tomará el mando de la organización, así todos podremos regresar a nuestros asuntos.

¿Cómo sé que no me culparán de su muerte?, ¿cómo sé que Vicente no vendrá detrás de mí?

Oh, no Damián eso jamás. Vicente está en gratitud contigo, por supuesto. Lo único que queremos es quitarnos a Elena del camino, tú lo sabes, mi amigo.

...

Entonces, ¿contamos contigo? No olvides que todo esto fue tu idea.

Por supuesto, senador.

Excelente, Damián. Espera mi mensaje.

Damián apretó los puños pensando en Vicente. Ese hombre se había llevado a Gina en medio de la noche. La había tenido secuestrada y encima de todo la había golpeado. Pensó en Gina. Era muy probable que las cosas terminaran mal para Damián. Quizá después de deshacerse de Elena, Vicente intentaría deshacerse de él, pero Gina nunca más volvería a tener que ocultarse. Nadie más la volvería a buscar. No le gustaba la idea de que Nacho estuviera cerca de ella, aunque en ese tiempo lo había llegado a apreciar, si Damián moría, no quería dejarla sola con un hombre buscado por los Ocultos. *Será mejor que aparezca, detective, usted es mi única carta bajo la manga.*

- - - - - - - - -

En un extremo de la ciudad, un camino de cinco kilómetros de terracería permanecía bloqueado con letreros de prohibido el paso. Los letreros no eran necesarios, ningún citadino se interesaba en explorarlo. Aunque en los últimos meses habían pasado camiones cargados de material de construcción, y algunos comenzaban a cuestionarse lo que abrirían ahí dentro. El camino conducía a una glorieta con maleza y árboles altos. No era hasta que uno rodeaba la glorieta, que se podía vislumbrar la grandeza en inversión y creatividad de los constructores. Una carretera pavimentada, con palmeras y fuentes a ambos costados, servía de alfombra roja hacia una gran construcción.

Los dos edificios estaban separados por una jardinera llena de jazmines y un muro de mármol con una cascada de agua que caía sobre las letras plateadas de Consultores del Valle. Un edificio se encontraba en obra gris, y el otro en obra blanca.

Elena observó los edificios con las manos en la cintura, evaluándolos. Brenda estaba parada junto a ella. Elena usaba un vestido azul marino escotado y la niña que había sacado del camión en minifalda y top, ahora usaba un pantalón beige de vestir y una blusa hueso con olanes. Usaba zapatos de tacón bajo y tenía el cabello en capas. Su seguridad había crecido día con día. Nadie creería que era la misma niña que habían sacado de ese contenedor.

—¿Consultores del Valle? —preguntó Brenda, leyendo el letrero.

—Es una fachada. ¿Sabes lo que es eso?

—Obvio.

Elena se preguntó si realmente lo sabía o solo le daba pena admitir que no, pero decidió dejar el tema.

Brenda inclinó la cabeza, observando un túnel de cristal que conectaba los dos edificios en el segundo nivel—. ¿Ahí voy a estar yo?

—No. Tú estarás en el séptimo piso—. Elena alzó la cabeza—. Conmigo.

—Estamos en medio de la nada —dijo Brenda.

—Esa es la idea.

—¿Y necesitas todo eso? —dijo cubriendo el sol de sus ojos.

—Por ahora sí. Pero pronto necesitaremos más.

Un Mercedes negro se estacionó detrás del Audi de Elena y dos hombres bajaron del coche. Uno de ellos era su contador, y el otro era el arquitecto que estaba a cargo de la construcción de sus oficinas.

—Llegaste temprano —dijo el contador viendo la hora. Estaba seguro de que habían quedado quince minutos después.

—Elena, debo confesar que al principio pensé que querría algo más… discreto —dijo el arquitecto.

—¿En cuánto tiempo estará terminado?

—La torre A estará lista en mes y medio y la torre B en cuatro meses aproximadamente.

—¿Mes y medio? No sé mucho de construcciones pero veo que le falta bastante. Dudo mucho que en mes y medio esté listo.

—La torre A-

—Antes de que continúe, le diré una cosa—, Elena acomodó la corbata del arquitecto haciéndolo tragar saliva—, las fechas para mí son algo muy importante. Si me dice el día tres o diez, o quince, le creeré. Puede decirme la fecha que quiera, pero más le vale respetar esa fecha. Porque el día que me diga, mudaré todas las cosas a este edificio y será mejor que esté listo. No acepto demoras ni prórrogas y no tolero las excusas.

El arquitecto se aclaró la garganta. La cara de Elena estaba apenas a unos centímetros de la suya—. Entiendo, entiendo, señorita Elena. Le daré la fecha más tarde. ¿Quiere… Quiere entrar a ver el séptimo piso? Ya está terminado.

Elena asintió y lo siguió al interior. El contador caminó detrás de ella.

—No hay trabajadores porque usted me pidió que estuviera vacío para esta visita, pero no han parado de trabajar ni un momento. El lunes comenzarán con los acabados y la instalación del piso del otro edificio.

Elena asintió sin ver al arquitecto—. Así que no vendrá nadie este fin de semana.

—No. A menos de que quiera que los llame, por

supuesto.

—No, está bien. ¿Funciona?—preguntó al ver el elevador.

El arquitecto asintió con una gran sonrisa—. No esperaba que usted subiera al séptimo piso por las escaleras.

—¿Por qué no? —Elena lo miró fijamente.

El contador bajó la mirada, mientras el arquitecto deseaba no haber dicho nada y Brenda lo miraba de la misma forma que lo hacía Elena.

—Bueno solo quise que-

Elena suspiró, alzando la vista—. No importa. ¿Continuamos?

—Ese ruido viene del generador, no crea que siempre sonará así.

—Lo sé.

Les tomó unos segundos subir, pero al contador y al arquitecto les parecieron eternos. A cualquiera ponía nervioso la cercanía con Elena en un espacio tan pequeño como un elevador.

—¿Piensa quedarse ahí? —Brenda miró al contador esperando a que bajara del elevador.

El contador miró a Brenda. Se veía demasiado

cómoda con su nueva jefa, se preguntó de dónde la habría sacado Elena, Si no hubiera encontrado tanta arrogancia en la niña, hubiera jurado que se trataba de un secuestro. Apretó los labios y salió del elevador.

—¿Qué opinas? —Elena le preguntó a Brenda admirando el espacio. El arquitecto intentó adivinar si Elena estaba sorprendida o decepcionada, pero su expresión no daba respuestas.

Brenda caminó hacia los ventanales, observó la ciudad, miró hacia el interior nuevamente y caminó por los pilares, tocando uno de ellos—. Supongo que está bien.

Elena sonrió, alzando una ceja, notablemente orgullosa de su aprendiz. El que no se impresionara fácilmente era una importante habilidad que rara vez encontraba en alguien.

—Está bien —finalmente le dijo Elena al arquitecto.

El arquitecto suspiró aliviado—. Pensé que le gustaría—. El arquitecto sonrió caminando hacia los ventanales—. Puede ver toda la ciudad desde aquí, y ahí está el valle.

—Entonces la oficina está prácticamente lista.

—En la semana ya tendrá todos los servicios pero no le recomiendo que la comience a utilizar ya que el ruido de la construcción puede llegar a ser bastante molesto.

—Y no tenemos ningún problema de papeles,

¿correcto?

—Correcto. Todo está bajo control —contestó orgulloso el contador.

—¿Quieres que le avise a los líderes sobre el cambio? —Brenda desvió la mirada de la ventana y miró a Elena—. No vas a tener tu reunión en esa asquerosa bodega cuando tienes esto, ¿o sí?

Elena se sintió irritada ante el atrevimiento de la niña pero apretó los labios y se acercó a ella—. No le digas a nadie sobre este lugar. Por ahora es nuestro secreto—. Le guiñó un ojo.

El contador y el arquitecto esperaron a que Elena se marchara para revisar los detalles pendientes.

Elena regresó con Brenda a la bodega. Guzmán era el único que estaba en el interior.

—¡Guzmán! ¿Qué carajos pasó en el valle? No podía comunicarme contigo.

—Gina Navarro no está —Guzmán dijo con una voz entrecortada—. Lo siento jefa, anoche la intenté llamar cuando salí del valle pero no me entró la llamada y me vine directo a la bodega a esperarla. Pensé que vendría.

—Me entretuve con otro asunto —Elena respondió, pensando en Neuriel—. Dime exactamente lo que pasó.

—Entré al departamento en donde Vicente la tenía. Afuera estaban Checo y Polo, dijeron que todo había estado callado desde que se fue Vicente. Cuando entré encontré unas sábanas colgadas de la ventana.

Brenda alzó las cejas—. ¿Se escapó?

—Lo siento jefa.

Elena se mordió un labio—. Asumo que la están buscando.

—Checo y Polo están en eso.

—Bien. Que no dejen ningún departamento sin abrir ni ninguna piedra sin voltear —respondió Elena caminando hacia su oficina.

—Sí, jefa—. Guzmán dio la vuelta y sacó su radio.

—¿Quién es este? Su foto estaba en la casa donde me quedé anoche, y también en el otro sector.

Elena vio el póster que sostenía Brenda—. El Faquir. Es el fundador de los Ocultos. Bueno, el grupo no se llamaba así antes pero básicamente él es la estrella del show.

Brenda soltó el poster asintiendo. No muy impresionada—. ¿Crees que la encuentren?— preguntó—. Sería muy estúpida si la encuentran.

—Esa mujer ya debe estar con Damián en el aeropuerto —respondió Elena, quitándose el saco.

—Igual que Vicente.

Elena frunció el ceño—. No. de hecho Vicente está… —Sacó de su cajón un aparato de GPS—. En el motel Estrella. Qué casualidad que esté tan cerca de la casa del senador.

—¿Su teléfono? ¡Qué idiota!

—No, le puse un chip.

Brenda la miró con el ceño fruncido—. Por eso, yo habría tirado el teléfono a la basura.

Elena sonrió—. No le puse un chip al teléfono —dijo lentamente para que Brenda entendiera—, se lo puse a Vicente. Ellos no lo saben pero siempre puedo localizarlos.

—¿Yo tengo uno? —preguntó Brenda entrecerrando los ojos.

— Sí claro. Todas las personas de confianza lo tienen.

Brenda encogió un hombro—. Genial. Y, ¿qué hacemos con ella?

Elena no tuvo que voltear hacia donde Brenda miraba para saber que hablaba de la esposa del senador.

—Nosotros nada. Ella, rogar porque Damián no se suba a ningún avión—. Elena tomó su teléfono y salió de la oficina.

—¡Guzmán! Pon a la señora Vélez en el centro y

prepara el taladro. Es hora de hablar con el senador.

—¿Espero aquí? —Brenda asomó la cabeza por la puerta de la oficina.

Elena lo pensó durante un momento—. No. Será mejor que veas. Pero no te preocupes, esto no va a llegar muy lejos.

Brenda asintió sin mostrar temor o disgusto.

—Está listo, jefa —anunció Guzmán.

Maru estaba atada a una silla de metal. Su ropa estaba en el suelo y en los lugares que no cubría la ropa interior, la cubrían moretones amarillos, morados y rojos.

—Vamos a hablar con tu esposo y en verdad espero que coopere.

Maru alzó la cara y lo primero que vio fue a Brenda. Pensó en Romina y el llanto regresó a sus ojos. Solo quería saber que sus hijos estaban bien y que todo terminaría.

—Rafael, hay alguien que te quiere saludar—. Elena encendió la cámara del teléfono y le mostró a Maru—. Espera, antes de que te vuelvas loco te diré cómo está la situación. Verás, tienes dos opciones. Una, me traes a Damián, esta vez sin juegos ni mentiras y yo te doy a tu esposa. O—, Elena le hizo una señal a Guzmán. Él encendió el taladro y lo acercó a los pies de Maru. Maru instintivamente intentó quitarse, gritando histérica debajo de la mordaza. Un chorro de sangre salió disparado hacia arriba al mismo tiempo que el rostro de Maru cambiaba de color—, la descuartizo y te la mando en partes. ¿Qué dices?—. Elena sonrió mientras el senador balbuceaba desesperado del otro lado de la línea—. Rafael no te entiendo, cálmate.

—¡Te daré a Damián, maldita sea! ¡Déjala en paz!

—Muy bien—. Le indicó con la mano a Guzmán que apagara el taladro—. Es tu última oportunidad. Brenda te dirá el lugar y hora más tarde—. Apagó el teléfono y miró a Maru—. Parece que tu esposo va a cooperar—. Elena vio la herida en su pie—. Atiéndela Guzmán, y avísame si tienes noticias del valle.

—Claro que sí, jefa.

Brenda le echó una última mirada a la esposa del senador, antes de seguir a Elena.

—¿Y yo? ¿Qué quieres que haga? —le preguntó al verla tomar las llaves.

—Esta noche te quedarás en el sector este. En un rato vendrá una camioneta por ti. Te mandaré a buscar el lunes en la mañana.

—Pensé que iba a estar en la reunión del domingo.

—En esta no.

—Pero-

—Brenda—. Elena la miró seriamente—. En esta no.

Brenda asintió y dio la vuelta.

- - - - - - - - -

Raúl llevaba todo el día acostado en la sala. Solamente se había levantado para ir al baño en dos ocasiones. Tenía llamadas perdidas y mensajes de Simón.

Desde que había escuchado a Damián no había sido capaz de moverse. Su mente estaba trabada en recuerdos de su mamá y su hermana en su niñez. Muy joven había cortado la relación con Lucas y eso lo había alejado de ellas. No eran la gran familia, estaban muy lejos de serlo, pero eran su familia de cualquier forma. Damián en cambio, ¿quién era? Un extraño. Un extraño que había matado a dos inocentes con tal de dañar a un tipo que lo lastimó. ¿Qué no lo había lastimado a él también? ¿No había sido Lucas un hijo de la chingada con Raúl? Pero no por eso había ido a matar a medio mundo.

Raúl suspiró queriendo callar sus pensamientos. Quizá Damián había sufrido más que él, su historia era conmovedora, y después de todo estaba solo, pero nada podía justificarlo. Raúl pensó en Nacho y se imaginó a Damián a esa edad. Nacho no parecía ningún asesino pero estaba muy cerca de convertirse en uno. Se llevó las manos a la cabeza, deseando no haberle preguntado a Damián. Quizá habían cosas que era mejor no saber.

- - - - - - - - -

—Si quieres nos sentamos afuera—. Orozco señaló hacia la calle.

Ramírez rio—. Siempre dices lo mismo.

—Siempre te sientas en la entrada—. Orozco se quejó sentándose.

—¿Qué te puedo decir? Desde aquí ves perfecto la banda y no tienes la bocina en la oreja—. Ramírez sacó una botella de cerveza de la cubeta que estaba en la mesa y le dio un trago—. Te pedí una botella de vodka.

—Un vaso hubiera estado bien.

Ramírez sonrió, a Orozco le pareció que se veía más joven—. El señor Meneses se fue temprano, pero a primera hora entro a su oficina y le doy toda la información.

—Van a promover a alguien.

Ramírez alzó las cejas—. Y todo te lo debo a ti.

—Diría que Damián Ferrer ayudó un poco.

Ramírez sonrió entretenido y le dio un sorbo a la botella de cerveza—. ¿Sabes? Estás actuando distinto estos días.

—¿Distinto?

—Es por Ferrer, ¿verdad?

—Los casos que te di-

—No hablemos de trabajo—. Ramírez alzó un dedo—. Al menos no antes de que me digas realmente lo que te pasa.

Orozco lo miró mientras tomaba la botella de Vodka y vertió un poco en el vaso.

—Te conozco mejor que nadie.

Orozco suspiró—. ¿Qué quieres saber?

—¿Qué está pasando contigo?

Orozco bebió el líquido de un trago y empujó el vaso a un lado—. Damián Ferrer estuvo conmigo en la Casa Luz y Esperanza.

—Nooo_—Ramírez respondió incrédulo, arrugando los ojos. Parpadeó un par de veces, notando que Orozco hablaba en serio—. ¿Lo reconociste?, ¿después de tantos años?

—Él me reconoció a mí. Mira, quizá tienes razón Ramírez, he estado actuando extraño, me he estado sintiendo extraño. La única razón por la que tomé este caso fue porque vi que era de Valle de Plata.

—El señor Argüello…

—Ya lo sabe. Estaba en la habitación cuando Damián sacó el tema.

—¿Y no le importó que siguieras?

—Pues de por sí ya estaba cerrado el caso.

—Pues sí, solo era un caso de localización, ¿no? ¿Por qué seguiría abierto?

—Se canceló, más que cerrarse. La señora Vélez le pidió que encontrara a Ferrer como un asunto de urgencia, pero obviamente canceló el contrato cuando le diste la información al senador. Solo que para ese entonces yo ya estaba encima de Ferrer.

—La verdad se me hizo extraño que lo tomaras. Localizar a un sujeto... No es lo que tú haces.

—Me está volviendo loco porque desde que comencé a investigarlo vi que existía toda una parte de él que nadie conocía. Ferrer es un criminal, y los únicos que lo están buscando son los que quieren vengar la muerte de Valderrama, otro criminal.

—¿Y entonces?

—Lo hice mi caso. Aún después de encontrarlo con eso no me bastó.

—¿Qué pensabas hacer?

—Mi plan era encontrarlo, juntar la evidencia y entregarlo a las autoridades.

—¿Y qué cambió?

—En primer lugar negó todo.

—¿Y? Tenías evidencia, ¿no? Y si no, tú y yo sabemos perfectamente que la podías conseguir.

—No sé, Damián es un tipo extraño.

—Ah ya veo—. Ramírez sonrió nuevamente y se llevó la botella a los labios.

—¿Ves, qué?

Ramírez alzó un hombro—. Te cayó bien.

Orozco entrecerró los ojos con una discreta sonrisa. Después tomó la botella de vodka y se sirvió nuevamente—. En el interrogatorio me tomó por sorpresa, no esperaba que me conociera, y luego suelta la bomba de los Ocultos.

—Lo admiras —dijo sonriendo.

—¿Qué?

—Por favor, Chema. Conozco esa cara. Lo admiras. Admítelo.

—Como sea—. Orozco alzó las cejas y se llevó el vaso a los labios.

—¿Y qué vas a hacer?

—Voy a hacer que confiese, eso es lo que haré.

—¿Y luego?

—No sé.

Ramírez volteó hacia la banda que había comenzado a tocar—. ¿Ves? El lugar perfecto—. Después de escucharlos un momento, regresó su atención a Orozco—. Tengo muchos años de conocerte, y este no eres tú. El hombre de cabeza fría, concentrado y que percibe las respuestas desde antes de hacer las preguntas... ese hombre no está aquí.

—Creo que estás exagerando.

—Y yo creo que deberías de hacerlo a un lado.

—¿Qué?

—A Ferrer. Nada bueno va a salir de ese caso. Chema, solo te he visto como ahora cuando surge el tema de la Casa Luz y Esperanza. Así que si no piensas ver a Ferrer como un amigo con el que finalmente puedes hablar sobre ese horrible pasado, déjalo ir.

—¿Dejarlo ir? ¿A un criminal? —sacudió la cabeza y volteó hacia la banda—. Tenías razón sobre los asientos.

- - - - - - - - -

Elena entró a su casa y dejó la bolsa en el perchero. Se quitó los zapatos y se sirvió una copa de vino. Con la copa en una mano y los zapatos en la otra, subió las escaleras asegurándose de que todo estuviera en su lugar.

Al llegar a su habitación aventó los zapatos y abrió la puerta del baño. Bebió un trago de la copa, recargada en la puerta—. ¿Tuviste tiempo de pensar?

Neuriel estaba en el suelo en boxers con las manos esposadas al lavabo.

Elena sonrió y le quitó la tela de la boca.

—Elena, esto es ridículo. No puedes tenerme aquí. ¿Sabes la cantidad de gente que me debe estar buscando?

—Tú te pusiste ahí.

—¡Sí! ¡Porque me amenazaste con una pistola!

—Ya, ya, no seas exagerado. ¿Qué esperabas que hiciera?

—Ah no sé—. Neuriel desvió la mirada. Su tono lleno de sarcasmo —¿Dejarme ir?

Elena rio bebiendo nuevamente de la copa—. ¿Y luego qué?—. Se sentó en una orilla de la tina.

—No sé, Elena solo quítame esto, ¿quieres? Esto es inaudito.

—No puedo… al menos hasta que me digas cuál es tu plan.

—¿Qué crees que voy a hacer?, ¿demandarte?

Elena alzó las cejas e inclinó ligeramente la cabeza.

—¡No! ¡Por supuesto que no! ¡No voy a hacer nada!

—Y eso lo sé porque…

—¿No confías en mí? Te recuerdo que fuiste tú la que me robó, no yo a ti. Yo no he hecho nada para traicionar tu confianza.

—Estás molesto.

—Noooo, ¿cómo crees? ¿Por qué habría de estar molesto? ¡Solo llevo dos días en el suelo de este estúpido baño!

—No te estás ayudando, Neuriel.

Neuriel resopló, frustrado—. ¿Qué pensaste tú?, ¿eh? ¿Cuál es tu plan?, ¿matarme?

—Es una opción.

—¡Elena! ¡Por favor! ¡Yo no hice nada!

—No—. Elena se levantó—. No es lo que hiciste, es lo que puedes hacer. Dudo mucho que quieras seguir cogiéndote a la persona que te robó.

—Eso no importa, eso es cosa del pasado.

—¿Sabes qué pienso que harás al salir de aquí? Creo

que intentarás hacer una pendejada para vengarte.

Neuriel sonrió nervioso—. ¡Yo no soy así! ¡Odio la venganza! Es tan… vil.

Elena se acercó a él y le revolvió el cabello—. Por mucho que me encante tenerte a mis pies, tienes razón. No puedes seguir aquí tirado. Pero mientras no seas honesto conmigo, no tengo muchas opciones.

—Bien, seré honesto. Me encabronó que me robaras. No esperaba que me hicieras algo así. ¡A mí! Pero está bien, ya lo superé. Lo único que quiero es salir de aquí y no volverás a saber nada de mí, te lo aseguro.

—¿Piensas mudarte?

—No… me refiero a que no te volveré a llamar.

Elena se terminó el vino—. Sabes que te voy a tener vigilado, ¿verdad?

—Sí, supongo —respondió molesto.

—Está bien… Te creo.

Neuriel alzó las cejas, esperanzado.

—Pero a la más mínima sospecha, dispararé antes de hacer preguntas.

Neuriel rio—. Pues no tendrás muchas respuestas—. Vio la seriedad en la cara de Elena—. Está bien. Entiendo. ¿Qué haces?, ¿a dónde vas?

Elena regresó al baño con la llave de las esposas y liberó a Neuriel.

—Vete. Y ten mucho cuidado con lo que haces.

Neuriel se le quedó viendo pero Elena no se inmutó—. ¿Mi ropa?

—Se fue a la basura.

—¿Y cómo esperas que-

—Yo no espero nada.

Neuriel sacudió la cabeza y caminó al closet en donde aún quedaban prendas de Valderrama—. Odio los pinches jeans —dijo poniéndoselos, y salió de la habitación sin volver a ver a Elena.

Orozco manejó por las calles vacías. Era sábado y había poco tráfico. La mañana estaba fresca. Le dio un trago al café y acomodó su termo en el portavasos. Se llevó una palma a la frente recordando que esa mañana se había prometido no tomar café, estaba en su décimo intento de dejar el cigarro. *Que más da un día más.* Se detuvo en la tienda y compró una cajetilla de Viceroy—. Maldito vicio —dijo antes de llevarse un cigarro a los labios. Se subió al coche y revisó la dirección de Amador Cabrera y Leandro Arena. Tenía que advertirles que estaban en la lista de Elena. Estaba parado en el semáforo, cuando Ramírez lo llamó.

—Chema, no lo vas a creer —dijo entre respiros Ramírez.

—¿Estás bien? Suenas alterado.

—Le expliqué todo a mi jefe y comenzó a cuestionarme de dónde había salido la información- No, no te preocupes, no dije que habías sido tú, le dije que me había llegado de forma anónima pero dijo que él se encargaba y se puso todo extraño. Escucha esto, cuando salí de la oficina llamó al senador Vélez.

—¿Y qué hiciste?

—Llamé a Laura de Asuntos Internos, estoy yendo para su oficina. Algo está muy mal, Chema, estoy que me lleva la fregada. Estoy seguro de que el señor Meneses esta involu-

Orozco escuchó un golpe en el teléfono, seguido de un largo silencio—. ¿Ramírez? ¿Ramírez?— Desesperado colgó el teléfono y pensó por un momento, después marcó el número de Damián.

—El círculo de Valderrama y Elena, ¿quiénes son?

—¿Detective?

—Dijiste que si supiera quienes estaban en su círculo no me apresuraría a etiquetar a buenos y malos. ¿Quiénes eran?

Damián sonrió. Finalmente el detective le ponía

atención—. Neuriel Montoya, Jaime Beltrán-

—¿El Comisionado General de la Policía?

—Él mismo. El senador Rafael Vélez —continuó Damián—, y Fabián Meneses.

El detective apretó el volante con toda su fuerza. Fabián Meneses era el jefe de Ramírez.

—Gracias —dijo Orozco entre dientes, regresando a la oficina de su amigo.

—¡Detective!

Orozco regresó el teléfono a su oído.

—Mañana veré a Elena. Te enviaré la dirección por si quieres acompañarnos.

—La espero.

Damián le envió la captura de pantalla del mensaje que le había enviado el senador con la dirección y la hora. El detective no abrió el mensaje, estaba demasiado desesperado por saber lo que le había pasado a Ramírez.

Orozco llegó al edificio en donde trabajaba Ramírez y vio las luces de la ambulancia al entrar al estacionamiento. Caminó deprisa hacia la escalera en donde se escuchaban murmullos y al llegar, una camilla se abría paso entre la gente. Sobre la camilla había un cuerpo cubierto por una manta blanca. No tuvo que adivinar quién era el que estaba siendo transportado.

Por un momento se le nubló la vista y tuvo que poner una mano en la pared para no caerse.

—Por favor regresen a sus labores, no hay nada que ver aquí —decía un hombre alzando las manos.

La gente se comenzó a dispersar, aunque algunos discutían y hacían señales hacia la escalera.

Orozco se reincorporó, respirando profundamente un par de veces—. ¿Qué fue lo que pasó? —le preguntó a una mujer que estaba sola.

—Se dio un fuerte golpe en la cabeza—. La mujer señaló hacia la parte de arriba de la escalera—. Dicen que el pobre rodó desde ese escalón.

—¿Quién lo vio?

—No sé, el vigilante, supongo. ¿Lo conocías?

Orozco ignoró la pregunta y corrió hacia el vigilante—. Don Rogelio, tiene que decirme qué fue lo pasó.

—Orozco, ¿otra vez usted aquí? —el señor Rogelio se quitó la gorra, se rascó la cabeza, y se la puso nuevamente—. No puedo seguirle dando acceso.

—¿Qué le pasó a Ramírez?

Los labios de don Rogelio se contrajeron y sus ojos miraron al suelo mientras respondía de una forma automática como si hubiera dado esa explicación muchas veces—. El señor Ramírez sufrió un terrible accidente. Venía viendo su teléfono en lugar de los escalones. Se tropezó y... Como dije, un terrible accidente.

Orozco frunció el ceño, sabiendo que don Rogelio mentía.

—Ya se lo he dicho a todo el mundo, esos aparatos van a matarnos a todos —dijo don Rogelio metiendo las manos a las bolsas del pantalón.

—¿Estaba solo?

Don Rogelio lo observó como si le hubiera hecho una pregunta difícil.

—¿Y bien?

—Sí. Estaba solo.

Orozco se llevó las manos a la cabeza. No lo podía creer. Don Rogelio bajó la mirada y se sentó detrás de su escritorio.

—Don Rogelio, necesito acceso a los videos de seguridad.

—Señor Orozco-

—Usted y yo sabemos que esto no fue ningún accidente—. El detective lo miró con una súplica.

Don Rogelio se aclaró la garganta—. No creo que

tenga la autorización para verlos, además, aunque quisiera ayudarle, eso es lo de menos. Los videos ya los tiene el señor Meneses.

—El señor Meneses—. Orozco sacudió la cabeza, apretando un puño.

—Manuel, ¿le puedo dar un consejo?

El detective miró al vigilante. Nunca lo había llamado por su nombre.

—Acepte que su amigo tuvo un accidente. Le conviene.

El detective apretó los labios sintiendo un nudo en la garganta—. ¿Cuánto le pagó el señor Meneses?

—Solo acéptelo.

—Ya lo creo —respondió Orozco antes de dar la vuelta.

- - - - - - - - -

Brenda se asomó a la oficina de Elena—. Ya llegaron.

—Que pasen.

Brenda abrió la puerta dando un paso atrás. Tres jóvenes entraron y se pararon frente al escritorio. Elena los observó antes de comenzar a hablar. Detrás de esa aparente seguridad, los tres temblaban de miedo.

—Como en cualquier empresa, necesitamos una cierta organización y una clara división de responsabilidades, ¿entienden eso? —Elena cruzó una pierna.

—Sí, jefa —respondieron.

Elena asintió—. A diferencia de cualquier empresa, un error aquí no se traduce en la pérdida de un cliente o de unos pesos. Un error en este negocio tiene como consecuencia la cárcel, la muerte y el fin del negocio.

Los tres jóvenes asintieron.

—Los sectores son nuestra base de operación. El negocio depende de ellos. Mientras cada sector cumpla con su parte, el negocio sigue, y todos podemos ganar más. Por todo lo que les acabo de explicar, ser cabeza de un sector es una gran responsabilidad, y para el que lleva esa responsabilidad hay grandes recompensas—. Elena miró a Brenda y asintió.

Brenda salió de la oficina y regresó con tres llaves.

—Como sabrán, hemos tenido bajas.

Los jóvenes se miraron entusiasmados. Cualquier rastro de nervios desapareció y en sus rostros, solo quedaba entusiasmo y orgullo.

—Tengo que ser bien clara. Ustedes están por adquirir una gran responsabilidad. En unos minutos los presentaré como cabezas de los sectores y a partir de ese momento ustedes quedan en un esquema completamente diferente. Ya no son sicarios cualquiera, ni los muchachos del mandado. Una vez que asuman la posición, se convertirán en líderes, eso significa que ya no hay amigos entre ustedes, ni romances, ni sentimientos de ninguna índole. Ningún lazo emocional. ¿Está claro? Su prioridad y único interés, es el de su puesto. Tienen gente a su cargo y ellos son su responsabilidad. Ustedes tienen que dirigirlos, enseñarles, cuidarlos y corregirlos. No solo van a hacer que su equipo sea más productivo, innovador y eficiente, también se van a asegurar de tener siempre al mejor equipo que puedan tener. Si tienen que promover a alguno, lo hacen, si tienen que eliminarlo, lo hacen. Pero es su misión, que aún trabajando en equipo, cada sector sea una organización independiente. ¿Les queda claro?

—Sí, jefa —respondieron.

—Entonces vayamos con los demás—. Elena salió de la oficina y los tres jóvenes la siguieron.

Brenda se acercó a su oído—. La esposa del senador ya está en la planta baja de la torre A.

—Que la suban al primer piso.

Brenda asintió y tomó su radio, dando la vuelta.

En la parte de atrás de la bodega había una mesa rectangular con algunas sillas ocupadas. Los jóvenes miraron a Elena antes de tomar asiento junto a los demás.

Elena apoyó los brazos sobre su silla—. Señoritas, caballeros, adelanté la reunión de mañana porque tenemos asuntos importantes que tratar. Para empezar vamos a aclarar el organigrama de los sectores.

Brenda sacó un rotafolio y lo puso detrás de Elena. En la primera hoja estaba el nuevo organigrama. Después de que Elena designó nuevas parejas, les indicó qué sector supervisaría cada una. Cuando todos tuvieron claras las nuevas posiciones, Elena pasó al siguiente tema.

—El proyecto Fem queda oficialmente concluido. Guzmán, asegúrate de cambiar las placas y vender esos camiones en distintas partes del país.

Guzmán tomó nota.

—Dentro de una semana, yo les daré aviso, quiero que saquen a la luz el número real de los decesos. Soto, tú le harás llegar las fotografías a los medios.

Soto asintió.

Una mano se alzó en la mesa. Elena asintió, viendo a su líder, motivándola a hablar.

—¿Vamos a sacrificar al senador? ¿Eso significa que ya no es una fuente confiable?

Elena sonrió —Exactamente. Por otro lado, Gina Navarro escapó del departamento del valle. Checo y Polo, entiendo que hicieron una búsqueda exhaustiva.

—Sí jefa—, Polo se puso de pie—, entramos a todos los departamentos e interrogamos a todos los vallistas de una forma que no nos pudieran mentir. Nadie la vio.

Elena asintió—. No se preocupen. Esa era responsabilidad de Vicente, lo cual nos lleva al siguiente tema. Brenda, ¿puedes traer el GPS por favor?

Brenda entró a la oficina y salió en un momento con un aparato en sus manos. Se acercó a Elena y le entregó el aparato.

—Sigue en el hotel —Elena dijo aburrida—. En estos momentos Vicente es código gris. Él fue el responsable del robo de la mercancía y también hizo unos negocios debajo del agua que perjudicaron nuestra relación con un importante empresario.

Los líderes murmuraron.

—Vicente tiene las horas contadas. Checo y Polo, ustedes estaban bajo su mando en el valle, así que serán ustedes quienes, al terminar la junta, se encargarán de traerlo—, sacudió la cabeza—, no tiene que estar vivo, solo quiero que lo traigan. Pueden checar su ubicación con Brenda en ese momento.

Checo y Polo asintieron.

—Bueno, ya que sabemos que Vicente era el responsable de los faltantes, quiero que reanuden operaciones hoy mismo. Vigilen a su gente, si Vicente tenía cómplices en la organización, quiero saberlo.

—Jefa—. Hilda, la que había preguntado sobre el senador, se puso de pie—. Sabemos que Amador Cabrera está muerto. Algunos de los trabajadores que estaban en la nómina de Valderrama están haciendo preguntas.

Tasco y Soto se voltearon a ver. Ellos eran los únicos que sabían que Elena era la responsable de la muerte de Amador.

—Para ellos, la respuesta es que Damián Ferrer los mató y estamos a punto de localizarlo. A ustedes les informo que los cuatro hombres de Valderrama no han sido más que un estorbo y he tenido que tomar cartas en el asunto.

—¿Quiere que nos encarguemos de Leandro? —preguntó Hilda.

—Prefiero hacerlo yo. Lo que menos quiero es que tu gente te sorprenda y se haga un desmadre con temas de lealtad.

Hilda asintió y tomó asiento. Brenda observó como todos en la mesa miraban a Elena con respeto y admiración ciega. No dudaba que cualquiera de los que estaban presentes morirían por ella si ella se los pedía.

Elena se sentó y cruzó las manos, apoyándolas sobre la mesa—. Sobre el proyecto Ensamblaje, me enorgullece decir que logramos el punto de crecimiento estimado. Nuestras ganancias nunca habían sido tan altas, y además, aumentaremos los sueldos un cincuenta por ciento-

—Bravo—. Los líderes intercambiaron sonrisas y se unieron en aplausos.

Elena asintió y retomó la conversación—. Nos mudaremos. Las nuevas oficinas estarán listas dentro de poco tiempo. Brenda les va a dar la fecha de mudanza, en ese entonces quiero que cierren las casas que están ocupando y las quemen. No quiero que quede absolutamente nada que indique que ustedes estuvieron ahí. Por ahora, tenemos a la esposa del senador en la oficina.

—Jefa, ¿no fue el senador quien le dijo que Damián estaría en la casa de seguridad? —preguntó Guzmán.

—Es por eso que tenemos a su esposa. Él ha estado hablando con Damián, y ahora Vicente se les unió. No sé qué piensan hacer pero da lo mismo, mañana me reuniré con el senador y a esta hora Vicente ya estará muerto.

—¿Vamos a llevar a Damián al valle?

—Pues claro—. Elena se levantó—. Hicieron un gran esfuerzo en cavar su tumba, no vamos a dejar que se desperdicie, ¿o sí?

- - - - - - - - -

El detective Orozco caminaba de un lado a otro en la planta baja del edificio.

—La señora Laura no debe tardar —le informó la

secretaria de la recepción.

Orozco asintió y la vio bajar a través del cristal del ascensor. Usaba un traje azul marino y una blusa beige. Caminó hacia la puerta y esperó a que saliera—. Laura.

—¿Qué pasa Orozco? Sonabas alterado en el teléfono.

—Marco Ramírez está muerto.

—¿Muerto? Tiene menos de una hora que hablé con él.

—¿Qué te dijo?

Laura se llevó una mano a la frente, recordando —dijo que le urgía hablar conmigo, que había un tema que no podía esperar… ¿Estás seguro? ¿Qué pasó?

El detective la jaló gentilmente hacia un pilar y bajó la voz—. Estaba investigando dos proyectos relacionados con los Ocultos.

—Válgame Dios—. Laura sacudió la cabeza—. Ellos…

—No. Fabián Meneses lo hizo.

—Fabián Meneses, ¿el jefe de Ramírez?

El detective Orozco asintió—. Me llamó Ramírez antes de que pasara, de hecho estaba en la línea cuando lo mataron—. Orozco se puso pálido, y le costó encontrar las palabras para continuar.

Laura puso una mano en el hombro del detective—. Lo siento mucho Juan Manuel, sé que ustedes dos eran muy cercanos.

El detective se aclaró la garganta—. Estaba en el teléfono con él, me dijo que cuando le dio la información de los casos al señor Meneses, se puso muy extraño. Le hizo preguntas sobre la procedencia de la información y le pidió que dejara el asunto en paz. Supongo que revisó la última llamada que hizo Ramírez antes de salir corriendo.

—A mí.

—Exacto.

—Pero, a ver. Espera un momento. En primer lugar, ¿estás completamente seguro que está muerto? Si lo que dices es verdad, alguien los hubiera visto.

Orozco asintió—. Regresé cuando no me contestó. Laura, yo vi el cuerpo. Dicen que se cayó de las escaleras pero lo tiraron. Fabián Meneses amenazó al vigilante para que dijera que se había tropezado y se llevó los videos de vigilancia.

Laura sacudió la cabeza—. No lo puedo creer—. Suspiró—. Si el vigilante no va hablar, ¿tienes algo más que esa llamada que relacione a Fabián Meneses?—. Bajó la voz—. Estás culpando al jefe de la División de Inteligencia de homicidio.

El detective miró hacia ambos lados antes de hablar—. Una fuente me dio los nombres de las personas que estaban en el círculo íntimo de Javier Valderrama. El senador Rafael Vélez, Jaime Beltrán, Neuriel Montoya y Fabián Meneses. Todos ellos están relacionados con Elena Amador de una forma u otra.

—Elena Amador… ¿Estás hablando de los Ocultos?

—Sí.

—Orozco, lo que estás diciendo es-

—Lo sé.

—De acuerdo—. Laura asintió—. Te creo. El lunes a primera hora-

—¡No tenemos tiempo!

—Juan Manuel, estás hablando de personas importantes, tenemos que hacer esto con mucho cuidado si lo queremos hacer bien. Un error nos puede salir muy caro, y no me sorprendería que termináramos como Ramírez. Además, es sábado, por mucho que quiera hacer-

—Está bien, está bien—. El detective alzó una mano—. Avísame en cuanto tengas algo —dijo, dando media vuelta.

—En verdad lo siento mucho.

El detective asintió sin voltearla a ver, agitando una

mano en señal de agradecimiento.

Al llegar al Sentra encendió un cigarro. Observó la cajetilla en el asiento, pensando en qué hacer. Aún tenía que visitar a los dos hombres de Valderrama, Amador y Leandro. Quería confiar en que Laura se encargaría de investigar los cuatro nombres que le había dado, pero sentía la urgencia de tomar cartas en el asunto, especialmente contra Fabián Meneses. Golpeó el volante pensando en Ramírez. Si no le hubiera llevado la información, su amigo estaría vivo. *Concéntrate, concéntrate.* Avanzó en dirección a la casa de Amador Cabrera.

- - - - - - - - -

Gina estaba sentada en la cama con las rodillas contra el pecho. Tenía el control del televisor en una mano y cambiaba constantemente los canales sin poner atención en la pantalla. Damián no quería hablar sobre la llamada que había tenido con el senador y su silencio la estaba volviendo loca.

Nacho por su lado no dejaba de pensar en la conversación que había tenido con Gina. Antes de hablar con ella estimaba a Elena, pero Gina tenía razón, a Elena no le importaba Nacho, ni nadie más. Pensó en lo mucho que había cambiado todo. Trabajar para Elena, huir de Elena y ahora despreciarla.

—Qué rápido cambia todo—. Miró a Gina.

—Oh, lo siento—. Gina soltó el control.

—No, no hablo de la tele—, Nacho cruzó las piernas

volteando hacia Gina—, todo. Todo cambia muy rápido.

—Demasiado rápido—contestó Gina sin voltearlo a ver.

—¿Te ha dicho algo?

Gina sacudió la cabeza—. No sé qué hacer para convencerlo de que nos vayamos.

—Yo me iría contigo.

—Mmm, gracias, supongo.

—¡En serio! Eres linda-

—Nacho—, Gina lo interrumpió—, te agradezco el cumplido, pero no ayuda.

—¿Quieres que te ayude a convencerlo?

Gina alzó una ceja.

—Bueno, platícame aunque sea. Chance y eso te sirve.

—Pues realmente no hay nada de qué platicar. Damián no me ha dicho nada de lo que habló con el senador, pero creo que está pensando hacer una tontería.

—Ajá.

—Él piensa que si nos vamos alguien nos va a encontrar.

—Pues… S̲í̲ los encontramos.

—Sí, pero hay muchos lugares en el mundo.

—Pero obvio quiere estar seguro de que no los encuentren, ¿no?

—¿Pero arriesgando qué?, ¿su vida? No vale la pena.

—Gina, si los encuentra Elena otra vez, ya no va a querer hacérselas de emoción. Ya no mandaría a alguien como yo si hubiera una próxima vez. Sería un cabrón como Vicente solo, y para chingárselos.

—Lo sé, pero-

—A huevo que Damián quiere estar seguro.

—Tú conoces a Elena, estuviste trabajando con ellos. Dime, ¿te parece sensato que Damián piense terminar con ESA amenaza?

Nacho estiró una mejilla y finalmente sacudió la cabeza.

—Exacto.

Tocaron el timbre y Nacho y Gina se enderezaron al mismo tiempo.

—¿Damián?

—Tiene llave—. Gina se levantó y abrió la puerta sin quitar el pasador—. ¿Pediste algo de comer?

—Ah sí, pedí tacos—. Nacho se sentó en la cama.

Gina exhaló, alzando los ojos y sacó la cartera de Damián del cajón. Le pagó al repartidor y cerró la puerta.

Estaban comiendo frente al televisor cuando regresó Damián. Nacho se limpió las manos en el pantalón y se metió al baño.

—¿Podrías ir mañana a casa de Lázaro?

—¿A qué?

—Solo quedarte ahí…

—¿Y Nacho?

—No sé qué quiera hacer él.

—Damián, no lo vamos a dejar aquí. Le dijiste que no estaba solo, ¿ya se te olvidó?

—No es nuestro hijo, Gina.

Gina hizo una pausa—. Es el estrés hablando.

Damián sacudió la cabeza.

—¿Quieres hablar?, ¿qué pasará mañana?

—Ahorita no—. Damián besó la mano de Gina y se recostó en la cama.

Nacho regresó y se sentó frente a la tele. Después de un momento miró a Gina y le hizo una señal para que salieran al balcón—. ¿Qué te dijo?

—No me dijo nada.

—¡No mames! Pues ¿está mudo o qué pedo con ese güey?

Gina sonrió.

—¿Por qué no vamos a comer? Salgamos de aquí. Seguro Damián invita.

—Nacho.

—Gina, después de mañana no sé si los vuelva a ver y me gustaría tener algo como una última cena.

Gina soltó una carcajada—. Nadie va a traicionarte.

—Escuché a Damián... Si quiere que te vayas con no-sé-quién es porque-

—Nacho. No te voy a dejar. ¿Ok? Si llegara a irme a casa de Lázaro, tú vienes conmigo.

Nacho apretó los labios intentando ocultar su sonrisa.

- - - - - - - - -

El detective Orozco se estacionó frente a la casa de Leandro Arena. Había pasado a la casa de Amador Cabrera pero no había nadie. Se bajó del coche y tocó la puerta esperando tener más suerte.

—Estoy buscando al señor Leandro Arena —le dijo a la señora que abrió.

—¿Quién lo busca?

—Detective Juan Manuel Orozco—. El detective le mostró la identificación.

—Un momento —respondió la señora y entró a la casa llamando a Leandro.

A los pocos segundos, un tipo alto y de gruesa complexión salió a la puerta.

—Buenas tardes.

—¿Señor Leandro Arena?

—Sí, soy yo.

—Necesito hablar con usted. Es respecto a Elena Amador.

Leandro encogió un hombro y abrió completamente la puerta—. ¿Gusta algo de tomar?

—No, estoy bien. Esto no tomará mucho. De hecho estoy aquí por su seguridad.

—¿Mi seguridad?

—Tengo entendido que usted trabajaba para el señor Javier Valderrama.

—Así es.

—Junto con Norberto Pascal, Oto Galindo y Amador Cabrera—. El detective leyó su cuaderno de notas.

—Sí.

—Y está enterado del deceso de Norberto Pascal y Oto Galindo, me imagino.

—Sí.

—Tengo razones para creer que Elena Amador está detrás de esos asesinatos.

—¿Elena?, ¿la jefa de los Ocultos? —Leandro alzó las cejas y una sonrisa se formó en sus labios—. No, no. Debe ser una confusión, Damián Ferrer, el sujeto que asesinó al señor Valderrama, está detrás de sus muertes, pero le aseguro que vamos a encontrarlo, detective.

—El señor Ferrer se encontraba en Barrow, Alaska cuando ellos dos fallecieron.

—¿Por qué cree que esta tal... Elena, lo hizo? —preguntó escéptico.

—Tengo evidencia de que ella lo hizo, es un hecho. Y no es necesario que pretenda no conocerla, sé que ustedes tienen una relación estrecha.

—Tengo que llamar a Amador—. Leandro dio la vuelta.

—De hecho, ahora mismo vengo de la casa del señor Amador, no había nadie ahí.

—No contesta —Leandro enrojeció, bajando el teléfono.

—¿Sabe en dónde puede estar Elena?

Leandro lo miró en silencio.

—Sé que está en contacto con ella. No haga esto más difícil, su vida y la de su amigo dependen de que me diga la verdad—. El detective esperó, pero Leandro parecía tener la mente en otro lado. Orozco vio la hora, al menos Leandro estaba advertido—. Le dejaré mi tarjeta por si necesita localizarme.

Leandro asintió sin voltearlo a ver. El detective lo vio entrar a una habitación y azotar la puerta, antes de marcharse.

Nacho convenció a Gina de que lo acompañara a explorar el hotel, en un intento de distraerla. Damián estaba hablando por teléfono con el detective cuando regresaron.

—Dicen que el restaurante de en frente está muy bueno, pensábamos que podíamos cenar ahí —Gina le dijo una vez que colgó.

—Vayan ustedes, tengo que ver al detective.

—¿Ahorita?

Damián miró a Gina—. Yo los alcanzo —le dio un beso en la frente—. Te lo prometo.

- - - - - - - - -

El detective Orozco se sentó en un banco en una de las mesas cerca de la entrada. Abrió los botones de su abrigo y pidió una cubeta de las cervezas que pedía regularmente Ramírez.

—Detective —Damián dijo en forma de saludo y se sentó frente a él.

—Tenías razón sobre los dos casos.

—Me da gusto que te haya servido—. Damián tomó la botella que le ofrecía el detective.

—Mmm. Sí. No eran mis casos, eran de un com- de un amigo. Pero le di la información, por supuesto—. Damián lo volteó a ver, algo en el tono del detective indicaba que no estaba satisfecho—. Lo mataron.

Damián alzó las cejas.

—Él trabajaba para Fabián Meneses.

Damián asintió lentamente, entendiendo mejor la llamada que le había hecho el detective esa mañana para preguntarle sobre los involucrados.

—Hace un rato fui a advertir a Amador y Leandro, sobre Elena, ya sabes, los hombres de Valderrama. Pero no encontré al primero y el segundo no sirvió de nada.

—Son guardaespaldas, dudo mucho que quieran que alguien los cuide—. Damián cruzó las manos.

—Bueno, no quería cuidarlo, quería sacarle información sobre Elena. Esperé en el coche un largo rato pero nunca salió. Asuntos Internos tomará cartas sobre los nombres que me diste y por si necesitan ayuda, en estos momentos tengo a alguien entrando a sus servidores. Lo que me recuerda, ¿qué pasó con el señor Montoya? Dijiste en el teléfono que te había llamado.

—Elena lo secuestró.

El detective alzó una ceja sin saber si se trataba de una broma.

—Elena y Neuriel tienen una relación muy extraña. Llamé a Neuriel para decirle que era ella quien le había robado el equipo—. Vio al detective para asegurarse de que supiera del equipo del que hablaba, el detective asintió—. Neuriel la confrontó pero no resultó como él esperaba.

El detective no pudo ocultar la sonrisa—. ¿Entonces lo secuestró?

—Lo dejó encerrado en su baño —dijo con la misma sonrisa que tenía el detective—. El punto es que-

—Tienes su dirección.

—Resulta que es vecina de Montoya. Eso no es todo, el senador y Vicente ya están en contra de ella, ahora Neuriel. Prácticamente se está quedando sin aliados.

—¿Qué te dijo el senador? Sabes que con él debes tener cuidado, ¿verdad?

—Sí, conozco a su tipo.

El detective asintió—. ¿Sabes? Si el señor Argüello no hubiera estado en la misma habitación ese día…

Damián lo observó con curiosidad—. ¿Estaría en la cárcel? —preguntó después del silencio del detective, alzando un ceja.

—Te habría sacado esa confesión.

Damián lo consideró—. Quizá… Cambiando de tema… Cuando Vicente se fue por Gina a Alaska, no llegó solo.

—Llegaste con Ignacio. Ya lo sabía.

—Él sigue conmigo. Digamos que se cambió de bando.

—Si te preocupa que lo denuncie, puedes estar tranquilo, creo que tenemos problemas más importantes—. Bebió un trago de la botella—. Pero sí nos tiene que dar toda la información que tenga sobre Elena y el grupo. Si realmente cambió de bando, aunque para serte sincero no sé qué bando es el tuyo, debe hacerlo de forma legal. Testificar, etcétera.

Damián asintió—. Me dijo que todos los domingos Elena convocaba a una reunión con los líderes de cada sector. De hecho, el plan del senador es que Vicente me entregue mañana, cuando estén todos allá.

—Vicente... el segundo de Elena.

—Sí, pero no están en buenos términos.

—Sí, sí, solo quería asegurarme.

—Vicente me entrega para recuperar la confianza de Elena, y mientras yo mato a Elena, él mata a los líderes.

El detective dejó la cerveza sobre la mesa y cruzó los brazos. Su mirada era entretenida—. ¿Cuál es el chiste?

—No es un chiste, es el plan del senador.

—Debes estar bromeando.

Damián alzó una mano—. Ahí no acaba. Vicente sale a buscar a los demás miembros de los ocultos y llega con ellos a las bodegas. Para ese entonces, yo ya agarré una de sus camionetas y me fui. Cuando lleguen y se den cuenta de la masacre que hubo en el interior, Vicente nombrará nuevos líderes y tomará el control de los Ocultos.

El detective sacudió la cabeza y tomó la cerveza nuevamente—. Qué estupidez. Aunque supongo que suena a algo que planearía el senador.

—Está desesperado. Elena tiene a su esposa.

—¿La señora Vélez está secuestrada?

Damián asintió—. Vicente era la carta del senador, pero ahora necesita que Vicente recupere la confianza de Elena. Si no, no le sirve para nada.

—¿Qué le respondiste al senador? Sobre el plan...

Damián bebió un trago.

—Ok. Asumiendo que hicieras lo que te pide el senador... ¿Cuál es tu teoría sobre lo que pasaría?

—Creo que Elena va a matarnos a los dos en cuanto nos vea. Otra teoría es que el mismo senador la llame para decirle que él nos está entregando, o que Vicente y él se hayan puesto de acuerdo, y cuando yo mate a Elena, Vicente me matará para vengar a su jefa y todos en la organización lo pondrán como un héroe—. Damián sacudió la cabeza—. Difícil saberlo.

El detective sonrió—. ¿Y aún así pensarías en hacerlo?

—Esto tiene que terminar de una forma u otra—. Damián se llevó la cerveza a los labios.

—No.

—¿No?

—Creo que estás olvidando que me hiciste una promesa.

Damián soltó una risa—. Te llamaré para decirte todo antes de entrar a esa bodega.

El detective rio—. Te propongo otra cosa. ¿Crees que Neuriel se atreva a actuar contra Elena?

Damián lo pensó—. Yo diría que sí. Aunque depende de lo que le proponga—. Frunció el ceño intentando leer la mente del detective.

—Digamos que Neuriel Montoya te confiesa estar relacionado con Elena y haber participado en reuniones con las personas que mencionaste. Fabián Meneses, Jaime Beltrán y el senador Vélez.

—Eso ya lo hizo.

—Sí. Pero, ¿qué crees que haría Jaime Beltrán si supiera que hay un audio con esa información? —El detective alzó la mirada—. Jaime Beltrán, el Comisionado General de la Policía, que también es parte de la nómina de Elena.

—Quieres extorsionar al Comisionado —Damián

inclinó la cabeza.

—No, quiero hacerlo cambiar de bando.

Damián sonrió.

—Él es el único que puede organizar un operativo para arrestar a Elena Amador y los demás miembros de los Ocultos.

—Si sabe que tienes esa información, te matará antes de que lo convenzas.

—Le daré dos opciones. Puedo omitir su nombre cuando vaya a Asuntos Internos, o puede renunciar a su puesto y entregarse antes de que el audio se haga público.

—¿Omitirás su nombre?, ¿ese es tu soborno?

—No voy a mentir por él, pero tendría una oportunidad de redimirse.

—Si arresta a Elena ella va a hablar.

—Entonces ojalá que haya sido cuidadoso y no haya dejado evidencia. Será su palabra contra la de ella.

—Ok—, Damián asintió considerándolo—, y suponiendo que lo convences. ¿Qué?

—Dices que este tal Nacho cambió de bando—. El detective buscó confirmación en los ojos de Damián.

—Sí.

—¿Y confías en él?

—Sí —Damián respondió sin pensarlo.

—Muy bien. Entonces tú le sigues la corriente al senador, pero antes de que llegues con Vicente, Nacho va a llegar para recuperar su trabajo.

—Lo matarían antes de que abra la boca.

—Sería un riesgo. Pero es más probable que te den un tiro a ti que a él. A él van a querer exponerlo. Elena querrá dar un ejemplo a los demás.

—¿Y qué quieres que él haga?

—Ver y escuchar. Eso es todo.

Damián se recargó en el asiento—. Quieres ponerle un micrófono.

—En cuanto confirme que Elena está ahí. Beltrán daría la orden para que entren.

—Ya. Y crees que vas a tener un operativo listo para mañana.

—Si logramos que Neuriel confiese, créeme, Beltrán tendrá toda la intención de cooperar.

Damián asintió—. De acuerdo, hablaré con él. Pero Nacho no va a entrar.

—Sin alguien en el interior, no sirve de nada-

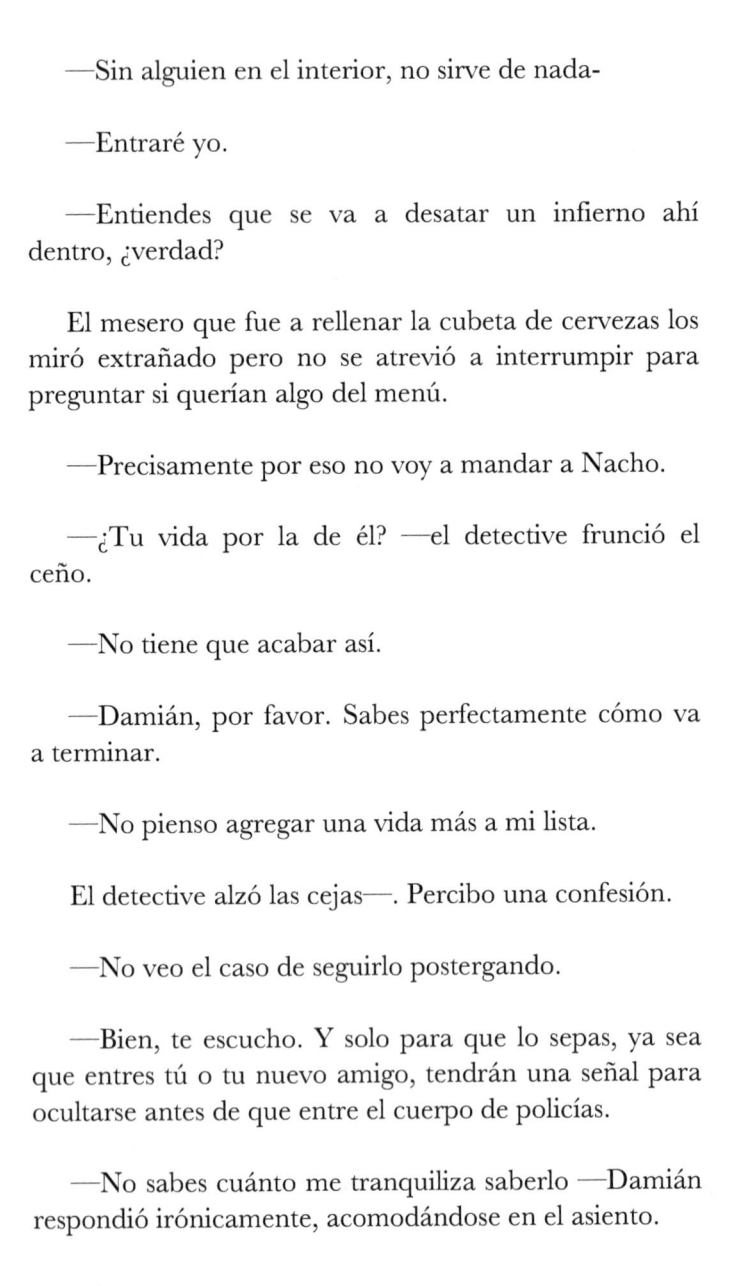

—Entraré yo.

—Entiendes que se va a desatar un infierno ahí dentro, ¿verdad?

El mesero que fue a rellenar la cubeta de cervezas los miró extrañado pero no se atrevió a interrumpir para preguntar si querían algo del menú.

—Precisamente por eso no voy a mandar a Nacho.

—¿Tu vida por la de él? —el detective frunció el ceño.

—No tiene que acabar así.

—Damián, por favor. Sabes perfectamente cómo va a terminar.

—No pienso agregar una vida más a mi lista.

El detective alzó las cejas—. Percibo una confesión.

—No veo el caso de seguirlo postergando.

—Bien, te escucho. Y solo para que lo sepas, ya sea que entres tú o tu nuevo amigo, tendrán una señal para ocultarse antes de que entre el cuerpo de policías.

—No sabes cuánto me tranquiliza saberlo —Damián respondió irónicamente, acomodándose en el asiento.

El detective escuchó a Damián sin reaccionar. Se limitó a escuchar y terminar la botella de cerveza. Damián confesó todo. Para él había sido difícil hablar con Raúl pero ahora era un simple listado. No hablaba como si fueran crímenes, ni siquiera se percibía como un desahogo, solo una lista de acciones que había hecho. Le contó todo desde Zoe hasta Valderrama, asegurándole que él mismo había jalado el gatillo. Al terminar miró al detective, ligeramente sorprendido de su falta de reacción.

—¿Tan seguro estabas de que yo lo había hecho?

—No—. El detective alzó las cejas—. De verdad me hiciste dudar el día que te interrogué.

—No te ves muy sorprendido.

Orozco suspiró, sacando su teléfono—. Raúl me escribió ayer.

Las cejas de Damián se alzaron un poco pero rápidamente se reprochó a sí mismo por no esperar eso de Raúl. ¿Por qué no lo querría en la cárcel?

Orozco le mostró el mensaje. *Tenía razón, Damián mató a Miranda y Zoe Martín.* Miró a Damián, guardando el teléfono—. Lo que sí me sorprendió fue que se lo dijeras.

Orozco sacó su cartera, y Damián hizo lo mismo.

—Merecía saber la verdad —respondió Damián sacando un billete y poniéndolo sobre la mesa—.

¿Todavía quieres hundirme en la cárcel? —preguntó levantándose.

El detective bebió el último trago y vio a Damián. No ignoraría su expediente pero ahora solo podía pensar en Ramírez. Alzó la barbilla, apretando un puño—. Primero enfoquémonos en Elena, Meneses y todo el maldito círculo de Valderrama.

Damián sonrió y asintió en despedida—. Te llamaré en cuanto tenga respuesta de Neuriel.

—El tiempo es oro.

—¿Crees que venga? —Nacho alzó la mirada del plato por primera vez—. Nos hubiéramos quedado en el restaurante del hotel, al menos ahí tiene crédito.

—Sí, seguro llega —Gina respondió revolviendo la ensalada.

—Ni siquiera la tocaste—. Nacho se limpió los labios—. ¿Estás bien?

Gina no respondió pero dejó el tenedor sobre la mesa.

—Sigues con eso—. El tono de Nacho no era de reproche, era compasivo. Gina volteó a verlo—. Gina, tal vez necesitas dejar de preocuparte por él.

Gina rio—. ¿Qué?

—Ya sé que lo amas y que te caga todo lo que está pasando pero no manches, Damián es invisible.

—¿No será invencible?

—Eso dije.

Los dos rieron y Nacho puso una mano encima de la de Gina—. No mereces estar triste por sus decisiones.

—Yo no era así—. Gina sacudió la cabeza—. Me he vuelto una aprehensiva, obsesionada, histérica-

Los labios de Nacho la silenciaron. Antes de que Gina pudiera reaccionar, Nacho retrocedió mirando hacia la puerta por encima del hombro de Gina. Damián estaba ahí parado.

—Damián—. Gina se levantó de un salto.

Damián se llevó una mano a la barbilla y movió los pies sin saber qué hacer. Miró a Nacho y después a Gina—. Voy a estar en la habitación —dijo con el ceño fruncido antes de dar la vuelta.

Gina apretó los dientes y volteó a ver a Nacho.

—¿Y ahora cómo vamos a pagar?

Gina lo miró irritada. Nacho desvió la mirada.

—¿Por qué hiciste eso?

—No sé—. Nacho alzó las cejas—. De verdad no sé, estabas toda… Me sentí mal y-

—Agh, no puede ser—. Gina tomó su suéter y salió detrás de Damián.

Nacho se levantó y tomó el brazo del mesero—. Ahorita viene a pagar mi amiga. Por favor no llames a la policía —dijo antes de salir corriendo.

10

Gina tocó la puerta de la habitación. Damián estaba en el balcón hablando por teléfono con Neuriel Montoya.

—Está abierto —contestó y regresó a la llamada—. Entonces le diré al detective Orozco, sí, lo sé, de acuerdo, nos vemos a primera hora.

Gina esperó a que colgara para acompañarlo en el balcón—. Todo eso fue un malentendido, no significó nada- No pasó nada realmente, ¡Dios! ¡Ni yo sé qué fue lo que pasó!

Damián apretó los labios intentando sonreírle.

—Nacho estaba confundido y tú sabes que yo jamás haría algo para lastimarte.

—Lo sé—. Damián sacudió la cabeza—. Es solo que

están pasando tantas cosas ahorita y-

—No, yo entiendo—. Gina sacudió la cabeza con una mirada de arrepentimiento.

—¿Hola? —Nacho entró a la habitación tocando fuerte la puerta—. No quiero interrumpir pero el mesero está aquí afuera.

Damián volteó a verlo—. Encima del buró —dijo molesto.

Nacho tomó la cartera y le pagó al irritado mesero quien murmuró algo que Nacho no alcanzó a escuchar. Después vio la mirada de Gina y se balanceó incómodo—. Estaré aquí afuera si me necesitan.

—¿Estás bien? —Gina se volteó con Damián.

—Sí.

—Y… ¿Estamos bien?

Damián puso el dedo pulgar e índice entre las cejas.

—¿Sabes qué? No tienes que contestar ahora —Gina retrocedió con las palmas extendidas y entró a la habitación pero Damián le detuvo la mano.

—Tengo demasiado en la cabeza.

—Lo sé… Me gustaría que lo compartieras conmigo pero—, resopló—, entiendo.

REGRESO AL ABISMO

Damián le puso el cabello detrás de la oreja, pensando en cómo contarle sobre lo que planeaba hacer, pero la imagen que acababa de ver se le vino a la cabeza. No estaba enojado por lo que había visto en el restaurante, sorprendido quizá, pero ¿Gina y Nacho? Quería reír de solo pensarlo. Nacho era joven, tal vez estaba confundido, pero ¿Gina? Con la situación actual cualquiera pensaría que tendría la mente en otros asuntos—. ¿Sabes qué? Es tarde.

—Estás molesto—. Gina alzó las mejillas, preocupada—. Estás molesto —repitió.

—Gina...— La miró. *Sí, estoy molesto*—. Estamos bien.

Gina asintió pero no estaba convencida. Entraron a la habitación y pensó en Nacho sentado allá afuera, pero no le pareció inteligente mencionarlo.

Damián abrió la puerta y le hizo una señal con la cabeza a Nacho para que entrara—. Si la vuelves a tocar, te mato —le dijo en voz baja cuando Nacho estaba cruzando la puerta.

Nacho asintió con los ojos bien abiertos y puso una mano sobre su pecho en señal de arrepentimiento y de que entendía. Se fue a la cama y se metió entre las sábanas. Gina lo vio aventar los pantalones de mezclilla al suelo. Damián se metió al baño. Sin saber qué hacer, Gina se recostó y puso las manos sobre su estómago, escuchando la regadera. Un papel rebotó en su mejilla. Gina volteó a ver a Nacho, quien trataba de llamar su atención.

Nacho alzó un pulgar con las cejas alzadas. Gina asintió. Parecía que todo estaba bien, o al menos todo estaría bien.

Cuando Damián salió de bañarse, se recostó junto a Gina. Nacho dio vueltas en su cama sin poder dormir. Ninguno dijo nada, pero Damián puso un brazo alrededor de Gina antes de cerrar los ojos.

Neuriel llegó al hotel el domingo a las siete de la mañana. Damián lo estaba esperando en la cafetería.

—¿Y hay algún lugar privado para hacerlo?

—Sí—. Damián se levantó. Neuriel lo siguió a una sala de juntas que había reservado—. ¿Estás listo?

Neuriel asintió pero se aflojó la corbata y estiró la cabeza intentando relajarse.

Damián encendió la cámara y la puso sobre la mesa en frente de Neuriel. Asintió indicándole a Neuriel que podía comenzar.

—Mi nombre es Neuriel Montoya. Soy el dueño de Texco e Innovaciones Montoya. Durante muchos años participé en negocios con Javier Valderrama—. Miró a Damián.

Damián asintió en respuesta, motivándolo a continuar.

—Javier Valderrama no solo era un exitoso empresario, también era el principal financiador de la organización criminal Los Ocultos, a cargo de Elena Amador. Valderrama organizaba reuniones periódicas y en ocasiones todos invertíamos en sus negocios, incluyendo la organización criminal. A estas reuniones asistían el Comisionado General de la Policía, Jaime Beltrán, el Jefe de la División de Inteligencia, Fabián Meneses, y el senador y ahora presidente de la comisión Rafael Vélez. Todos los asistentes le debíamos algo a Javier Valderrama. El senador le debía su puesto de presidente. Fue Javier quien impulsó económicamente la campaña para que ejerciera el cargo, basándose en mentiras creadas por Elena Amador. Jaime Beltrán y Fabián Meneses garantizaron protección y anonimato a los miembros de los Ocultos a cambio de un pago mensual de medio millón de pesos a cada uno. Mismo que han recibido de Elena Amador desde la fecha que se cerró el trato. Yo no soy ningún inocente, pero a estas personas les paga el gobierno para cuidar y servir a la sociedad y sus intereses son lo opuesto. Es momento de decir la verdad. Esto tiene que acabarse. Elena Amador, Jaime Beltrán, Fabián Meneses, Senador Vélez, en este momento rompo el pacto. Espero que ustedes también recapaciten y hagan lo correcto.

Damián apagó la cámara y miró a Neuriel. Parecía un tipo distinto al que había conocido en su casa, este era un hombre al que sí podía respetar. Le envió el video al detective Orozco.

—¿Qué sigue? —preguntó Neuriel.

—El Comisionado General tendrá que tomar una decisión. Si el detective Orozco logra convencerlo, hoy mismo harán un operativo para detener a Elena

Amador.

—No va a estar contento de perder su pago.

—Me imagino que no—. Damián guardó el teléfono en su pantalón.

—Entonces es todo—. Neuriel le ofreció una mano.

Damián la estrechó—. Elena no tiene porqué enterarse de este video.

Neuriel suspiró—. Sabía que esa mujer iba a ser mi ruina—, vio la hora—, espero que mi esposa ya tenga todo listo.

—¿Te vas?

—Por supuesto. Al menos en lo que se calman las cosas. Si Elena habla…

—Entiendo. Buena suerte.

—Igualmente.

Cuando Neuriel salió por la puerta, Damián recibió una llamada del detective.

—Asumo que recibiste el video.

—Es perfecto. Ya estoy subiéndome al coche para ver a Jaime Beltrán.

- - - - - - - - -

Una señora mayor, vestida de azul con un delantal blanco le abrió la puerta al detective.

—Buenos días, vengo a ver al Comisionado.

—El señor Beltrán lo está esperando en su estudio —respondió cortésmente la señora, dejándolo pasar.

El detective siguió a la ama de llaves, esquivando un camioncito rojo y una pelota.

—Adelante—. La señora señaló una puerta.

El detective tocó un par de veces, anunciando su llegada y abrió la puerta. El estudio era una habitación oscura con un intenso olor a puro. La única luz natural yacía debajo de una pesada cortina café colocada detrás de un escritorio de madera gruesa. Sobre la superficie del mismo había una lámpara de luz amarilla en cada lado. Una vitrina con licores y algunas copas, y tres estantes con trofeos y algunos libros se apoyaban de forma irregular intentando cubrir el horrendo papel tapiz de cuadros cafés que se desprendía de las esquinas, denotando no solo un mal gusto sino descuido absoluto por el lugar.

—¡Don Jaime! —La señora entró a la habitación—. ¡Permítame por favor ventilar un poco, esto no es sano!

El detective danzó su mirada al sillón reclinable de la esquina, en donde estaba sentado el Comisionado, a su lado, sobre una vieja cajonera de madera había un cenicero sosteniendo un pedazo de puro. El

Comisionado miró a la preocupada mujer y asintió sin levantarse.

La señora recorrió la cortina y empujó las ventanas hacia fuera. El detective parpadeó un par de veces para ajustar su mirada a la nueva iluminación.

—¿Le puedo ofrecer algo?

El Comisionado negó con la cabeza—. Gracias Matilde, eso es todo.

La señora asintió y miró al detective. El detective negó ligeramente con la cabeza, y la señora salió de la habitación.

—Gracias por recibirme.

—No me diste mucha opción—. El Comisionado tomó el puro, el dio una fumada y lo apagó. Sin voltear a ver al detective, enderezó el sillón y se levantó con pesadez—. ¿Quieres explicarme qué es eso del video que tienes?

—Con gusto—. El detective sacó su teléfono y le puso el video. El Comisionado cerró la cortina y tomó asiento, indicándole a Orozco que hiciera lo mismo.

Jaime Beltrán escuchó atentamente las palabras de Neuriel. Al terminar el video, miró al detective—. Sabía que se trataba de una extorsión, pero no puedo creer que este imbécil haya hablado.

—Elena Amador le robó, lo secuestró y por lo que

veo, a él no le pagaba medio millón de pesos al mes.

—Bien. Tienes la información. ¿Qué es lo que quieres? ¿Dinero?

—Quiero que usted detenga a Elena Amador.

Jaime Beltrán se levantó, metió las manos a las bolsas del pantalón y miró sus zapatos. Después de un momento, dio la vuelta y tomó una copa de una vitrina. El detective lo observó, tomando una nota mental de la reacción del Comisionado. Sus gestos de indiferencia, su respiración tranquila, y la seguridad con la que se servía la copa, le indicaban que ese hombre no entraría en pánico, quizá ya se había imaginado que este día llegaría.

—¿Tequila?

El detective negó con la cabeza.

El Comisionado bebió el líquido de un trago—. Siempre pensé que sería Vélez el que se rompería primero—el Comisionado dijo, mirando a la pared.

—Hoy a las seis de la tarde entrará un contacto a la bodega en donde opera Elena. Usted tendrá a sus elementos listos, y en cuanto tengamos a Elena en la mira, entrará a hacer el arresto—. El detective Orozco se levantó.

—¿Qué contacto?

—Si Elena se entera, o usted hace algo para impedir

la desmantelación de esta organización, este video saldrá en los medios antes de que acabe el día.

—Qué pantalones los tuyos, Orozco. Pararte en mi casa para extorsionarme- ¿no sabes que puedo hacer que desaparezcas antes de que puedas-

El detective dio un paso al frente, desafiando a Beltrán—. Ya tengo a alguien en Asuntos Internos investigando a Fabián Meneses. No estoy aquí para extorsionarlo Comisionado, estoy aquí para darle una opción. Si usted decide cooperar, no tengo porqué compartirle su nombre a mi contacto.

Jaime Beltrán entrecerró los ojos.

—Piénselo bien, puede perder un pago de Elena, y comenzar a reparar el daño que ha causado con el poder que le da su puesto, o puede perder su empleo, su reputación y probablemente a su familia. ¿Qué quiere hacer, señor Beltrán?

El Comisionado apretó los labios, simulando una sonrisa. El detective lo tomó como una señal de que entendía.

—Le enviaré por mensaje el lugar y la hora. Asegúrese de que los elementos estén presentes—. El detective esperó a que el Comisionado asintiera, después se marchó.

- - - - - - - - -

El senador Vélez se bajó del coche y leyó el letrero

que estaba entre los edificios. *Consultores del Valle*. Elena estaba parada en la acera con los brazos cruzados.

El senador se ajustó la camisa mirando a su alrededor, había manejado más de quince minutos sin ver casas, locales o coches en el camino.

—Pensé que te gustaría conocer las nuevas oficinas.

El senador tragó saliva, intentando armarse de valor. *Solo dame a mi mujer, maldita.*

—Ven, no seas tímido.

El senador la siguió por una escalera y se quedó inmóvil al ver una bolsa negra que se asomaba junto al último escalón. El viento hizo que la bolsa se sacudiera y alcanzó a ver la cabellera negra en el interior—. No, no, no —murmuró retrocediendo. Se detuvo de la pared para no caer por la escalera.

—Esa no es tu esposa.

Con la respiración agitada, y pasos cortos y torpes, Rafael subió los últimos escalones. Junto a la bolsa de dónde salía el cabello, había otra, completamente cerrada, que medía la mitad. ¿Había un niño ahí dentro? Alzó la vista aterrado y fue cuando vio el cuerpo de Vicente colgado de una viga. Tenía la cara morada y los ojos abiertos—. ¡Oh por Dios! —dijo cubriéndose la boca.

—¿Te sorprende? —Elena le dio la espalda al cuerpo y miró seriamente al senador.

—¿Qué- qué te hizo? —preguntó inocentemente, sin poder ocultar su repetitivo parpadeo.

—Vicente me traicionó, Rafael. Sabes que la lealtad es algo que tomo muy en serio.

—Como debe de ser —dijo en voz temblorosa.

—Me alegra que estemos en el mismo canal. Su esposa no lo entendió del todo—. Elena vio hacia una de las bolsas.

—Su hijo-

—Una pena, en verdad. Son tan inocentes los pobres—. Elena sacudió la cabeza—. Es horrible que tengan que pagar por los errores de sus padres.

El senador imaginó a sus hijos en una bolsa y resistió las ganas de vomitar.

Elena sonrió—. Ahora, quieres decirme ¿qué hacía Vicente en tu casa?

—¿Vicente? ¿En mi casa? Elena, yo estoy aquí por mi esposa, ¡yo no tengo idea de-

—No pensarás mentirme, Rafaelito.

El senador se llevó una mano al estómago, sintiendo nauseas—. No, no, respecto a eso—. El senador se aclaró la garganta—. Te tengo una buena noticia.

—¿Ah sí?

—Bueno, ahora no sé que tan buena sea... Vicente quería recuperar tu confianza.

—Esa no es una buena noticia.

—No, no, pero para hacerlo, quería localizar a Ferrer.

Elena se llevó una mano a la frente—. ¿Sabes? Ferrer ha sido un verdadero dolor de cabeza—. Frunció el ceño con una sonrisa—. Creo que ya ni siquiera estoy tan interesada en él.

—¿En serio? No lo sabía... Pero bueno, si supieras, con toda certeza, que tengo a Damián-

—Si lo supiera con toda certeza, sí, estaría interesada. Pero me cansé de tus juegos, Rafael.

—Elena —el senador soltó una risa nerviosa—. ¿De qué estás hablando?

Un hombre subió la escalera con una mujer en los brazos.

—Gracias Guzmán, puedes dejarla ahí.

Guzmán la dejó en el suelo. El senador sintió que su corazón se detenía pero recuperó el aliento al ver que su esposa abría los ojos.

—Maru—. El senador se hincó junto a su esposa y la

tomó de la mano—. Lo siento- —su voz se cortó y el senador estalló en lagrimas, recargando su cabeza contra el pecho de su esposa—. Lo siento mucho.

Maru intentó enderezarse pero el dolor en el pecho le impidió hacerlo—. ¿Los- los niños?

—Están bien—. El senador volteó a ver a Elena—. Por favor no les hagas daño, ¡haré lo que quieras! ¡Siempre he hecho lo que me has pedido! ¡Elena, ten piedad! —suplicó, con sus ojos danzando entre Elena y su esposa—. ¡Déjala ir y hazme a mí lo que quieras! ¡Mi familia es inocente!

Elena contuvo un bostezo, acomodando uno de sus aretes y miró alrededor, deliberando. El senador y Guzmán esperaron. El senador como quien espera una sentencia, Guzmán esperando para ejecutarla. Después de unos segundos, Elena miró a Guzmán. Guzmán dio un paso al frente, quitándole el seguro a su arma. El senador apretó la mano de su esposa. Elena negó con la cabeza, y Guzmán retrocedió.

—Esto es serio, Rafael.

Rafael no la volteó a ver. Miraba a Maru implorando su perdón. Maru estaba débil y herida, pero en su mirada solo había decepción. El senador sintió los pasos de Elena acercándose a un lado, al alzar la cabeza, vio el arma. Al escuchar el disparo retrocedió, cubriéndose con los brazos, haciendo que Elena soltara una carcajada.

—Por un momento juré que te interpondrías entre la bala y tu mujer —dijo aún riendo—, esos instintos tuyos,

Rafael—. Guzmán sonrió.

El senador vio horrorizado a su esposa quejarse y retorcerse del dolor. La bala había impactado su estómago. Se acercó nuevamente, intentando contener la sangre. Elena alzó el arma nuevamente.

—¡Espera! —el senador gritó, al mismo tiempo que Maru gritaba. Esta vez la bala estaba dirigida a su pierna—. ¡Suficiente! ¡Detente! —El senador se abalanzó sobre Elena pero antes de que pudiera tocarla, Guzmán le puso el arma en la cien.

Elena miró fijamente al senador y tras un momento bajó el arma—. Quiero saber si nos estamos entendiendo bien—. Se agachó hasta que su cabeza quedó justo arriba de la del senador—. Me has estado jugando chueco. Eso se acaba ahora.

—Sí, sí, te lo juro. Solo déjanos ir, por favor. ¡Necesita un hospital! —dijo señalando a su esposa, quien se comenzaba a desvanecer. La sangre que salía de la pierna comenzó a formar un pequeño charco en el suelo.

—¿De qué hablaste con Vicente?

—Te iba a llevar a Ferrer a las seis a la bodega.

—¿Ajá?

—Era una trampa para Ferrer —el senador dijo en medio del llanto—. Damián pensaba que Vicente te iba a hacer algo, pero realmente solo queríamos entregarlo.

Elena alzó las cejas fastidiada—. Sal de mi vista.

—No la puedo dejar aquí.

Elena le apuntó el arma a la frente—. Lárgate.

Guzmán vio a Elena esperando una señal. Elena lo vio y después al senador, quien se levantaba lentamente sin quitarle la vista a su esposa.

—¿Quieres llevártela?

El senador se limpió la nariz sin saber qué decir. Cualquier palabra podría provocar a Elena y terminaría con la vida de los dos ahí mismo.

—Llama a Ferrer.

El senador sacó su teléfono con dedos temblorosos y llamó a Damián.

—Dile que hubo un cambio de planes. Vicente lo va a esperar aquí.

El senador asintió llevándose el teléfono al oído—. Ferrer, sí, sí... No, solo un terrible resfriado, escucha, surgieron unos detalles de último momento así que te enviaré una dirección para que veas a Vicente y te ponga al tanto... ¿Con Elena? No, no la he visto—, balbuceó—, me tengo que ir.

Elena extendió una mano y el senador le entregó su teléfono. En ese momento, Guzmán le dio un fuerte golpe en la cabeza, haciéndolo caer al suelo a un lado de su inconsciente esposa. Guzmán miró a Elena y tras recibir un gesto que indicaba luz verde, le disparó al senador en el abdomen.

Cuando Guzmán y Elena salieron del edificio, con dedos nerviosos, el senador sacó el otro teléfono del pantalón.

- - - - - - - - -

—Me tengo que ir —Damián se cerró la chamarra.

Gina se levantó del sofá—. ¿A dónde?

Damián la ignoró y caminó hacia la puerta.

—Damián, esto me está cansando —dijo con un nudo en la garganta. Damián se detuvo en la puerta—. ¿A dónde vas? —repitió.

Damián suspiró—. Voy a ver a Elena.

—Nacho alzó la cabeza—. ¿Neta? ¿Con quién?

—Con Vicente. Todo está bajo control.

—¿Bajo control? —respondió Gina indignada—. Pensé que irías con la policía, con el ejército... ¡¿Con Vicente?! ¡Esto es ridículo, no puedes ir así nada más!

—Gina-

—¡No!, ¡definitivamente no! —Gina se levantó—.

Estás alterado por lo que pasó con Raúl, no estás pensando claro.

—Escúchala Damián, es una trampa. No sé qué te dijeron pero no puedes confiar en esos güeyes.

—¡Lo sé!— Damián los miró a los dos—. Ya sé que es una trampa, ya sé que no puedo confiar en el senador. Pero les voy a pedir que se hagan a un lado y me dejen terminar con esto de una vez por todas.

La mirada de Damián asustó a Gina por un momento, pero se mantuvo firme.

—Quédate —dijo Nacho lentamente, como si estuviera resolviendo un problema. Se levantó y habló más fuerte—. Yo voy. Déjame hacerlo a mí.

Damián miró a Gina por última vez antes de abrir la puerta.

—¡Yo besé a tu novia! —Nacho exclamó alcanzándolo afuera de la habitación.

Damián entrecerró los ojos pero las palabras salieron en voz alta—. ¿A dónde quieres ir exactamente? ¿A la bodega? ¿Y hacer qué?

—Ya he estado ahí, puedo hacerme pasar por uno de ellos y-

Gina lo interrumpió, mirando a Damián—. ¡¿Vas a entrar tú solo y convencer a Elena de que le ponga fin a este asunto?!

—La policía va a estar ahí. El detective se está encargando de eso —Damián respondió seriamente, poniendo un pie en el pasillo.

—¿Para protegerte a ti o para hacer un arresto? —Gina alzó las cejas, esperando. Al ver que Damián no respondía, continuó—. No. Vas a entrar con Elena, y hasta que tu vida esté en riesgo van a entrar ellos. Eres el anzuelo, ¿no?

—No va a estar solo—. Raúl se asomó por el pasillo.

Damián lo volteó a ver—. ¿Qué estás haciendo aquí? —preguntó en tono acusativo.

Gina se sorprendió de ver a Raúl y miró a Damián con reproche. No le gustaba la forma en la que le hablaba. Raúl tenía los hombros hundidos y los ojos hinchados de tanto llorar. *¿No debería ser al revés?*

Raúl tragó saliva—. No fue difícil encontrarlos. Es el hotel más cercano a mi casa.

—¿Qué haces aquí, Raúl?

—Dejaste esto en la casa—. Raúl le ofreció un termo viejo.

Nacho arrugó las mejillas—. Eso no es de Damián-

Gina lo jaló del brazo para que se callara.

Damián vio a Raúl intentando descifrar su motivo.

Raúl tenía todo el derecho de estar enojado, pero no se iba a cruzar de brazos si lo que buscaba era venganza.

—Te voy a ayudar —dijo Raúl.

—¿Por qué?

El teléfono de Damián sonó y Raúl dio un paso atrás, recargándose en el barandal del pasillo.

—Eres mi hermano —dijo Raúl en voz entrecortada antes de que Damián respondiera el teléfono.

Damián lo escuchó, pero antes de que pudiera reaccionar ya tenía el teléfono en el oído.

—Damián, ¿me escuchas? —el detective Orozco sonaba preocupado.

—Sí.

—Beltrán no contesta el teléfono. No sé si los elementos están en el sitio.

—Falta una hora —dijo Damián, con las palabras de Raúl retumbando en sus oídos.

—Ya deberían de estar ahí. El que Beltrán esté desaparecido no me gusta nada. Estoy en camino, ¿no te ha llamado el senador?

—No.

El detective hizo una pausa, pensando—. Te veré en

un momento.

—Raúl, ¿por qué no entras? —dijo Gina rompiendo el silencio con una voz compasiva.

Raúl miró a Gina y después a Damián—. No dejaré que vayas solo.

—¿Cómo sé que puedo confiar en ti?

—¿Perdiste la cabeza? —Gina no podía creer a Damián. *¡Cabeza hueca! ¡Solo te quiere ayudar!*

—Tengo que estar seguro —repitió, esta vez mirando a Gina.

Gina sacudió la cabeza, nunca había estado tan decepcionada de Damián—. Avísame cuando te vayas —dijo antes de meterse a la habitación. Nacho la siguió, dándoles un momento para que hablaran.

—¿Seguro de qué? —preguntó Raúl cuando habían cerrado la puerta.

Damián caminó al final del pasillo—. ¿Por qué estás haciendo esto?

Raúl encogió un hombro—. Damián, mi familia era complicada, y no hay nada que justifique lo que hiciste—. Se limpió la nariz y miró hacia a un lado—. Mientras tú recorrías el mundo, yo me hacía una pregunta. Si pudiera cambiar todo ese oro que me dejaste por una persona… no sería por mi mamá, ni por Zoe. Solo quería que tú regresaras. Lo sé, soy un imbécil.

Debería de hacer que te arrestaran o hacerte pagar de alguna forma, pero no puedo hacerlo, Damián. Eres mi hermano.

—Zoe era tu hermana.

—Ya sé y quiero… ¡Quiero golpearte!—. Raúl cerró los puños, sus ojos nuevamente amenazando con lágrimas. Suspiró antes de continuar—. Pero ella y yo no éramos nada… Tú y yo sí. Además creo que ya sufriste bastante. Si alguien lleva la cuenta, probablemente diría que ya pagaste suficiente.

Damián apretó los labios y tomó a Raúl de sorpresa acercándolo a él y poniendo sus brazos alrededor. Raúl no resistió el abrazo. Necesitaba a Damián, necesitaba a su hermano, necesitaba a su amigo.

—Le avisaste al detective —dijo Damián con una discreta sonrisa al separarse.

—¿Cómo sabes?

—Leí tu mensaje.

Raúl asintió—. ¿Y leíste toda la conversación?

Damián negó con la cabeza.

—Me preguntó si estaba contratándolo para armar un caso y le dije que no—. Lo miró—. El detective Orozco no te va a hacer nada.

Damián sacó su teléfono—. El senador —le dijo a

Raúl antes de responder.

Gina y Nacho salieron de la habitación pensando que Damián se había marchado. Raúl estaba recargado en el barandal. Damián estaba hablando por teléfono al final del pasillo.

—¿El detective? —le preguntó Gina a Raúl.

—El senador.

—Raúl—, Gina suspiró intentando sonreír—, siento mucho todo lo que pasó.

—No es tu culpa —Raúl dijo seriamente.

Damián escuchó la desesperación del senador detrás de sus palabras. *Un resfriado*. Era obvio que Elena había descubierto su traición. Leyó la nueva dirección y guardó el teléfono, regresando a donde estaban Gina, Nacho y Raúl esperando—. Elena me está esperando.

—Vamos —Nacho miró a Raúl y después a Damián.

—No—. Damián detuvo a Nacho y miró a Raúl—. Voy solo.

—Vamos a ir contigo —Raúl insistió seriamente.

—¿Están locos? —Gina exclamó —La idea era que no fuera él y ahora quieren ir todos.

—Escuchen esto—. Raúl los miró a ambos—. Conocí a Nacho en un bar y me confesó todo lo que hizo, me atrajo el tema de los Ocultos, y ahora quiero entrar.

—No —respondió Damián, cortante.

—¡Tiene sentido! Raúl me va a entregar a cambio de que lo acepten en el grupo—. Nacho asintió—. Es algo que yo haría.

—Te pueden reconocer —dijo Damián—, prácticamente les arrancaste de las manos a los hijos del senador.

Raúl desvió la mirada—. No creo que me recuerden-

—Gracias—. Damián puso una mano sobre el hombro de Raúl—. De verdad.

Raúl suspiró y le dio las llaves de su coche. Damián las tomó y Nacho se llevó las manos a la cabeza.

—¿Eso es todo? —Gina preguntó.

—Gina—, Damián no supo cómo acercarse, o qué palabras ofrecer—, eres lo mejor que pudo pasarme.

Gina asintió. Sabía que Damián se estaba despidiendo—. No te voy a convencer de que te quedes.

—No.

Gina se limpió una lágrima traicionera—. Te das cuenta de que haces esto por ti, ¿verdad?

—Lo hago por los dos.

—¿Sí? Quizá hubiera sido mejor que Elena me matara antes.

—No digas eso.

—No es diferente a lo que tú vas a hacer. Pero al menos yo no lo busqué, yo no te traicioné, Damián.

—Gina —Damián tocó su brazo.

Gina alzó la mirada con los ojos llenos de lágrimas—. Crees que hiciste lo de Lucas por Carolina, pero lo hiciste por ti, así como estás haciendo esto por ti—. Dio un paso atrás.

—Guau —Damián sintió una puñalada detrás de las palabras de Gina.

—Solo vete. Eso es lo que quieres, ¿no? ¡Vete!

—Gina…

—¡Solo vete! —Gina lo empujó con toda su fuerza pero Damián apenas se movió.

Damián negó con la cabeza pero nada lo iba a hacer cambiar de opinión. No era una venganza personal, y tampoco estaba tan seguro de que fuera a morir. Era probable, pero no era un hecho. Si sobrevivía podían ser finalmente libres, y si moría, Gina sería libre. Pero si se quedaba ahí, tendrían que estarse cuidando de otros Vicentes y otros sicarios de Elena, y si los habían encontrado en Alaska, los encontrarían en cualquier lugar. Miró a Gina, si ella no estuviera en riesgo, no lo pensaría dos veces. Se quedaría ahí junto a ella y nunca se separaría de su lado. Pero Gina sí estaba en riesgo, y prefería lastimarla ahora, con su partida, a que un maldito sicario le pusiera los dedos encima otra vez. No había nada que pensar. Suspiró y dio la vuelta.

Al salir del hotel, Damián llamó al detective. Orozco respondió tras el primer tono—. Orozco, llamó el senador. Elena lo tiene, de hecho no estoy seguro de que siga con vida.

—¿Qué te dijo?

—Me dio una dirección en donde supuestamente me va a esperar Vicente.

—¿Y crees que ahí esté Elena? —el detective frunció el ceño—. ¿Te lo dijo?

—No me lo dijo, pero estoy seguro.

—¿En dónde está?

—A unos veinte minutos de las bodegas—. Damián revisó el mensaje con la ubicación—. Dice Consultores del Valle. ¿Alguna noticia de Beltrán?

—Aún no. Pero estoy seguro de que hará lo que sea para evitar que ese video se haga público…

—¿Qué?, ¿qué piensas? —preguntó ante la pausa del detective.

—No, nada—. El detective descartó su idea—. Beltrán tiene que aparecer. Lo mandaré al nuevo punto de encuentro, no tiene caso entrar a la bodega si Elena no está ahí. Sería ridículo entrar a ciegas, hasta donde sabemos podría estar vacío el lugar.

Damián revisó la hora y pisó el acelerador—. Estoy a quince minutos.

—No entres hasta que logre localizar a Beltrán.

—Me está entrando una llamada.

—¿Vicente?

—Número privado—. Damián pausó la llamada del detective—. ¿Sí?

—Damián —dijo una voz ronca.

—¿Hola? —Damián arrugó la frente, intentando reconocer la voz, pero la llamada se cortó antes de que pudiera saber quién era. Damián regresó a la llamada del detective —se cortó. No sé quién era. Pudo haber sido el senador, o Vicente.

El detective resopló—. Seguiré intentando localizar a Beltrán.

El celular se encendió, y Damián pensó que era nuevamente el detective, pero el nombre de Montoya apareció en la pantalla.

—¿Neuriel?

—Beltrán no va a mandar ningún operativo.

—¿De qué hablas? el detective Orozco dijo que haría lo que fuera porque no se hiciera público ese video.

Neuriel suspiró—. Beltrán se suicidó hace unas horas—. Esperó un momento pero Damián no respondió—. Lo siento, Damián. Me mandó un mensaje antes de hacerlo. Llamé a su casa y su esposa estaba histérica, fue ella quien me dio la noticia.

—Entiendo… —dijo Damián, asimilándolo.

—Lo siento —repitió Neuriel, antes de colgar.

Mientras buscaba el contacto del detective, Damián recibió otra llamada. Nuevamente provenía de un número privado.

—¿Sí?

—Habla Rafael Vélez —dijo la misma voz ronca.

—¿Senador? —Damián hizo un gran esfuerzo para escucharlo.

—No tengo mucho tiempo. Vicente está muerto, pero te estoy reenviando un mensaje que me envió. Tendrás que encargarte de Elena tú solo, pero te haré llegar una señal para que procedas contra ella.

—¿Qué señal?, ¿proceda cómo?

—Lo sabrás cuando la veas—, el senador tosió—, si no llega ninguna señal... Ferrer, tenías razón, tuve que haber enfrentado a Elena hace mucho tiempo. Lamento mucho que todo termine así.

Damián escuchó atentamente las palabras del senador. Al colgar, revisó el mensaje. Era un audio que había grabado Vicente. Se lo reenvió al detective y lo llamó.

—Dime que tienes buenas noticias.

—No estoy seguro, el senador está herido pero dijo que me enviaría una señal para que proceda contra Elena. No me dijo nada sobre su encuentro, y no tengo idea de qué está haciendo.

—Es una lástima que la única vez que no te habla para tenderte una trampa, te dice todo a medias.

—¿Recibiste el mensaje que te reenvié?

—Se está descargando—. El detective se alejó el teléfono del oído—. ¿Es un audio?

—Escúchalo. Si hizo algo con ese audio, quizá la misma gente de Elena nos ayude.

—Ahorita lo escucho... Damián, estoy llegando al punto de encuentro pero no hay ningún elemento.

—Ah, sobre eso... No van a llegar. Beltrán se quitó la vida. Neuriel me avisó hace un momento. Su esposa lo encontró.

—Ese hijo de puta.

—Escucha el audio —le recordó Damián, antes de colgar.

Damián revisó el mapa con la dirección. Esperó a que llegara la ansiedad, la adrenalina o alguna señal de su cuerpo que indicara el peligro al que se estaba acercando, pero nunca llegó. Las palabras de Gina resonaron en su cabeza y por un momento se preguntó si Gina tenía razón, si en verdad estaba actuando de forma egoísta o traicionándola. Damián estaba dispuesto a sacrificar su vida con tal de que Gina viviera libre, ¿cómo podría ser eso egoísta? Por un momento intentó ponerse en los zapatos de Gina. Ella había jalado el gatillo, por mucho que Damián quisiera negarlo, ¿cómo se sentiría Gina, si Damián moría intentando contener ese grave error? Golpeó el volante maldiciendo sus pensamientos y redujo la velocidad hasta detenerse por completo. Por un momento, vio a los coches pasar como si él no fuera parte de ese mundo, en cierta forma, nunca lo había sido.

Como escenas de una película, recordó el momento en el que despertó en la habitación de Utqiagvik y Gina había desaparecido, el momento en el que caminaba con Nacho frente a las auroras boreales, cerró los ojos al ver a Gina en el suelo, intentando huir de Vicente en Valle de Plata. Apretó el volante con una mano, sintiendo la adrenalina que tanto había esperado. Pisó el acelerador. Egoísta o no, Elena y Vicente tenían los minutos contados.

- - - - - - - - -

Gina estaba sentada en la cama de la habitación cuando entraron Raúl y Nacho. La cartera de Damián estaba en el suelo junto a la pared, abierta y con las tarjetas y el dinero asomándose. Nacho alcanzó a ver una tarjeta a los pies de la otra cama.

—Me voy a regresar a Valle de Plata —dijo levantándose.

Raúl la tomó del brazo—. Gina, no sabes si hay alguien buscándote-

Gina se soltó bruscamente—. No me importa. Nunca debí de haberme ido de ahí.

—Gina, el valle estaba lleno de esos cabrones, no vayas para allá —Nacho insistió.

—Damián va a regresar—. Raúl la miró esperanzado.

—¿Eso crees?, ¿honestamente?

Raúl suspiró—. Quédate en mi casa. Al menos unos días. Después yo te acompaño al valle y si es seguro, prometo no insistir en que regreses.

—Solo quiero salir de aquí.

—¡Por eso! ¡Ve a casa de él!

—Los dos—. Raúl se aclaró la garganta viendo a Nacho—. Los dos son bienvenidos en mi casa.

—Gracias, Raúl. Pero de verdad es hora de regresar a casa—. Gina puso el suéter sobre su brazo y caminó hacia la puerta.

—Gina—. Los dos salieron detrás de ella pero se detuvieron en la puerta al ver su mirada.

Nacho tomó la cartera de Damián y se la llevó—. Ten, llévate esto. Puedes necesitar un taxi, comida, algo...

Gina sacudió la cabeza y empujó la mano de Nacho gentilmente. Nacho sacó los billetes y los metió en la bolsa del suéter. Gina suspiró, alejándose.

—Si cambias de opinión, sabes en dónde encontrarme.

Gina asintió sin ver a Raúl. Miró sus pies preguntándose si Damián estaba sufriendo, o si seguía vivo. Pensaba caminar, pero al recorrer dos cuadras se le hizo una distancia ridícula. Recordó las veces que caminó horas en Valle de Plata para conseguir información sobre Damián. Deseó no haberlo hecho y se reprochó por haberse ilusionado. Lo que habían vivido había sido intenso y demasiado corto, y lo peor era que Damián se lo había advertido. ¿Por qué se dejó llevar? Metió las manos a las bolsas, y sintió el dinero que había puesto Nacho. Le hizo la parada a un taxi y le pidió que la llevara a Valle de Plata.

- - - - - - - - -

Nacho miró a Raúl—. Gracias por ofrecerme tu casa.

Raúl asintió—. Vamos.

—Ve tú.

—No te vas a quedar en el hotel, ¿o sí?

—No… Voy a ayudarle a Damián.

—¿A qué? A estas alturas-

—Ese güey me pudo haber matado en Alaska. Por alguna razón me perdonó la vida y creo que eso me pone en deuda.

Raúl suspiró—. Nacho, si crees que le debes tu vida, lo peor que puedes hacer es tirarla a la basura.

—Puedo hacer algo útil, neta güey, puedo hacer algo. Pero tengo que apurarme carnal—. Nacho le dio un golpe gentil en el hombro, y se dirigió a la puerta.

Raúl se quedó parado un momento en la habitación. Después de pensarlo, salió deprisa a alcanzar a Nacho—. ¿Cuál es tu plan? Si se puede saber.

—Voy a caerles con todo.

—¿Ah sí?

—A huevo. Voy a ser el primero en los Ocultos que

hable. Ni siquiera me van a ver llegar los cabrones.

Raúl frunció el ceño sin comprender las palabras de Nacho.

—Aguanta aquí—. Nacho empujó a Raúl y se metió a la tienda, metiendo una mano a la bolsa de la chamarra fingiendo que portaba un arma—. ¡Todos al piso! ¡Esto es un asalto!

Raúl lo jaló antes de que todos en el interior se dieran cuenta de lo que estaba pasando—. ¡Qué carajos estás haciendo!

—¡Necesitamos a la policía!

—Podemos ir a la estación— dijo Raúl caminando deprisa, y jalando a Nacho del brazo.

—¡Nadie va a escucharme ahí! ¡Confía en mí, güey! Esta es la única forma.

—¡De que te arresten!

Nacho se detuvo. Raúl lo miró exasperado.

—De todas formas van a arrestarme. Me voy a entregar.

—No tiene que ser así.

- - - - - - - - -

Gina recargó la cabeza en la ventana. El taxi estaba

parado frente a una luz roja. Tenía un largo trayecto por delante y no podía dejar de pensar en los horribles escenarios que podía estar a punto de enfrentar Damián. Ahora que estaba sola, se sintió culpable de haber sido tan hiriente. *Damián está a punto de morir y lo último que hice fue lastimarlo.* Apretó los dientes y se cubrió la cara con las manos. *¿Qué esperaba? Damián admitió que no era ningún héroe, no ha hecho mas que decirme la verdad.* El semáforo se puso en verde y el taxi arrancó. Gina se preguntó si realmente iba a Valle de Plata a retomar su vida, ¿era posible que hiciera eso? ¿Olvidar los últimos meses? Imaginó su departamento, y recordó a Elena. *No es personal,* había dicho. Se llevó una mano al estómago, sintiendo una fuerte angustia y arrepentimiento. *Nada que diga o haga Damián va a hacer que esa mujer se detenga.* Respiró profundamente. *Quizá no pueda hacerlo cambiar de opinión, pero no soy de las que se sientan a esperar con los brazos cruzados.*

—Deténgase. ¡Deténgase!

El taxista se orilló, viendo a Gina por el retrovisor—. ¿Se encuentra bien?

Gina alzó un dedo, pidiéndole un momento—. Regrese al hotel, por favor.

El taxista dio la vuelta. Gina alcanzó a ver a Nacho y Raúl discutiendo a unas cuadras del hotel—. Aquí, espere un momento—. Gina se bajó, dejando la puerta abierta—. ¡Nacho!

—Gina—. Los dos la miraron sorprendidos.

—¿Te pasó algo? —preguntó Raúl.

Gina negó con la cabeza—. ¿En dónde está la bodega?

—¿Qué?

—Dame la dirección de la bodega.

—No.

Raúl alzó las cejas—. Damián dijo que-

—No me importa lo que haya dicho. Él tomó una decisión, sin importarle la mía, ahora yo estoy tomando una decisión. Nacho, por última vez, ¡¿en dónde está la pinche bodega?!

Nacho la miró sorprendido por un momento, y después exhaló—. Te mostraré, no está tan lejos— inclinó la cabeza para que lo siguiera, y se subió al taxi.

Raúl se llevó las manos a la cabeza, pero se subió al taxi con los dos—. No sé cuál de los dos se gana el premio al peor plan —dijo Raúl sacando su teléfono.

—Y aquí sigues güey—. Le contestó Nacho, y miró al taxista—. ¿Sabe dónde está la construcción esa del nuevo centro comercial?, ¿junto a la autopista? —El taxista asintió—. Ah pues para allá—. Nacho miró a Raúl—. ¿A quién le hablas?

—A la policía. No pienso volver a poner un pie ahí dentro, ni voy a dejar que ustedes lo hagan —respondió angustiado, recordando la última vez que vio a Damián antes de su partida, cuando Damián entró a la bodega, impidiendo que los hombres de Lucas terminaran por matarlo.

El detective manejó lo más rápido que pudo sin dañar sus llantas en el camino de terracería. Tras diez minutos que se le hicieron eternos, llegó a una glorieta y revisó el mapa. El GPS indicaba que al dar la vuelta llegaría a la calle en donde habían citado a Damián. Detuvo el coche e intentó contactarlo, pero Damián tenía el teléfono apagado.

Orozco exhaló, pensando en qué decisión tomar. Se bajó del coche, intentando asomarse sin ser visto. La calle no era lo que esperaba. Miró las palmeras y las fuentes sin admirarlas, solo calculando la distancia hacia los edificios. Verían el coche acercarse pero podía caminar hasta allá sin ser detectado. Automáticamente comenzó a buscar cámaras de seguridad en la calle. Buscó el número del senador y lo llamó un par de veces. Fue hasta la tercera vez que llamó, que una niña respondió el teléfono.

—¿Romina?

—No…

—¿Podrá ir más rápido? —Gina presionó al taxista.

El taxista la vio por el retrovisor, Gina estaba realmente angustiada. Asintió y pisó el acelerador. Nacho se agarró del asiento y Raúl se movió incómodo.

—¿Cuál es tu plan? —Raúl preguntó unos minutos después.

Gina lo volteó a ver pero no dijo nada.

—¿No sabes o no me quieres decir?

—Ustedes no tienen que hacer nada.

Raúl sacudió la cabeza, enojado—. La policía estará ahí pronto. Los esperamos.

—Nel—. Nacho contestó sin voltearlo a ver—. Seguro te tiraron de loco güey.

—Van a estar ahí.

—¿Y a quién crees que se va a chingar Elena primero cuando lleguen esos cabrones?

Gina miró a Raúl, pero Raúl desvió la mirada hacia la ventana.

—Aquí está bien—. Nacho le tocó el hombro al taxista. Gina le dio un billete y se bajó del coche—. ¿Para dónde?

—Ahí —Nacho extendió una mano, vamos a caminar un poquito.

—¡No hay tiempo!

—No podíamos bajarnos en la puerta—. Nacho intentó defenderse.

—Está bien—. Gina exhaló y comenzó a caminar.

Raúl miró hacia ambos lados de la autopista, intentando escuchar sirenas de policías.

—No van a venir güey —insistió Nacho—. Espera, no veo el coche de la jefa…

—¿Cómo? ¿No es aquí? —Gina lo detuvo del brazo.

Nacho sacudió la cabeza—. Sí es aquí, pero no está.

—¡Genial! —Gina se llevó las manos a la cabeza. Después continuó caminando.

—¿Cuál es el punto? —Raúl aceleró el paso para alcanzarla—. Damián no está aquí.

—Eso no lo sabemos.

Nacho y Raúl intercambiaron una mirada, finalmente la siguieron.

—¿Alguien trae una pistola, una navaja, o algo? —Nacho preguntó al acercarse a la entrada.

Gina negó con la cabeza, Raúl frunció el ceño.

—Ya valió madres—. Nacho suspiró, brincándose un

muro que llevaba a la parte de atrás de la bodega.

Raúl y Gina lo siguieron. A doce metros había una pequeña ventana. Nacho la observó como si estuviera pensando cómo entrar.

—Dime que estás bromeando—. Raúl alzó una ceja al ver la ventana.

—No he dicho nada.

Gina exhaló y sacudió la cabeza. Caminó hacia la entrada de la bodega asumiendo que alguien los vería llegar y saldría a detenerlos. Cuando nadie lo hizo, se preguntó si realmente estaba vacía. Respiró profundamente y tocó la puerta con fuerza. Cambió su peso de un pie al otro, y volteó a ver a Nacho y a Raúl. Raúl exhaló nervioso y sacudió la cabeza sin poder creer lo que hacía, se acercó a la puerta, pero antes de que pudiera tocar, esta se abrió.

11

Damián apagó el teléfono dando la vuelta en una glorieta. Manejó con la mirada clavada en la construcción que se asomaba al fondo de la carretera. Sin que el cerebro diera la instrucción, su cuerpo se preparó para lo que venía después. Sus dedos se aseguraron en el volante y comenzaron a apretar, de la misma forma que apretó el cuello de Miranda hasta la asfixia. En su mente reemplazó el rostro de la psicóloga por el de Elena, o al menos la versión que se había hecho de ella con las historias de Nacho.

Se estacionó detrás de un Audi negro y se bajó del coche decidiendo a cual edificio entrar. No pasó mucho tiempo antes de que un violín se escuchara en el interior del edificio de la izquierda.

Las notas del instrumento sonaban en todos los pisos, tranquilas y suaves al principio, y creciendo en tiempo y tono conforme Damián subía la escalera. A pesar de que el edificio parecía estar listo, en cada nivel que llegaba, se encontraba con una fila de tapiales que ocultaban la vista al interior. No se preguntaba lo que habría detrás, simplemente seguía subiendo. No había nada en ese momento que le importara más que su reunión con Elena. No la enfrentaría con odio, a la primera señal de amenaza sus hombres lo matarían, tenía que actuar con inteligencia. Gina estaba segura, y con eso en mente, no temía nada, porque no tenía nada que perder.

Damián comenzó a transpirar. *Siete*, contó, y al llegar al noveno, en lugar de un tapial ocultando la vista, se encontró con un espacio que no se hubiera imaginado. El nivel estaba vacío excepto por cuatro columnas de concreto, que se paraban dispersas sobre el suelo de laja corrida. Las paredes eran tabiques, aún sin pintar, del mismo gris que el suelo; en dos de ellas habían grandes huecos rectangulares, y en uno de ellos, el que estaba frente a Damián, se recargaba la mujer que lo estaba esperando.

Sus ojos se detuvieron en las piernas descubiertas de Elena. Damián la observó unos segundos y después su vista danzó al resto del lugar, buscando señales de un ejército escondido, terminar con ella no podía ser tan fácil.

—Elena —Damián pronunció su nombre, Elena escuchó: *aquí me tienes, soy tuyo*.

Elena alzó un dedo, pidiéndole que esperara y cerró los ojos, inclinando su oreja hacia la bocina, de donde salían las notas musicales, tan sombrías como el lugar en donde estaban parados—. Es mi parte favorita — susurró.

Elena no se parecía a la imagen que se había hecho de ella. La mujer que tenía en frente podía pasar como una joven común y corriente, atractiva, sin duda, pero nada especial o intimidante. Quizá si no la hubiera visto a través de los ojos de Nacho, no habría elevado tanto sus expectativas. Nada en ella despertó en Damián la curiosidad o intriga por conocer la historia que había detrás de ese cuerpo. *Insípida.*

Mientras escuchaba las últimas notas, Elena cruzó los brazos y recargó media espalda en la orilla del ventanal que aún no contaba con cristal o protección. Al terminar la melodía, se hizo un grave silencio. Aunque estaban en lo alto del edificio, casi podían escuchar las palmeras moviéndose con el aire en la calle. A pesar de estar a unos centímetros de una fatal caída, Damián la vio sonreír y estirar los brazos, mostrando el arma que cargaba en la mano izquierda.

—No imaginé que estarías tan-

—¿Atractiva? —interrumpió Elena.

—Sola.

Elena alzó una ceja—. Puedo cuidarme—. Sin cambiar su postura, miró a Damián de pies a cabeza, sonrió al ver su rostro con detenimiento—. ¿Comenzando a sudar?

Damián sonrió como si le hubieran contado un mal

chiste—. Subí muchos pisos.

—¿Viste la de No te duermas? —Cuando Damián no respondió, Elena alzó brevemente los ojos al techo—. La película.

Damián frunció el ceño.

Elena suspiró—. Bueno, esto es una réplica del estacionamiento en donde Hugo Camacho somete a sus víctimas. Brillante película, deberías verla. Por supuesto, el elevador se salta este nivel—. Se enderezó, recargando las manos a sus costados, su mano izquierda sostenía el arma con suavidad, como si al menor descuido, la dejaría caer. Claramente no se sentía amenazada por él—. ¡Ah sí! Olvidé que estabas buscando a Vicente. Él está en el otro edificio—. Elena dio la vuelta, y señaló con un dedo el edificio de enfrente.

Damián miró hacia afuera.

—Acércate, prometo no empujarte—. Elena alzó la mano derecha, Damián buscó algún receptor de la señal en la acera o en el edificio, pero sus ojos encontraron lo que Elena le quería mostrar. Las comisuras de sus labios se alzaron con una gran satisfacción al ver el cuerpo de Vicente colgando del edificio de en frente. Ocultando su momento de triunfo, y disfrazando de indiferencia su victoria, miró a Elena.

—Pensé que te sorprenderías.

—¿Por qué? —preguntó Damián frunciendo el ceño—. A eso te dedicas, ¿no?

—Ay Damián, por favor, no seas tan rápido en sacar conclusiones. No soy una vil asesina, soy una empresaria con intereses y ambiciones como todos.

—Empresaria—. Damián sonrió, después miró a su alrededor—. Me parece un poco arriesgado que me recibas de esta forma. Pude haber entrado con un arma y ya estarías muerta.

——¿Crees que tengo miedo de morir? No llegué hasta donde estoy siendo una cobarde.

—¿Se supone que debo estar impresionado?

Elena entrecerró los ojos, con una divertida sonrisa—. En primer lugar, no vienes a matarme, vienes a entregarte. Y en segundo lugar… Mmmm, acércate, mejor te enseño.

Damián titubeó, sabía que Elena había alzado la mano en señal de que estaba segura cuando Damián se había acercado. Si alguien lo tenía en la mira, jalaría el gatillo sin la señal de su jefa. Miró fijamente a Elena, y dio un paso hacia ella, confiando en que no lo matarían en ese momento, Elena lo estaba disfrutando demasiado. Movió el pie derecho hacia delante, y antes de que pudiera mover el izquierdo, aparecieron distintos puntos rojos en su pecho, cabeza y piernas.

Elena sonrió—. No estoy sola.

En lugar de romperle el cuello y entregarse a esa muerte segura, decidió esperar—. Muy bien —dijo metiendo las manos a las bolsas del pantalón y dando un paso atrás. Las luces desaparecieron—. Ya me tienes aquí. ¿Ahora qué?

—¿Sabes? Tú y yo no somos tan diferentes.

Damián alzó las cejas.

—Una vez que queremos algo, no nos detenemos ante nada.

—Entonces sabes bien cómo terminará esto.

Elena entrecerró los ojos y le dio una vuelta al arma, jugando con ella. Consideró la amenaza, pero decidió que no era importante—. Como te decía… Es como si el mundo se abriera para nosotros. Gente como nosotros, domina el mundo.

Damián soltó una carcajada—. ¿Crees que dominas el mundo? Elena, por favor. Ese es el problema cuando te rodeas de gente asustada, dicen solo lo que quieres oír y te lo terminas creyendo—. Damián señaló con la cabeza el edificio de enfrente en donde estarían sus hombres esperando la señal—. Quizá para ellos seas una diosa, pero en el mundo real… No eres más que una escoria que contamina a la sociedad.

—Deberías tener más cuidado—, Elena amenazó en voz baja—, soy yo la que porta el arma.

Damián sonrió.

—De rodillas.

Damián se hincó. Elena había visto a personas en esa posición muchas veces. Todos sabían que lo que seguía a esa postura era la muerte. A veces Elena lo hacía solo por el fuego que ardía en su estómago al verlos someterse.

Esta era la primera vez que alguien la obedecía sin perder su dignidad en el proceso. La mirada de Damián era indiferente. No había terror en sus ojos, no había una señal de que se sintiera derrotado, ni interés de negociar. Elena sonrió, y caminó alrededor de él, poniendo una mano en su hombro. Damián la dejó.

—Hombres, mujeres…. —Elena suspiró—. Jóvenes, mayores… No importaba quien esté ahí en donde tú estás… Todos reaccionan.

Damián mantuvo la mirada hacia el frente.

—Todos sienten miedo. Aunque algunos lo oculten mejor que otros—. Esperó alguna reacción de Damián, cuando no respondió, continuó—. Algunos saben que ya perdieron… Otros se aferran a la esperanza y suplican y suplican piedad… ¿Sabes qué es lo más patético? Si les concedo su deseo y los dejo vivir, actúan como si me debieran su vida, me miran, no como una escoria Damián, como su diosa.

Mientras Elena hablaba, Damián miró hacia la ventana más interesado en lo que iba a hacer, que en las palabras que salían de los labios de la trastornada mujer. En la posición en la que estaba, hincado, no estaba en la mira de los hombres de Elena, aunque no tenía la certeza. Miró hacia la izquierda, el pilar de en frente seguro lo bloquearía por completo.

—Pero tú no me estás mirando así... Todavía.

Damián alzó una ceja.

—Me siento... Desafiada—. Elena se agachó y pegó los labios a su oído—. Y excitada.

Los vellos de Damián se erizaron al sentir la respiración de Elena en su cuello.

—Aunque no sé si soy tu tipo—. Elena regresó al frente—. No soy una mojigata buscando trabajo en una biblioteca.

Damián la volteó a ver. La imagen de Gina en su cabeza, tenía muy poco que ver con la mujer que describía Elena.

—¿Qué haces con esa mujer? —Elena sacudió la cabeza—. En serio, ¿qué pasa por tu mente?, ¿ella es tu final feliz? —dijo en tono de burla, y soltó una carcajada —. Damián, en el fondo lo sabes, alguien como tú no tiene un final feliz.

—¿Y tú crees que tendrás tu final feliz? —Damián se movió ligeramente a la izquierda—. Quizá no le tengas miedo a la muerte, pero sí hay algo que te aterra... Perder.

Elena rio—. No pienso hacerlo. Y al final seré yo quien gane la partida, ¿eso responde tu pregunta?

Damián esperó a que los hombres de Elena la llamaran, si perdían visibilidad tendrían que decírselo—. Me parece que no estás poniendo atención en el tablero. ¿Cómo vas a poder ganar si estás perdiendo todas tus piezas importantes?—. Aprovechando el diálogo, se movió un poco más a la izquierda.

Elena miró hacia el radio que se encendió en una esquina, pero lo ignoró y miró a Damián, entrecerrando los ojos, no le gustaba la forma condescendiente en la que le hablaba Damián—. Creo que estás confundido—. Se acercó a la ventana, y vio a sus hombres moverse.

Damián siguió su mirada pero su mente comenzó a fantasear. Le tomaría un segundo pararse y empujarla. Elena caería a una muerte segura—. Pusiste en tu contra a Neuriel Montoya y al senador Vélez, ahí van tus dos alfiles —dijo levantándose despacio.

Elena rio, decidiendo si dejaba a Damián acercarse, pero Damián se quedó parado en donde estaba—. ¿Alfiles? El senador no es más que un peón. Uno que ya no me es indispensable. En una semana saldrá a la luz toda la información que lo dejará... Bueno, digamos que sin trabajo.

El radio se encendió nuevamente. Elena lo tomó. Antes de subir el volumen señaló hacia el centro—. Te pedí que te hincaras.

Damián la miró sin hacerlo.

—Si no te importa, mis hombres se sentirían más

cómodos.

—Pensé que podías cuidarte sola.

Elena sonrió entretenida, pero esperó. Durante unos segundos se miraron fijamente, Elena esperando, Damián decidiendo.

Elena sonrió al ver a Damián poniéndose de rodillas. Se llevó una mano al oído y miró nuevamente hacia afuera. Una vez que recibió confirmación de que lo tenían en la mira, regresó su atención a su conversación con Damián—. Sobre Neuriel Montoya —apretó los labios, negando con la cabeza, después suspiró echándose el cabello para atrás—, fue una pena lo que le pasó. Mis hombres lo alcanzaron en el aeropuerto. Contigo no se logró en su momento, pero Neuriel no es tan rápido.

El rostro de Damián permaneció serio, aunque el destello en sus ojos rebeló que le importaba.

—Bien muerto —Elena contestó la pregunta que no pronunció Damián, y asintió un par de veces—. Me consta—. Elena buscó una fotografía en su teléfono y se la mostró. Encima de un escritorio, sobre un plástico, estaba la cabeza de Neuriel.

Damián la miró brevemente, sintiendo lástima por él—. ¿Y qué pasará ahora que no tengas al senador como tu contacto en el gobierno? ¿Quién crees que te va a ayudar?

Elena apretó los labios en una sonrisa. La plática se

ponía más interesante, aunque no le gustaba que Damián tuviera la misma confianza que cuando llegó. Sabía que lo tenía bajo su mando, cualquier cosa que le ordenara, él cumpliría, tenía que hacerlo—. De pie —ordenó en un intento de convencerse a sí misma de que aún tenía ese control.

Damián se levantó, disfrutando la inseguridad de Elena.

Elena sonrió, satisfecha—. El senador fue muy útil Damián, no obstante, tengo más cartas.

Damián alzó las cejas—. ¿Fabián Meneses? Mmmm, no creo. Asuntos Internos lo está investigando. ¿Jaime Beltrán? —Damián negó—. Está muerto. Se suicidó esta mañana.

La mirada de Elena cambió de sorpresa a confusión.

Damián continuó—. Pero a ti no se te va nada, seguro estás enterada del video que dejó uno de ellos de despedida—. Damián dio un paso hacia ella, las luces regresaron a su pecho, pero Damián las ignoró y dio un paso más—. Y tu rey, ¿o Valderrama sería tu reina? —preguntó confundido—, da igual, está muerto. Así que… Me muero de curiosidad Elena, ¿cómo piensas ganar la partida?

Elena bajó la mirada, considerando las palabras de Damián—. Me has dado mucho que pensar —dijo con un suspiro—, pensé que podíamos divertirnos pero al parecer mi lista de pendientes se acaba de hacer más grande. Será mejor que terminemos con esto.

—Adelante—. La retó Damián.

—No crees que voy a hacerlo. No crees que voy a matarte aquí mismo.

—No—. Dio otro paso hacia Elena y al mismo tiempo sonó el radio.

—Un metro. Si te acercas a un metro—, Elena sacudió la cabeza—, se acaba el juego.

Damián bajó la voz a un susurro, acercándose a su oído—. Pensé que ya no te estabas divirtiendo.

Las piernas de Elena temblaron, y con un quejido apretó los ojos—. Dios, ¡qué desperdicio de hombre! —Suspiró y como si no quisiera hacerlo, se llevó el audífono al oído—. Adelante Guzmán, ya terminamos aquí.

- - - - - - - - -

Raúl y Gina estaban sentados en el suelo, atados de espalda a espalda. Raúl no dejaba de sacudir la cabeza, pensando en lo estúpidos que habían sido y Gina había sido amordazada después de suplicar a todo pulmón que dejaran a Nacho. Ninguno de los dos había logrado contener las lágrimas al ver la tortura a la que sometían a su amigo.

La idea había sido simple. Llegar a la bodega y ayudar a Damián o morir con él. Una idea que inclusive parecía noble en sus cabezas. Pero el hombre que abrió la puerta no habló de Damián, ni de Elena. Antes de que pudieran decir algo, el sujeto ya había reconocido a Nacho y las cosas habían ido de mal en peor.

Raúl y Gina entraron seguidos por un afilado machete en su espalda. El hombre que abrió la puerta los guió hacia el centro de la bodega y los ató, mientras un segundo hombre que doblaba a Nacho en estatura y peso, lo aventó al suelo y lo arrastró hacia el interior de la bodega. Después de golpearlo, le quitó la playera y la usó para sujetarle las manos a una tabla que colgaba a dos metros de altura. Desde ahí los golpes continuaron, cada vez más fuertes, cada vez más precisos. Nacho dejó de ser un humano y se convirtió en un saco de boxeo con el que su atacante intentaba desquitarse de una pesada semana. Cuando sus manos se cansaron miró a Gina y a Raúl. Raúl estaba mirando hacia el otro lado. Caminó hacia él y le sujetó la cabeza con manos sudorosas—. ¡Ve, cabrón! ¡Ve lo que les pasa a las malditas ratas! —el tipo se quitó la playera y la aventó al suelo. Golpear a Nacho le había dado una dosis de adrenalina. Caminó hacia Nacho y le soltó otro golpe en el costado. Nacho se retorció.

—Espera—. El segundo hombre estaba más en control. Se acercó a Nacho tomándose su tiempo y puso una mano como protegiendo su cuerpo—. Quiero saber algo, antes de que lo mates—. Miró a Nacho—. ¿Estás despierto? ¡Ey! ¡Te estoy hablando pendejo!

Nacho abrió el ojo que no había recibido aún tantos golpes. Gina y Raúl desearon que perdiera el conocimiento.

—¿Qué te dijo Nélida antes de que la mataras?

Nacho separó los labios pero no salió ningún sonido de ellos.

—¡¿Qué te dijo cabrón?!

—¡Ya basta! ¡Por favor! —Raúl exclamó. Los dos hombres voltearon a verlo.

El que estaba semidesnudo se acercó a él sonriendo de oreja a oreja—. ¿Quieres que ya terminemos con él? ¡¿Qué?! ¿No crees que sigues tú, perra? ¡Jajaja! ¿Ya oíste Soto?

El otro hombre, Soto, se acercó a Gina y se puso en cuclillas frente a ella. Gina deseó poder escupirle en la cara.

—¿Crees que no sabemos quién eres? —El tipo miró hacia arriba, al otro, y después regresó la mirada a Gina—. Si no te hemos tocado todavía es porque tenemos algo mejor para ti. No creas que este par de imbéciles son los únicos diablos que tienen un boleto para regresar hoy mismo al infierno.

—Tasco, Soto.

Raúl y Gina voltearon a ver a la joven que salía de la oficina.

Brenda caminó rodeando el cuerpo de Nacho sin voltearlo a ver. Miró brevemente a Raúl pero su mirada se detuvo en Gina. Los dos hombres esperaron.

—Elena los quiere a los tres.

Tasco y Soto se miraron, confundidos. Gina exhaló, aliviada. Parecía que todo terminaría ahí y ahora otra vez se iluminaba el final del túnel.

—¿A los tres? —Soto preguntó, alzando una ceja—. ¿Para qué quiere a ese güey? —señaló a Raúl.

—¿Estás cuestionando a Elena? —Brenda preguntó ofendida.

—Jamás cuestionaría a la jefa —Soto respondió seriamente.

Brenda lo miró fijamente unos segundos, después asintió—. Súbanlos a la camioneta. Elena está en las nuevas oficinas y dice que Ferrer ya está llegando.

—¿Tienes la dirección? —Tasco se puso la playera, irritado ante la interrupción de su diversión, pero dispuesto a obedecer a Elena.

Brenda lo volteó a ver—. Les diré en el camino, Elena quiere que esté ahí.

Tasco y Soto asintieron. Tasco abrió la puerta de la camioneta y Soto bajó a Nacho. Brenda se subió del lado del copiloto.

—Muévanse, ya escucharon—. Tasco desató a Raúl y a Gina y los empujó bruscamente hacia la parte de atrás de la camioneta. Tasco jaló de un brazo a Nacho y lo soltó afuera de la puerta de la cajuela. Raúl lo jaló al interior antes de que el tipo lo hiciera.

Soto se subió al asiento de en medio y Tasco al volante. Cuando arrancaron, Gina puso una mano en el hombro de Nacho.

—¿Por qué sonríes? —susurró Raúl al ver a Nacho.

—Porque no fallamos, carnal. Buscábamos a Elena y a Damián y nos están llevando con ellos.

—Esto no va a ayudar a Damián, al contrario, ¿sabes lo que va a pasar cuando sepa que nos tienen? Lo estamos dejando a merced de-

—Siempre tan negativo —dijo Nacho con una débil voz.

—Todo va a salir bien —Gina murmuró.

—¿Bien? Nacho está todo jodido, y nosotros estamos a punto de quedar como él. Si Damián milagrosamente tiene una oportunidad de ganar, se la vamos a arrebatar en cuanto vea que nos tienen. Y somos nosotros los que nos entregamos, ¡solo nos faltó envolvernos para regalo!

—¡Cierren la boca, esto no es una reunión! —exclamó Tasco, mirándolos por el retrovisor.

Permanecieron en silencio el resto del camino. Tasco conduciendo, Brenda enviando mensajes en su teléfono, Soto mirando al frente como un soldado que tiene todo bajo control.

Gina solo podía pensar en las palabras de Raúl. Miró a Tasco y después a Soto. Aunque había considerado lo que decía Raúl, en su mente el plan era completamente distinto, de hecho, no pensaba que Damián fuera ganando. Si Gina había tocado en esa bodega, no había sido para darle un obsequio al enemigo, había sido para ver a Damián, para cubrirlo de cualquiera que quisiera dañarlo, para convencer a Elena de que Damián era inocente de la muerte de Valderrama. Sus ojos se llenaron de lágrimas con impotencia, ¿se había vuelto loca? Su deseo de proteger a Damián, por muy intenso que fuera, no era suficiente para hacer una diferencia, si acaso, empeoraría todo.

—Psss.. Psss…

Gina volteó a ver a Nacho y se limpió las mejillas. Raúl la miró, más que juzgándola, con compasión, y después miró hacia la ventana. Derrotado.

—Psss… —Nacho intentó alcanzar la mano de Gina, intensificando el dolor en todo su cuerpo—. Ey.

Gina lo miró nuevamente. Nacho solo asintió, en señal de que todo saldría bien. Gina asintió también, miró a Raúl, con su respiración acelerándose—. Fue un error. Yo no seré un objeto que Elena pueda usar contra Damián.

Raúl y Nacho tardaron en reaccionar. Gina brincó al asiento de adelante y tomó el cinturón de seguridad, intentando colocarlo alrededor del cuello de Soto. Soto estaba desprevenido pero al sentir a Gina detrás de él, giró tomando su cuello con una mano. Mientras Gina se intentaba soltar, Raúl ya estaba en el asiento con ellos, intentó separar a Soto de Gina. Antes de que Nacho pudiera alcanzarlos, Brenda sacó una pistola.

—¡Suficiente!

Gina, Soto y Raúl respiraron agitados. Raúl y Soto se enderezaron en el asiento.

—¡Adelante! ¡Hazlo! —Exclamó Gina, mirando a Brenda.

Brenda la miró de una forma extraña, y unos segundos después movió el arma hacia Raúl—. Elena te quiere a ti viva, pero de él me puedo deshacer. ¿Estás segura?

Gina tragó saliva. Raúl exhaló, recargando su espalda en el asiento.

—Eso pensé_—Brenda respondió bajando el arma. Miró a Tasco, él también había sacado su arma—. Vas a dar vuelta en esa glorieta, ya estamos por llegar.

12

Orozco se subió nuevamente al coche, no del todo decidido a acercarse a los edificios. Temía que alguien pasara por la glorieta y lo descubriera, pero la calle estaba vacía. Aún con la niña en la línea, se preguntó quién podría tener el teléfono del senador si no era su hija. Damián le dijo que el senador estaba con Elena y después de su confuso mensaje, les dio a entender que corría peligro.

—¿Quién habla?

—¿Quién quiere saber? —la irritada niña respondió.

—Suenas muy joven para trabajar para ella.

—¿Para quién? ¿Quién habla? —presionó la niña.

—Te diré quién soy si prometes hacer lo mismo.

—… Está bien.

—Mi nombre es Juan Manuel Orozco, soy un detective privado. Tu turno.

—… Me llamo Brenda.

—Brenda, necesito saber cómo obtuviste este teléfono.

—¿Eres amigo de ella?

—No. Brenda escúchame muy bien, Elena es una mujer peligrosa-

—No necesito que me protejas de ella. Ni tú, ni nadie.

—Lo sé, suenas increíblemente valiente. Pero hay otras personas que sí necesitan protección, ¿me puedes ayudar?

—No me digas que tú también quieres venir a salvarlo. Ese Damián es un tipo famoso, ¿verdad?

—¿Cómo?

—Llegó la esposa y dos señores a salvarlo, pero ahora… Espérame, no veo desde aquí-

Orozco se llevó una mano a la frente—. ¿Brenda? ¿En dónde estás?

—Sí. Uno ya está casi a punto de valer madre. No lo conocía pero por lo que dicen Soto y Tasco, él trabajaba para ella... Qué estúpido regresar así, ¿no? ¿Y la mujer? ¿Se escapó solo para venir a entregarse? No entiendo a la gente.

—Brenda, necesito que me escuches. No sé qué te haya dicho Elena, pero no puedes confiar en esa mujer.

—¿Quién dice que confío en ella? Mira detective, yo tenía un plan mucho mejor que el de estos idiotas que aparecieron aquí, pero el estúpido de Vicente se murió y arruinó todo.

—¿Alguien puede escucharme?

—Solo yo.

—¿Qué te parece si hacemos un nuevo plan?

—...

—Los dos queremos detener a Elena, ¿verdad?

—Yo no quiero detenerla, eso es muy fácil. Yo quiero algo peor.

Orozco exhaló, preguntándose qué habría pasado con esa niña, pero no tenía tiempo, y menos si Gina, Raúl y Nacho habían intentado hacerse los héroes.

—Dime una cosa, ¿Elena dio la orden de que los mataran?

—Elena no sabe que están aquí.

—¿Por qué?

—Dijo que no quería ninguna interrupción.

—¿En dónde estás?

—En una bodega, no me sé la dirección, pero no estoy tan lejos de Elena.

Orozco asintió—. ¿Y tienes comunicación directa con ella?

—Sí.

—¿Los demás lo saben?

—¿Que soy su achichincle? Sí.

—Ok. ¿Cuántas personas están con Elena y Damián?

—Como veinte… Bueno, ellos dos están solos o no sé si Guzmán esté con ella, pero los jefes llevaron a su gente y lo van a tener en la mira… O algo así escuché, la verdad no puse mucha atención, no sabía que iba a tener examen —dijo en tono irónico.

—Bueno, entonces vamos a impedir que Elena se salga con la suya. No va a ser nada fácil, pero ya sé qué hacer, ¿puedo contar contigo?

—No me tienes que hablar así, no tengo diez años.

Orozco no pudo evitar sonreír—. De acuerdo, entonces como alguien mayor, ¿puedo contar con tu palabra?

—¿Qué tengo que hacer?

—Vas a llamar a Elena—, Brenda comenzó a protestar pero el detective continuó—, para esto sí va a querer que la interrumpas, créeme. Le dirás que ellos tres aparecieron en la bodega. Ella te va a pedir que se los lleven. Dime, ¿en qué los llevarían? ¿Qué coches hay ahí?

—En la camioneta blanca. Es como una combi de grande.

—Muy bien, entonces tú te subes con ellos, y al llegar a la glorieta verás un Sentra plateado. Les dices que se bajen a investigar, los dos. Yo voy a estar ahí. Tú te quedas adentro de la camioneta, y asegúrate de que Gina y los otros dos se queden adentro también. ¿Está bien?

—¿Y si Elena no quiere que los llevemos?

—Créeme, es exactamente lo que te va a pedir.

—Ok.

—No hay tiempo que perder, envíame un mensaje cuando hayas hablado con Elena. ¡Y Brenda! Que nadie sospeche de lo que estás haciendo.

—Está bien... Eh, ¿detective?

—¿Sí?

—Sé algo que tal vez pueda ayudar…

—Dime.

—Antes de que lo atraparan, Vicente estuvo yendo a buscar a los jefes de los sectores… Elena no sabe nada, yo era la que vigilaba su ubicación… Y…

—Ajá…

—Él tenía una grabación de algo, no sé de qué, pero se la fue enseñando a todos…

—Sí, estoy al tanto de la grabación… ¿Sabes si pudo hacer algo con ella?

—Sí, sé que ya tenía a muchos de su lado, iba a hacer como un enfrentamiento o algo así, pero se murió y no creo que nadie haga nada…

—Los hombres que mencionaste antes, los que están ahí contigo, ¿saben?

—¿Tasco y Soto? No. Ellos son fans de Elena, aunque ella les escupa no harían nada contra ella.

—¿Y de los otros? ¿En dónde están?

—Con ella…

—¿Puedes localizarlos?

—Mmmm... No sé, lo puedo intentar. Pero a mí no me van a hacer caso, para eso estaba Vicente.

—Si puedes contactarlos, diles que hoy es su oportunidad de vengar al Faquir.

—Mmm... Bueno. Pero ¡oye!, cuando te vea ahí en la glorieta... yo quiero más acción, no me voy a sentar en el coche mientras tú te vengas de Elena solo.

Orozco frunció el ceño—. Te veré allá.

—¡Detective!

—¿Sí?

—Será mejor que lleves refuerzos, estos tipos están bien locos —dijo Brenda antes de colgar.

Aunque la advertencia venía de una niña que no podía tener más de doce años, Orozco sabía que era en serio. *No te preocupes, ya estoy en eso.* Beltrán no había organizado ningún operativo y la instrucción que tenía la policía era la de mantenerse fuera de las zonas de Elena, pero con Beltrán muerto, nadie se opuso a que enviaran elementos a la dirección que había dado Orozco. *Solo queda esperar.* Sabía que Damián tendría más tiempo ahora que Elena creía tener a Gina en sus manos. Orozco tomó su arma, se bajó del coche y cerró la puerta. Dio unos pasos hacia el centro de la glorieta, se recargó en el tronco de un árbol y cruzó los brazos.

Pasaron nueve minutos antes de que pudiera ver la

camioneta blanca acercarse. Dio un paso atrás, ocultándose detrás del tronco y esperó a que se bajaran los hombres de Elena.

Tasco redujo la velocidad, asomándose al Sentra. No parecía haber nadie en el interior.

—Síguete cabrón—, Soto también estaba viendo el coche—, nos espera la jefa.

—No, párate—. Brenda se enderezó—. Si se entera de que había un coche aquí y ustedes pasaron como si nada se va a enojar.

—¿Por qué se va a enojar? Si el imbécil que manejó hasta acá no da la vuelta, está muerto.

—¿Puedes averiguar quién es?

Aunque no era una orden de Elena, Tasco pensó que sería mala idea hacerla enojar. Quién sabe qué postura tomaría Elena más tarde.

Soto se bajó y se asomó por la ventana. Una vez que rodeó el coche, alzó los hombros y dio la vuelta—. No hay nadie.

—Manos arriba—. Orozco salió de las plantas sosteniendo un arma.

La reacción de Soto fue dar la vuelta y disparar, pero Orozco disparó primero.

—¡Hijo de puta! —exclamó Soto, apretando la mano

que había recibido el impacto, la que unos segundos antes sostenía el arma.

Tasco se bajó de inmediato—. ¡Qué chingados-

—¡Alto ahí! —Orozco pateó el arma de Soto, quien seguía histérico con el hoyo que el detective había dejado en su mano. Mientras Soto intentaba contener la hemorragia, Orozco no tuvo más opción que dispararle a Tasco en el pecho, quién en lugar de detenerse, había alzado la metralleta acercándose al detective.

Tasco cayó al suelo, y el detective regresó el arma a Soto. Soto continuó quejándose del dolor, pero retrocedió.

—¡Detective! —Raúl fue el primero en querer bajarse de la camioneta.

Orozco estiró una mano para que no avanzara. Raúl le explicó a Gina quién era ese hombre, y aunque no tenía idea de lo que estaba pasando, no podía evitar sentirse esperanzado y alegre de verlo.

Sin dejar de apuntarle a Soto, Orozco lo esposó al volante del Sentra.

—¡Te vas a morir cabrón! ¡Acabas de tragarte una pinche granada puto! —exclamó mientras se dejaba esposar.

Después de asegurarse de que Soto no llevara un radio consigo o un teléfono para comunicarse con Elena, Orozco se echó la llave del Sentra a la bolsa del pantalón y se subió a la camioneta, del lado del chofer.

—¿Están bien todos?

Gina y Raúl asintieron casi boquiabiertos. Miraron a Brenda, intentando comprender lo que estaba pasando.

—Te oías más joven en el teléfono —dijo Brenda, alzando una ceja.

Orozco vio a Nacho—. Aguanta, ya viene ayuda en camino.

Nacho asintió—. No se preocupe, con que no me arreste no hay pex.

Orozco arrancó la camioneta y pisó el acelerador, acercándose a los edificios.

—¿Damián está bien? —le preguntó Gina.

—No he hablado con él, pero supongo que estamos por averiguarlo —respondió Orozco—. ¿Te importa si tomo esto? —preguntó, tomando el arma de Brenda.

—¿Por qué, te doy miedo? Ni que fuera un crimen.

—De hecho sí lo es —respondió Orozco guardando el arma.

Raúl miró a Brenda—. Si estabas de nuestro lado no tenías que apuntarme hace rato.

Brenda alzó la vista—. Ya sé.

—Pudiste haber disparado por error, o yo qué sé.

—Sé cómo usar un arma, no soy tonta.

—¿En serio?, ¿cuántas veces has disparado antes?

—Me enseñaron en el sector de-

Orozco se aclaró la garganta—. Creo que tenemos algo más serio en qué enfocarnos—. Redujo la velocidad y finalmente se detuvo junto a los dos edificios.

—Ah qué bonito está, ¿es de los Ocultos? —Nacho asomó la cabeza admirando la construcción—. A lo mejor ya tendría mi oficina.

—No hubieras tenido oportunidad de usarla —contestó Raúl alzando una ceja.

A Gina se le revolvió el estómago al ver el coche de Raúl estacionado. Raúl tomó su mano instintivamente, temiendo por Damián.

—Ese güey es inmortal, no se preocupen—. Nacho tocó débilmente el hombro de Raúl.

Orozco vio la hora, la policía debía estar por llegar. Miró a Brenda—. Avísale a Elena que ya están aquí… ¿Qué estás haciendo? —le preguntó al verla bajarse.

—Tiene el teléfono apagado, necesitamos un radio, y tú no vas a entrar ahí solo, te va a dar un tiro en la frente en cuanto te vea, yo soy tu única forma de llegar a ella.

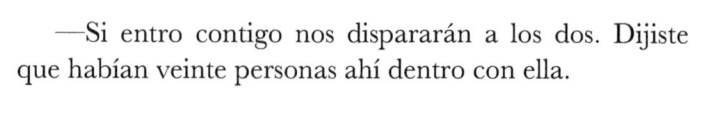

—Si entro contigo nos dispararán a los dos. Dijiste que habían veinte personas ahí dentro con ella.

—¿Y para eso vinimos hasta acá?

—Entraremos cuando llegue la policía.

—¿Me estás diciendo que vamos a sentarnos aquí a esperar? —Brenda cruzó los brazos.

—Yo me voy a bajar, llevo horas queriendo llegar a Damián—. Gina abrió la puerta del coche con dedos temblorosos. Por un momento se preguntó a dónde se había ido el valor que había tenido al llegar a la bodega.

—¡Un momento! —Orozco suspiró, después vio a Brenda—. ¿Hablaste con los tuyos? ¿Hay alguien dentro que tengamos de nuestro lado?

—Sí.

—¿Cuántos?

—Suficientes —Brenda contestó impaciente.

Orozco exhaló mirando hacia el frente—. Bien. Yo iré detrás de ti. Si Elena aparece no quiero que te vea conmigo, y Gina…

—No sabes si Damián está vivo. Ni loca me voy a esperar.

—Ni yo—. Nacho se intentó bajar con esfuerzo, Raúl

lo detuvo.

—Tú no estás bien, quédate aquí. Iré yo—. Raúl brincó a Nacho y se bajó. Aunque Nacho quería bajarse a ayudar, el dolor en el abdomen lo hizo aceptar el trato de Raúl.

El detective miró a Raúl y a Gina—. Esto no es un día de campo, ustedes decidieron ir a la bodega y ¿cómo resultó eso? ¿Tantas ganas tienen de-

Brenda lo interrumpió—. Detective, podemos quedarnos aquí a platicar o podemos entrar y hacer algo, ¿qué dices?

Orozco sacudió la cabeza—. Vamos. Nacho quédate agachado, por favor.

Entraron al edificio y Brenda los guió hacia el ascensor.

—No escucho que lleguen los refuerzos —murmuró Brenda sin dejar de caminar.

—Van a llegar.

—Por tu bien, eso espero.

—Preocúpate por los de Elena.

Brenda asintió—. Estás por conocerlos.

Gina miró a Orozco, dudando si no se trataba de una trampa. Se tranquilizó al ver que Orozco caminaba seguro. Raúl caminó a un lado de ella, por su expresión, compartía las dudas de Gina.

—¿Por qué no hay nadie vigilando afuera? —preguntó Gina, mirando a su alrededor.

Brenda alzó los hombros—. No es necesario, cualquier vehículo que pasa por la glorieta sin autorización lo vuelan en pedazos.

—Eso significa que nos vieron llegar—. Raúl miró a Orozco.

Orozco sacó su teléfono—. Veníamos en una camioneta de ellos y Brenda venía en frente—. Envió un mensaje a su contacto. Él intentaría deshacerse de quien fuera que vigilara, pero la policía tenía que estar al tanto de este nuevo obstáculo.

Brenda los guió hacia el elevador y presionó el número nueve—. No sé quién esté aquí arriba, Hilda o Polo.

—¿De qué lado están? —preguntó Orozco.

Raúl sacudió la cabeza—. ¿Por qué no estaría del lado de Elena? Estoy tan confundido.

—No eres el único —agregó Gina.

—Vicente y el senador estaban listos para reemplazar a Elena. Idea de Damián —Orozco habló mirando hacia el número cuatro que estaba encima de la puerta del elevador.

—¿Damián lo planeó? —Brenda miró al detective incrédula.

—Habló con el senador y logró convencerlo de hacer que Vicente hiciera algo más que huir.

—Entonces Damián mató a Vicente—. Brenda alzó una ceja.

—Sospecho que estaría feliz de escuchar eso —Gina murmuró.

—¿Y qué hizo este tipo? ¿Vicente, se llama? —preguntó Raúl.

—Le puso un audio a ciertos miembros de los Ocultos, en donde Elena confesaba haber matado al dueño de la organización. Al Faquir. Estaba organizando su enfrentamiento pero lo mataron antes de que pudiera hacer algo.

Gina siguió la mirada al número que veía fijamente Orozco. Siete.

—No sé quién está aquí arriba, Hilda o Polo. Ese último no sé de qué lado está. Estaba con Vicente pero dijo que desde que lo vio ahí colgado cambió de opinión.

—¿Lo vio ahí colgado? —Raúl frunció el ceño.

Brenda encogió un hombro—. No sé, supongo que Elena lo colgó por aquí.

—¿Y si es Hilda?

—Ella está con Elena. Nos mataría antes de hacer preguntas si sospecha a lo que venimos.

El ocho cambió a nueve y el ascensor se detuvo. Gina y Raúl respiraron profundamente, imaginando lo peor del otro lado de las puertas. Brenda parecía irritada pero debajo de esa fachada estaba asustada. Orozco se paró frente a las puertas tocando su arma, intentando proteger a los tres que viajaban en el elevador con él.

El piso nueve, a diferencia del otro edificio, estaba lleno de luz. Tenía una mesa redonda y un proyector. En la ventana estaba recargado un hombre. El detective salió y Brenda caminó deprisa delante de él. Raúl y Gina suspiraron aliviados de que no era una mujer la que estaba ahí. Al menos no tendrían que lidiar con esa tal Hilda.

—Polo —Brenda se acercó a él.

Polo sacó el arma al ver al detective—. ¿En dónde están Tasco y Soto?

Orozco apretó su arma, aún en la funda, y se acercó a él—. Tengo entendido que Vicente te mostró algo.

—Vicente está muerto y no pienso terminar igual que él… ¿Quién chingados eres tú?

—Escucha, la policía llegará en cualquier momento-

—¿Trajiste a la policía? —Polo miró a Brenda—.

¡¿Estás loca?!

—¿Qué les dijiste exactamente? —Orozco se dirigió a Brenda, extrañado ante la reacción de Polo.

—Que eras amigo de Vicente y tú ibas a seguir con su plan.

Orozco alzó las cejas—. ¿No se te ocurrió decirles la verdad?

—No habrías llegado tan lejos detective.

Polo se movió incómodo, moviendo el arma decidiendo si era momento de usarla—. ¿Qué piensan hacer? La policía ni siquiera va a lograr pasar a esta calle.

—A menos de que nos ayudes —Orozco lo miró fijamente.

—¿Por qué lo haría?

—¿Qué tal por lealtad? —Orozco se acercó a él—. ¿No se la debes al Faquir antes que a ella?

El radio de Polo se encendió—. ¿Qué pasa? Escuché gritos.

Las palabras del detective se quedaron en la cabeza de Polo. Así fue como Vicente lo había convencido del plan. Elena había matado al Faquir, y a Vicente. Se llevó las manos a la cabeza, confundido.

—No eres el único que está listo para enfrentarse a ella, de hecho son mayoría. Si la policía no te asusta, piensa en lo que harán los que sí tengan el valor de encararla. Los pocos tontos que se paren junto a ella las tienen todas de perder.

—Polo, responde —presionó la mujer en el radio.

—Todo bien en el nueve Hilda —respondió mirando fijamente al detective.

Orozco asintió, aliviado de tenerlo de su lado—. ¿Cómo está la situación?

—Elena tiene a ese cabrón en el edificio de enfrente, en el piso nueve. Ocho Ocultos lo tienen en la mira pero solo Guzmán tiene instrucción de disparar en la señal de Elena. Solo Guzmán tiene comunicación con ella.

—¿En dónde está él? Tenemos que distraerlo —Gina dio un paso al frente.

—En el piso de arriba—. Polo miró a Brenda—. Te puedo acompañar pero tú eres la que va a hablar. Guzmán solo te escucharía a ti, y será mejor que seas buena actriz porque te va volar la cabeza en cuanto se de cuenta de tu teatrito.

—No—. Orozco sacudió la cabeza—. Necesito que tú reúnas a todos, ¿quiénes son, Brenda?

—Molinar, Castro, la flaca, Bambi, Zenaida… El licenciado…

El detective se acercó a la ventana y se asomó hacia el otro edificio. Su contacto no había respondido aún, pero la lista que recitaba Brenda era larga. Podrían ser una buena barrera en lo que llegaba la policía. Solo tenía que asegurarse de que Elena no saliera del edificio. Cuando terminó Brenda, Orozco miró a Polo—. ¿Qué hay en el octavo piso del otro edificio?

Polo lo miró confundido.

—Debajo de Elena, ¿qué hay ahí?

—Es un laboratorio.

Orozco asintió—. Reúnelos ahí, ponlos al tanto de la situación y a los que están con Elena envíalos a la planta baja, diles que tienes instrucciones de Guzmán, podrás confirmarlo por el radio. Nosotros nos encargaremos de él.

—Si estoy haciendo todo esto-

—Si no los agarran, estarás del lado ganador. Y si los agarran, la policía sabrá que cooperaste —le aseguró Orozco.

Polo sacudió la cabeza, no del todo convencido, pero cambió el canal del radio, dispuesto a seguir las instrucciones del detective.

El décimo piso estaba cubierto por algunas lonas de plástico. No era muy distinto al piso en donde Elena tenía a Damián. Orozco permaneció en la escalera con Gina y Raúl en los escalones de abajo. Brenda se aclaró la garganta y caminó hacia Guzmán.

Guzmán estaba recargado en la ventana con el dedo en el gatillo y los ojos en la mira del fusil. Al escuchar a Brenda volteó a verla—. ¿Qué haces aquí? Elena te pidió que te quedaras en la bodega.

—Necesito hablar con ella.

—No es un buen momento—. Guzmán regresó los ojos a la mira.

Brenda volteó a ver a Orozco. Al menos Guzmán estaba distraído.

—¿Sabe que ya llegaron?

—No. ¿En dónde están esos dos? Tasco y Soto deberían de estar ahí parados, no tú.

El radio de Guzmán se encendió. La voz de Elena sonó en todo el décimo piso—. Adelante Guzmán, ya terminamos aquí.

—¡Dile que están aquí! —exclamó Brenda, molesta.

Guzmán le echó una mirada que decía *no molestes*. Regresó a la mira, y puso el dedo en el gatillo. Al mismo tiempo que él disparaba, una bala lo impactó en el hombro.

—¡No! —Gina exclamó al verlo disparar.

La reacción de Guzmán fue sacar la Beretta y

apuntarla en la dirección de donde había salido el disparo. La reacción de Brenda, fue abalanzarse contra él.

—¡A un lado Brenda! —Orozco gritó sin poder dispararle a Guzmán.

—¡Él nos llevó a los contenedores! ¡Él es tan culpable como ella!

En lugar de matarla, Guzmán la tomo del cuello y la jaló hacia la ventana. Brenda intentó resistirse pero fue inútil, su cuerpo colgaba hacia el vacío y lo único que la sostenía era la mano que la estaba sofocando.

¡Suelta el arma! —le gritó Guzmán a Orozco—. ¡Suéltala!

Orozco bajó el arma despacio—. Esto no es con ella. Deja que se vaya.

—Patéala hacia mí —ordenó Guzmán.

—No le hagas caso —Gina le dijo a Orozco, acercándose lentamente—, va a soltar a la niña y matarnos a los tres. Lo único que le impide hacerlo es tu arma —dijo en una voz temblorosa. Ella solo quería acercarse a la ventana y saber que Damián estaba vivo.

—Gina —Raúl murmuró al ver que Guzmán dirigía el arma a Gina. Miró a Guzmán, no queriendo demostrarle su miedo. *¿Cómo está tan normal si le acaban de disparar?*

—Qué perceptiva eres —Guzmán sonrió ligeramente, al mismo tiempo que abrió la mano.

Un alarido salió de los labios de Brenda, mientras se aferraba con todo a su brazo.

—Guzmán —la voz de Elena lo hizo voltear al radio —¿quieres meter a Brenda al edificio?

Guzmán entendió el tono de Elena. No había sido una pregunta, había sido una instrucción cargada de reclamo. Pero Guzmán no podía responder. Tendría que soltar el arma o a Brenda, Elena no esperaría mucho tiempo, tenía que tomar una decisión. Apretó el cuello de Brenda, antes de meterla bruscamente y aventarla al suelo. Sin bajar el arma de Orozco, tomó el radio.

—Tenemos una situación.

- - - - - - - - -

Sé feliz, Gina. Cuando Elena dio la instrucción, Damián cerró los ojos sabiendo que de alguna forma todo había terminado, y eso era lo importante. Orozco se encargaría de eliminar a Elena, y al menos nadie más sufriría por el hecho de estar cerca de Damián.

Cuando el punto desapareció de su pecho, Elena miró hacia el edificio de enfrente. Damián siguió su mirada. Para sorpresa de Elena, Guzmán sujetaba a Brenda en la ventana. Damián la vio cambiar de color y respirar profundamente antes de dirigirse a Guzmán.

Damián se acercó a Elena, aprovechando que estaba

distraída. Elena se llevó una mano al oído, escuchando la respuesta de Guzmán, pero antes de que Damián pudiera empujarla, se encendió una ráfaga de disparos en su dirección. Elena y Damián se movieron de la ventana, cada uno parándose a un costado. Parecía que los disparos venían del edificio de enfrente, del nivel de abajo. Los pilares que estaban detrás de ellos recibieron la mayoría de los impactos. Elena se quitó el audífono y tomó el radio.

—¿Qué está haciendo Hilda? Guzmán, ¿qué carajos está pasando?

El radio de Guzmán se encendió pero no respondió. Elena cambió de canal, mirando por la ventana y de reojo a Damián, le sorprendió verlo sonriendo.

Parece que finalmente llegaste, Orozco.

Elena entrecerró los ojos—. No importa, no tiene que hacerlo alguien más.

Elena alzó el arma, pero Damián ya no estaba tan listo para morir como lo había estado un momento antes. Trató de cruzar la ventana con rapidez para alcanzar a Elena pero al asomarse, los disparos lo hicieron retroceder. En lugar de acercarse a ella, se paró detrás de un pilar.

—No me conoces en lo absoluto si piensas que por perder a un par de cobardes se me va a acabar el mundo. Me importa un carajo si dejaron videos o una puta confesión en la hora nacional.

—No parece que te importe un carajo.

Elena no lo escuchó, estaba ausente, imaginando, planeando—. Beltrán hizo bien en quitarse la puta vida, yo no hubiera sido tan gentil con él… No. No voy a ser tan gentil con él—. Elena permaneció unos segundos en silencio. Cuando habló, lo hizo entre dientes, y no gritando como Damián pensó que lo haría—. ¿Sabes qué es lo que me recaga en la puta madre?

Damián le estaba dando la espalda a Elena, pero pudo sentir claramente la forma en la que el coraje se apoderaba lentamente de ella. Por primera vez desde su encuentro, sintió la energía de Elena como una ligera punzada en el estómago.

—Todos son muy cabrones cuando están en la orilla. Pero apenas se empiezan a mojar los pies, se ablandan como los malditos maricas que realmente son—. Elena miró hacia la ventana, apretando fuertemente el arma.

Damián tuvo que voltear a verla, parecía que el arma se desharía entre sus dedos.

Elena respiró profundamente, aún apretando la quijada—. Pero no se van a mojar los pies, les va a llegar un puto Tsunami.

13

Orozco calculó su siguiente movimiento, preguntándose por qué tardaba tanto en llegar la policía. Detrás de él estaban Gina y Raúl. Brenda estaba tirada a un lado de Guzmán, con las manos en la garganta, y respirando agitada, intentando recuperar el aire.

Guzmán señaló hacia la esquina con el arma y regresó el arma a Orozco.

Orozco, Gina y Raúl caminaron despacio hacia donde Guzmán les había indicado, no muy lejos del arma que Guzmán había pateado. Orozco la miró, pensando en recuperarla, pero aún no era seguro tomarla, Guzmán le dispararía antes de que la pudiera usar. Brenda intentó levantarse.

—Permíteme—. Guzmán la tomó del cabello y la levantó bruscamente.

Orozco estaba parado con los brazos ligeramente extendidos, usando su cuerpo como un escudo, protegiendo a Gina y a Raúl, sin darse cuenta de que Raúl también tenía la intención de recuperar el arma. Cuando Guzmán tomó a Brenda, Raúl decidió que esa era la oportunidad; se aventó al suelo y tocó el arma, sin que Orozco o Gina lo detuvieran a tiempo.

La bala que estaba dirigida a la cabeza de Raúl lo hirió en la parte de atrás del hombro. Raúl sintió el impacto pero su cerebro no registró que había recibido un disparo. Se llevó una mano al hombro, pensando que lo habían golpeado y empalideció al ver su mano cubierta de sangre.

Guzmán ya había pateado nuevamente el arma y apretó con fuerza la nuca de Brenda—. Muérdeme otra vez pendeja y te-

Orozco no lo dejó terminar. Se abalanzó sobre él, haciendo que soltara a Brenda y la Beretta. Guzmán sabía pelear, pero el detective también. Gina intentó ayudar al detective pero Guzmán le soltó un golpe en la oreja que la hizo retroceder con un fuerte mareo. Aún cuando Gina quería ayudar a Orozco, no se atrevió a meterse nuevamente en esa especie de danza mortal. Desesperada, miró a su alrededor y recogió la Beretta. Aunque escurría sangre por la cara de ambos, ninguno cedía. Tras hacerlo caer, Orozco sujetó a Guzmán contra el suelo, apretándolo con las rodillas, y estirándose para agarrar el plástico que le serviría para terminar con el pleito. Puso el plástico alrededor de la cabeza de Guzmán y apretó con fuerza. Las venas en su frente se marcaron y sus labios se distorsionaran mientras Guzmán se sofocaba debajo de él.

Gina sostenía el arma con dedos temblorosos. El pleito parecía estar terminando, pero no se atrevía a bajar la guardia. Vio a Raúl de reojo, él estaba sentado, recargado en la pared con una mano en donde lo habían herido.

—Creo que puedes bajarla —dijo Raúl en un susurro, tranquilo de ver que Orozco ya no estaba en peligro.

Nadie vio venir el balazo que impidió que el detective terminara con la vida de Guzmán. Del brazo de Orozco comenzó a correr un caminito de sangre, y Guzmán se levantó como un león en un circo a quien habían hecho enojar.

Detrás de Gina, Hilda sostenía otra Beretta que apuntaba a Orozco. Gina giró sorprendida, y al hacerlo, Hilda le arrebató el arma. Con la mente en blanco, Gina la empujó con una fuerza que jamás había usado, haciéndola perder el balance por un momento, pero Hilda sujetó el arma contra su frente.

Raúl se levantó, pero Hilda presionó más fuerte el arma contra ella, haciéndole ver que no dudaría en usarla. Guzmán escupió la sangre que se había acumulado en su boca, sacudió su brazo, se acomodó la camisa y extendió una mano para que Hilda le regresara su arma. Hilda lo hizo.

Guzmán se tronó el cuello mientras dirigía el arma hacia el pecho de Orozco y disparó dos veces. Se limpió la nariz y lo pateó con fuerza en la cara antes de dirigir el arma hacia Raúl y dispararle en la pierna. Finalmente, miró a Gina a los ojos, escupió nuevamente, y le acercó el arma al cuello, acariciándola hasta llegar a la sien. Gina ni siquiera parpadeó, ver a Guzmán dispararle a Orozco y a Raúl la había impresionado al grado de sacar su mente de esa realidad, eso no estaba pasando, ella estaba en algún lugar de Valle de Plata, en alguna montaña, sin miedo, con Damián.

—No voy a desperdiciar una bala —dijo Guzmán, apretando el arma con fuerza. La alejó lo suficiente para impulsarse y después golpeó a Gina con una fuerza que el detective no habría podido detener. Gina cayó al suelo inconsciente. Raúl gritó acercándose a ella. Guzmán lo ignoró.

—La policía está por llegar —dijo Brenda con lágrimas en los ojos. Sus lágrimas no se debían al detective tirado a un lado de ella, ni a la mujer o al hombre que compartían el mismo destino, no eran de miedo o tristeza, sus lágrimas pertenecían al deseo frustrado de hacer pagar a Elena—. Y qué importa si nos matas a todos aquí, hay otros en el edificio de los que sí te deberías de cuidar.

—Aquí te quedas —le dijo Guzmán a Hilda. Hilda asintió. Agarró a Brenda, rasgando su playera azul y dejando sus uñas marcadas en su pecho, y la empujó hacia el otro lado del nivel, en donde estaba el elevador—. Tú empieza a rezar, vas a desear que te hubiera dejado caer.

- - - - - - - - -

Los disparos cesaron. Damián sacó rápidamente su teléfono y lo encendió. Necesitaba saber si Orozco estaba en el edificio. Elena, aún apretando el arma con fuerza, seguía ida en alguna visión de crueldad y castigo. Damián vio las llamadas perdidas del detective, y un mensaje reciente. La policía estaba en camino. Damián leyó con terror que Gina, Raúl y Nacho habían llegado a la bodega en un afán de ayudarlo, el que el detective dijera que estaban a salvo, no lo hizo sentir mejor. ¿Estaban cerca? ¿Estaban ahí? El mensaje también decía que Brenda, la asistente de Elena, los había ayudado. Damián respondió el mensaje, preguntándole en dónde estaba, cuando un ruido en la escalera lo hizo guardar el teléfono.

Guzmán llevó a Brenda casi a rastras al edificio de enfrente. Subieron el elevador al octavo piso y salieron al laboratorio. Polo estaba parado junto a una mesa.

—¿Qué estás haciendo aquí?

—Hilda me mandó a vigilar —respondió en su mejor intento de mostrarse normal. Vio a Brenda de reojo, y regresó la mirada a Guzmán.

—Vete a tu posición —dijo Guzmán sin soltar a Brenda, y se dirigió con ella a la escalera, sin notar que los demás ya estaban subiendo.

Al llegar al noveno piso, Guzmán aventó a Brenda a los pies de Elena. Brenda se golpeó la cara contra el suelo, abriéndose la ceja.

—Brenda no es más que una maldita rata-

Al escuchar el nombre de la niña, Damián confirmó su miedo. No era buena señal que hubieran atrapado a la que ayudó a Orozco. Damián revisó el teléfono, aún no había respuesta del detective. Miró con detenimiento a Guzmán, estaba bastante golpeado, no había forma de que la niña que tenía en frente le hubiera causado ese daño. Dio un paso hacia afuera, quedando a un costado de Guzmán, sin importarle quedar al descubierto. Buscó la mirada de Brenda, deseando saber qué había pasado. Brenda lo volteó a ver.

Elena se llevó un dedo a los labios, silenciando a Guzmán e imaginando la razón detrás de los golpes que tenía en la cara. Brenda no había llegado sola—. Moviliza a los sectores, quiero que activen el código gris.

El código gris era la alerta máxima de los Ocultos. Tras su primer año como jefa del grupo, Elena puso en marcha un ambicioso plan que demostraría la magnitud del poder que tenían los Ocultos en Ciudad de Plata. Durante meses, el personal de mantenimiento de las dependencias más importantes del gobierno, estaba conformado por miembros expertos de los Ocultos, que utilizaron los drenajes y planos de los edificios para colocar explosivos. Ese mismo personal, había fallecido accidentalmente tras concluir su trabajo. Además de los trabajadores, el único que conocía el plan tan bien como ella, era Javier Valderrama, después de todo, él le había facilitado el acceso a la Fiscalía, Procuraduría y a la Secretaría de Defensa. Javier la había convencido de utilizar explosivos reales en algunas locaciones y falsas en otras. Un desperdicio de dinero, lo había llamado él, ya que llegado el momento de actuar, no tendría que hacer más de tres detonaciones antes de someter a cualquier persona en el poder que intentara imponerse, pero Elena ignoró su consejo y mandó a poner todos los explosivos.

Dieciséis locaciones en total, incluyendo dependencias importantes y sitios aglomerados, como el icónico monumento del Valle, habían definido la cantidad de sectores que Elena necesitaba en su organización. Un sector para cada detonación. Mientras que su plan original era una mezcla de entretenimiento personal y manipulación, en ese momento, parada junto a la ventana, tras el balde de agua fría que había tirado Damián sobre ella, la decisión era sencilla.

—¿Cuál es el objetivo?

—Todos —respondió ida. Sus ojos estaban sobre los de Guzmán, pero en su cabeza ya estaba viendo arder la ciudad entera.

Guzmán alzó la cabeza, manteniendo la mirada en los ojos de Elena—. Todos los líderes están aquí, tendrían que-

—Aquí no hacen nada—. Elena entrecerró los ojos, al ver a Guzmán pensativo. No pudo evitar compararlo con Vicente, él ya hubiera dado la vuelta y dirigido a los líderes a los ataques—. ¿Tengo que repetir la instrucción?

Guzmán sacó su radio —. Hilda, canal dos.

—Te copio —respondió en el radio.

—Código gris. Dieciséis grupos de veinticinco, contacta a todos los líderes, que inicien protocolo y esperen instrucciones—. Guzmán volteó mientras hablaba por el radio y notó a Damián por primera vez, su reacción fue alzar el arma y voltear a ver a Elena—. Pensé que lo habías matado.

—Aún no —respondió en su aparentemente imperturbada postura—. Nos han estado interrumpiendo.

Guzmán lo miró fijamente, después miró a Elena—. Si no te importa.

Elena lo pensó mirando a Damián, y tras unos segundos alzó un hombro. Damián supo lo que ocurriría después.

Guzmán se paró a unos centímetros de Damián, retándolo con la mirada. Damián lo miró con la misma indiferencia con la que había mirado a Elena.

—¿Te crees muy machito cabrón? —dijo Guzmán con la cara a unos centímetros de la de Damián.

Damián no desvió la mirada.

Guzmán le soltó un puñetazo al estómago, haciéndolo doblarse. Damián se enderezó despacio, Guzmán lo estaba midiendo, pero Damián también. Cuando Guzmán alzó la mano nuevamente, dirigió el puño a la cabeza de Damián, pero Damián instintivamente le desvió el golpe y le rodeó el cuello con el brazo, inmovilizándolo. Lo apretó contra su codo hasta sentir su garganta estrecharse. Guzmán sacó una navaja de la parte de atrás del pantalón y la clavó con fuerza en el costado del torso de Damián. Damián lo soltó, retrocediendo. Antes de poderse llevar una mano a la herida, Guzmán cargó contra él. Damián alzó los brazos deteniéndolo pero ambos cayeron al suelo. Guzmán presionó su rodilla en la herida, causando un intenso dolor que Damián intentó soportar. Después se recargó en la pierna izquierda, se levantó y tomó vuelo, dejando caer el talón con fuerza.

—Creo que ese fue tu páncreas —dijo al ver a Damián contraerse con dificultad para respirar—. Y estos son tus pulmones —dijo alzando el pie nuevamente. Damián esperó a que lanzara la patada y le sujetó el pie. Entrelazó sus piernas en la pierna de Guzmán haciéndolo perder el equilibrio, y Guzmán cayó al suelo de frente. Con el impulso, Damián quedó encima de él. Se intentó mantener en esa posición pero el dolor en el abdomen era demasiado intenso. Guzmán, en la posición incómoda en la que estaba, aún sujetaba la navaja, sin poder usarla para infligir una herida mortal, la clavó en el pie de Damián. Un alarido escapó de los labios de Damián, pero le arrebató el arma. Guzmán solo necesitó ese par de segundos para recuperar el control. Tomó a Damián del brazo izquierdo, torciéndolo contra su espalda, y lo empujó hacia el pilar, golpeándole la frente. La navaja cayó al suelo. Damián reunió la fuerza que le quedaba y empujó la cabeza hacia atrás, haciendo que la nariz de Guzmán tronara y se llenara de sangre. El líquido se deslizó hacia sus labios y sus dientes se pintaron de rojo. Sin soltarle el brazo, Guzmán lo tomó del cabello, y lo azotó contra el pilar una vez más. Damián luchó por mantener el conocimiento. Guzmán lo jaló hacia atrás, tirándolo al suelo y se pasó el brazo por la nariz, antes de lanzar el empeine contra las costillas de Damián, contra su pierna, contra su pecho y finalmente contra la cabeza. Guzmán se hincó encima de él y puso las manos alrededor de su cuello, Damián dejó de resistirse.

—Suficiente —dijo Elena al ver que Damián se desvanecía.

Guzmán se levantó y escupió en el suelo junto a Damián. Después miró a Elena—. Si no quieres que lo mate a él, ¿quieres que traiga a la mujer?

Elena miró a Damián—. ¿Por qué no?

Guzmán se dirigió al radio—. Si está viva, trae a la mujer de Ferrer, si no trae al otro.

—¿Si está viva? —Elena alzó una ceja.

—Recibió un fuerte golpe en la cabeza.

El dolor del cuerpo ya era insoportable, pero las palabras de Guzmán superaban cualquier dolor físico. En ese momento Damián decidió que no mataría a Elena hasta no ver a Gina respirando. Si Gina estaba muerta, pensó con náuseas, no mataría a Elena, la enterraría viva.

Elena asintió lentamente y miró a Brenda. Negó con

la cabeza y se puso en cuclillas—. Es una pena Brenda, tenía grandes planes para ti.

Hilda estaba parada en la ventana esperando a que Guzmán apareciera con Elena. Damián no estaba a la vista, se preguntó si Elena lo habría matado o si había sido ella la heroína que lo había liquidado. Se imaginó a Elena felicitándola y ofreciéndole un puesto superior en el Sector sur. Gina quería acercarse a Raúl, quien se había desmayado poco después de recibir el segundo disparo, pero Hilda no lo había permitido. Hilda miró de reojo a Gina.

—Estás muy tranquilita... Espero que no te estés haciendo ideas raras en esa cabecita tuya. Verás pronto a tu esposo—. Sonrió, reprimiendo una carcajada—. Bueno, si es que crees que hay vida después de la muerte.

Gina la ignoró, estaba más atenta en algo que Hilda no había notado. Orozco había abierto los ojos. Le hizo un ademán a Gina para que no dijera nada, y le mostró el chaleco antibalas que portaba debajo de la ahora agujerada camisa.

Mientras Orozco ideaba la forma de acercarse a Hilda sin poner en riesgo a Gina, Hilda recibió instrucciones de Guzmán.

—Polo, ¿me copias? —Hilda caminó al elevador y apuntó su arma a Gina—. Tú vienes conmigo—. Después se regresó al radio—. Prepara las camionetas, estamos empezando código gris.

Gina se levantó y caminó despacio detrás de ella, distrayéndola del movimiento de Orozco.

—¡Si quieres te cargo! ¡Apúrate estúpida, no tengo tiempo!

—Abajo —dijo Orozco, y Gina se agachó. Orozco le disparó a Hilda en la frente usando el fusil que había dejado Guzmán. Después llamó a su contacto, la policía ya estaba en camino.

Gina saltó hacia atrás, cubriéndose los oídos.

—¿Estás bien?

Estoy bien. Pensó que había respondido en voz alta, pero lo único que Orozco vio fue a Gina mirarlo sin parpadear.

—¿Gina?

—Creo que voy a vomitar.

—Siéntate—. Orozco la guió gentilmente a un lado de Raúl—. Quiero cerciorarme de que es seguro salir. Quédate con él, la ayuda está en camino.

Gina asintió viendo a Raúl, después miró a Orozco—. Pensé que estabas muerto.

—Todo va a estar bien.

—Ayuda a Damián —dijo Gina con un nudo en la garganta—. Por favor.

Orozco tomó el hombro de Gina—. No tardaré.

Orozco caminó deprisa hacia la escalera. Su teléfono vibró y Orozco abrió sorprendido el mensaje de Damián, quiso regresar a informarle a Gina que seguía vivo, pero no podía perder tiempo. Tras contestarle que tenía a algunos aliados en el piso de abajo, le pidió que hiciera tiempo. Los refuerzos venían en camino.

- - - - - - - - -

—¡¿Qué esperabas?! —exclamó Brenda—. ¡Nos robaste y mataste a todas esas mujeres, y todavía te atreves a pensar que te voy a seguir como un perro!

Guzmán se acercó para agredirla pero Elena alzó una mano deteniéndolo.

Brenda ignoró a Guzmán—. Además fuiste muy estúpida, me diste acceso a toda tu información, que por cierto, ya la compartí con el senador, ¡muchas gracias! En cuanto salga con su esposa del hospital, se va a asegurar de que no quede ningún oculto, dijo que si lo hundías, ¡tú te hundías con él!

—Te di una oportunidad —respondió entrecerrando los ojos.

—¿De dejarme vivir?, ¡¿cómo tu maldita sirvienta?! ¡Me sacaron en medio de la noche! ¡Mataste a todas mis amigas y esperas tener mi lealtad! Eres una maldita que no merece vivir.

Elena se puso de pie. Alzó la vista al cielo y suspiró—. Lo sé, y sin embargo eres tú quién va a morir... Ya sé, ya sé, no hay justicia en este mundo—. Miró a Guzmán y asintió mirando hacia la ventana.

Guzmán tomó a Brenda—. Después de todo sí te toca volar hoy.

Brenda gritó mientras le clavaba las uñas en el brazo, haciéndolo sangrar, pero Guzmán solo la apretó más fuerte, arrastrándola hacia la ventana. Damián los vio desde donde estaba sentado, junto a un pilar. Tragó saliva, reprimiendo el dolor y exhaló frustrado antes de levantarse. Ni siquiera conocía a Brenda.

Sin quitar la vista del arma de Elena, Damián se levantó e intentó arrebatársela. Antes de poder quitársela, Elena disparó dos veces. Una bala pasó por encima del hombro de Damián, y la otra salió hacia el techo. Guzmán volteó al escuchar los disparos pero Brenda apretaba sus manos con la fuerza que le quedaba. Damián tomó el brazo de Brenda al mismo tiempo que recargó la pistola en la cabeza de Guzmán y disparó, sin ver que Elena había sacado una navaja de debajo del vestido. Dirigió el arma a Elena, pero ella no quitó la vista del cuerpo de Guzmán. Damián jaló el gatillo pero no salió nada. Estaba vacía.

—¡Qué carajos Damián! ¿Sabes lo difícil que es conseguir a uno de esos? Puta madre —se quejó apretando los dientes, viendo histérica el cuerpo de Guzmán.

Damián dejó caer el arma, pero mantuvo su postura. Detrás de él, Brenda temblaba en el piso. En un rápido y practicado movimiento, Elena sacudió la mano que cargaba la navaja, abriéndole la piel a Damián desde el codo hasta la muñeca. Damián dio un paso atrás, calculando, convencido de que si no hubiera recibido una paliza, sería él quien estaría sosteniendo esa navaja. Se llevó una mano al abdomen, y Elena intentó acercar la navaja a su cuello. Damián le arrebató el objeto, abriéndose la palma de la mano al hacerlo. En lugar de voltear el arma y apuñalarla, apretó los dedos ahora vacíos de Elena—. Más vale que Gina esté viva —dijo antes de aventar la navaja al otro extremo del lugar.

En lugar de que llegara la mujer con Gina, fue Polo quien apareció en la escalera, seguido de otros miembros de los Ocultos. En la calle, se escucharon sirenas. Elena miró a sus hombres, y hacia la calle.

—¿Quién fue el idiota que los dejó pasar? —Elena tomó el radio y lo cambió al canal cuatro—. Sector Norte y Sur código gris. El resto de los sectores, código rojo.

Aprovechando la distracción, Brenda alcanzó a jalar el pantalón de Damián, su teléfono se había caído cuando le salvó la vida. Brenda le mostró el mensaje que el detective había enviado, en donde le pedía que hiciera tiempo, que la ayuda había llegado y las palabras que más quería escuchar Damián, que Gina estaba bien. Damián exhaló agradecido, era lo único que necesitaba saber. Respiró profundamente, hizo contacto visual con Polo y después se dirigió a Elena. Era momento de terminar.

—Cometiste muchos errores Elena, pero el más grande fue mandar a Vicente a traer a Gina.

—¿Ah sí? —Elena alzó las cejas sorprendida, Damián había matado a Guzmán, pero aunque no estuviera herido, no tenía ninguna posibilidad contra los hombres que ahora habían llegado—. ¿Qué debí haber hecho?, ¿olvidar tu existencia?

Damián negó, dando un paso hacia ella—. Tenías que haberlo mandado a matarme.

Elena lo miró con una sonrisa, alzó una ceja y miró a Polo—. Mátenlo.

—No me van a disparar—. Damián miró nuevamente a Polo, Polo asintió—. De hecho—, se acercó a Elena—, ya no trabajan para ti—. Buscó el mensaje que le había reenviado el senador—. Vicente quería grabarte confesando que le habías robado el equipo a Neuriel, pero al final le diste algo mejor—. Pulsó el botón de reproducir y la voz de Elena se oyó en el altavoz.

¿Quieres hablar del Faquir? El Faquir tuvo una gran idea pero no pudo con ella. Su organización era pésima, no sabía dirigir y no sabía ejecutar.

¿Cómo te atreves? el Faquir creó esta organización, el Faquir-

El Faquir nos estaba llevando en picada. Por eso lo maté.

¿Tú. Mataste. Al Faquir?

Era eso o ver cómo destruía al grupo y las posibilidades que teníamos.

—No lo puedo creer, el Faquir te quería, ¡confiaba en ti!

—Emociones ¿Cuándo ha sido eso suficiente?

—Creo que conoces el resto—. Damián pausó la grabación y leyó en voz alta el mensaje de Vicente—. *Rafael, no pensé haber grabado esta madre pero existen los milagros. El audio que te envié se lo mandé a todos los sectores. Estoy yendo personalmente a verlos para asegurarme de que entendieron el mensaje. Ahora mismo voy a asegurarme de que esa cabrona los pierda a todos. Luego voy a buscar a la morra, creo que nos puede ser útil.*

Elena miró a Brenda, entrecerrando los ojos.

—Ah sí—, Brenda se paró junto a Damián—, se me olvidó decirte que Vicente no había estado todo el tiempo en el hotel. Salió en un par de ocasiones para visitar a sus ex empleados en los sectores.

Elena asintió y miró uno por uno a los quince hombres que le habían jurado lealtad. En cada uno, la forma de verla había cambiado, Elena encontró enojo en sus miradas y sobretodo miedo; en todos, menos uno de ellos. Molinar, al hacer contacto visual con ella, asintió discretamente, Elena recibió el mensaje.

—¿Qué es lo que esperan lograr? —preguntó Elena—, ¿qué creen que va a pasar después de que le hagan justicia al Faquir? Quizá con Vicente pudieron haber logrado algo, él se quedaba a cargo y mantenía vivos a los Ocultos… O al menos por un tiempo. ¿Tú te vas a quedar a cargo?, ¿o tú? No… El grupo se acaba, y ustedes se acaban con él. ¿De verdad les parece buena idea tomar esta posición ahorita?

Polo se movió nervioso. Si ninguno había jalado el gatillo, era por los miedos que Elena decía ahora en voz alta, aún si ellos no los habían definido en sus cabezas, todos se preguntaban lo que pasaría después.

Damián la sintió empoderarse, aún cuando el rostro de Elena había permanecido igual. Observó a Molinar y siguió su mirada, parecía estar esperando a alguien en la escalera.

—Nos mentiste. Nos hiciste creer que el Faquir te había dejado a cargo, esa fue la razón por la que te seguimos en primer lugar —Polo habló rápido, casi tartamudeando—, y Vicente no está aquí porque sabías que era una amenaza.

—Vicente se equivocó, igual que ustedes lo hacen ahora. Pero a ustedes les pienso dar una oportunidad, que no se va a repetir. Bajen las armas ahora, y quizá olvidaremos este pequeño arrebato.

Molinar bajó el arma, sin dejar de sonreírle a Elena. El hombre que estaba a un lado de Molinar también la bajó, siguiendo por reflejo al único hombre que estaba actuando. Polo miró a los demás, el aire de confianza con el que habían entrado, lo había evaporado Elena en unos segundos.

Molinar miró hacia la escalera, los otros diecinueve miembros de los Ocultos que estaban en el edificio no tardaron en aparecer. Entraron de la misma forma en la que habían entrado los primeros, y se pararon detrás de Elena.

—Bajen las armas —insistió Elena —¿no lo voy a repetir.

Damián le hizo una señal a Brenda para que saliera, ahora que la escalera estaba despejada.

—No podrías olvidar que esto pasó —dijo Polo listo para jalar el gatillo, pero Molinar le disparó en la cabeza antes de que pudiera hacerlo.

Tras matar a su compañero, Molinar soltó una bomba de humo y continuó disparando a los otros hombres con los que se había parado para enfrentar a Elena. Los que estaban detrás de ella también abrieron fuego.

Brenda había salido pero Damián no había logrado llegar a la escalera. Una bala perdida le atravesó el muslo, impidiéndole continuar. Arrancó un pedazo de tela de la playera para hacer un torniquete y buscó a Elena entre los cuerpos pero el humo le dificultó encontrarla. No fue hasta que un hombre la ayudó a llegar a la escalera que Damián notó que estaba herida. Tenía sangre en el cuello y en el estómago. Damián suspiró haciendo la cabeza hacia atrás. Ya no podía más. Observó las luces de las detonaciones entre el humo y los cuerpos caer. El mismo olor se volvía insoportable. La mezcla de pólvora, sangre y sudor parecían flotar en todo el nivel. El piso nueve del edificio se había convertido en un cuarto de ejecución.

—Trae a Damián —le dijo Elena al hombre que la estaba ayudando.

—Ya es hombre muerto.

—¡Tráelo! —exclamó haciendo un esfuerzo por caminar sola, llevándose una mano al estómago. Su mano se cubrió de sangre y el hombre miró a su alrededor desesperado, no podía ver nada y no tenía tiempo de buscar a alguien. Corrió hacia Damián.

—¡Muévete cabrón! —gritó intentando cubrirse del fuego.

—No quiero ser un aguafiestas pero no creo que bajemos nueve pisos por la escalera —dijo Damián, haciendo un gran esfuerzo por continuar, al ver que Elena no se dirigía al ascensor del laboratorio.

—Camina —dijo el hombre apuntándolo con el arma, y sin soltar a Elena pateó la puerta de lo que parecía un closet. En el interior del reducido espacio, había otra puerta metálica. Un elevador para dos personas.

En el pequeño ascensor, Elena tomó el paliacate que su hombre le ofreció y lo presionó contra el abdomen. En unos segundos el paliacate se empapó de sangre.

La puerta del elevador se abrió a un costado del primer nivel. Las patrullas cubrían la entrada y los oficiales comenzaban a bajarse, listos para entrar al edificio. No había forma de salir de ahí.

—Tenemos que cruzar —dijo Elena, mirando hacia el almacén que estaba antes de llegar a la entrada.

—Imposible— el hombre sacudió la cabeza—, van a abrir fuego en cuanto nos vean.

El almacén estaba a ocho metros, pero en el momento en el que atravesaran el pasillo, la policía los vería.

—No nos verán.

—Jefa-

—Te diré cuando pasemos. ¿Traes tu radio? —antes de que pudiera tomarlo, un estallido afuera de los edificios respondió la pregunta que estaba por hacer Elena.

Cuatro sectores completos aparecieron en doce camionetas negras blindadas, respondiendo al código rojo que había anunciado Elena por el radio. Pasando la glorieta, comenzaron a lanzar los lanzacohetes a las patrullas. Una por una se alzaron del suelo con el impacto. Los oficiales que ya habían bajado de los vehículos, abrieron fuego contra las camionetas.

Una de las camionetas chocó contra una patrulla antes de estacionarse. Los Ocultos se bajaron con pasamontañas y metralletas. Los policías pidieron refuerzos, al mismo tiempo que lanzaban granadas contra los recién llegados.

Mientras un infierno se acababa en el noveno piso, otro comenzaba en la entrada.

—Ahora —dijo Elena, y se apoyó en su hombro para cruzar el pasillo.

Estaban llegando cuando un hombre les gritó desde la escalera.

—¡Alto ahí!

Damián reconoció la voz de Orozco. El detective disparó y el hombre que ayudaba a Elena cayó al suelo. Damián no podía correr, y antes de que Orozco lo alcanzara, los vidrios de la entrada tronaron y las detonaciones llegaron al interior. El sitio más cercano para cubrirse era el almacén en donde había entrado Elena.

Elena estaba en el suelo, recargada en un mueble con toallas blancas, respirando con un gran esfuerzo. Damián notó que había cambiado el paliacate por una toalla, y ya estaba empapada en sangre. Damián suspiró y se dejó caer en la otra pared, frente a ella.

—Se terminó Elena —dijo cansado, sintiendo que la vida también se le comenzaba a escapar a él. Notó que la sangre no venía del cuello si no de la oreja de Elena, a la que le faltaba un pedazo.

—No lo creo —dijo presionando la toalla contra el estómago, ignorando la otra herida.

—Sabes que solo es cuestión de tiempo.

—He salido de peores—. Elena parpadeó un par de veces, considerando sus palabras.

Las sirenas anunciaron la llegada de más patrullas. Desde el almacén no se podía escuchar lo que pasaba en el noveno piso.

—Los hombres que se rebelaron ya están muertos —dijo Elena—. Y no hablo solo de los de arriba. Vicente, Neuriel... —sacudió la cabeza—. Cuando se den cuenta de que la ciudad está ardiendo, me van a suplicar que me detenga.

—La ciudad no está ardiendo Elena—. Damián parecía simpatizar con ella, pero realmente solo estaba cansado y adolorido. Pensando en que Gina estaba en el mismo edificio en donde se había desatado un infierno.

—¿De qué hablas?

—¿No has puesto atención? Yo sí. Hilda y Guzmán están muertos. Nadie recibió más órdenes.

Elena entrecerró los ojos, ya no estaba tan segura de que hubieran llegado las camionetas negras o de que hubieran recibido la instrucción. Miró el radio que estaba tirado junto a sus pies dudando si había dado la orden de que hicieran las detonaciones. Finalmente se llevó una mano a la cabeza, parecía confundida, la pérdida de sangre comenzaba a nublar su claridad.

Las detonaciones cesaron. La voz de un hombre irrumpió el silencio que se había hecho. Damián y Elena intentaron escuchar de quién era la voz. ¿Quién habría sobrevivido la masacre?

El eco de un radio y las indicaciones que pronunció el hombre les hicieron saber que la voz era de un policía.

Elena suspiró, frunciendo el ceño—. Nunca me había sentido de esta forma.

Damián la volteó a ver—. Se llama perder.

Elena estaba pálida. Había perdido mucha sangre—. Bueno, pues no pienso morir aquí tirada—. Se levantó y se recargó en la puerta y parecía que iba a salir pero algo la detuvo. Tanteó en el mueble y empujó las toallas al suelo, sacando un arma—. ¿No te arrepientes de no haberte quedado en ese pueblo de Alaska?

—No. A esto regresé.

Elena asintió—. Pudimos ser un gran equipo tú y yo. Qué desperdicio—. Abrió la puerta y le disparó al primer oficial que vio en la entrada. Antes de poder dispararle a otro, abrieron fuego contra ella, y Elena cayó al suelo.

Damián permaneció unos segundos más ahí dentro, a pesar de quererse quedar ahí, tenía que asegurarse de que Gina y Raúl estuvieran bien.

—¿Necesitas una mano? —Orozco apareció en la puerta, con sangre corriendo de su oreja y del brazo.

Cuando Orozco y Damián salieron, encontraron cuerpos tirados de ambos lados. Tanto policías como Ocultos habían caído por igual. Las ambulancias sonaron a lo lejos pero Damián las escuchó solo como un eco distante.

—Ahí están—. Orozco señaló la ambulancia en donde Gina estaba sentada. Nacho estaba parado junto a ella.

—¡Damián! —exclamó Gina, corriendo hacia él—. ¡Damián!

A Damián no le importó que el abrazo le presionara las heridas. Le besó la cabeza y si hubiera tenido la fuerza la habría alzado en sus brazos—. Estás bien.

—¡Un doctor! ¡Necesitamos un doctor! —gritó Nacho al ver sus heridas.

Gina dio un paso atrás para verlo con atención. Damián la acercó—. Estoy bien —le aseguró, besando su frente—. ¿En dónde está Raúl?

—Se lo llevaron a emergencias, pero va a estar bien.

—Este... Solo quería darte las gracias—. Brenda estaba parada junto a Orozco, detrás de Damián—. Por no dejarme caer.

Damián asintió apretando los labios.

—¿Sabes que tienes que testificar, verdad? —Orozco

la miró.

Brenda asintió—. Les diré todo.

El detective llamó a un oficial y lo puso al tanto de la situación de Brenda. El oficial habló sobre un programa de testigos y un apoyo que le darían a Brenda y a su familia. Brenda siguió al oficial a la patrulla.

—Poli—. Nacho se acercó a Orozco—. Yo sé que también tengo que ser testigo y solo te quiero decir que no me echo pa' atrás. Yo hablo todo lo que quieran.

Orozco le puso una mano sobre el hombro—. Ignacio Arcos… Fuiste muy valiente hoy y creo que estás haciendo lo correcto. Me aseguraré de que te apoyen al igual que lo están haciendo con Brenda.

Nacho sonrió de oreja a oreja—. Simón. Muchas gracias.

Orozco caminó con Damián a la ambulancia—. Detuvieron a siete miembros de los Ocultos. Los que se rindieron.

Damián alzó una ceja pero no se sorprendió por la cantidad de muertos.

—Con la ayuda de Brenda y el senador, la policía podrá ir tras los demás.

—¿Tú no?

Orozco sacudió la cabeza—. Creo que me daré un

tiempo libre. El único caso que tengo pendiente es el de Ramírez.

Damián asintió—. Siento mucho lo que le pasó.

—Yo también—. Orozco suspiró—. ¿Y tú?, ¿qué sigue?

—No lo sé—. Damián suspiró—. ¿Debería de estar esperando a otra patrulla que me lleve a mí?

Orozco soltó una pequeña risa—. Creo que lo único que te espera en este momento es un hospital—. Dio un paso atrás y el paramédico se apresuró a Damián.

—Creo que nos veremos allá—. Damián señaló con la vista las heridas del detective.

—Voy detrás de ustedes—. El detective asintió antes de dar la vuelta. Alzó una mano y un paramédico se acercó—. Ahora sí.

- - - - - - - - -

3 MESES DESPUÉS…

Cuando Damián regresó de la rehabilitación, Gina estaba comiendo con Raúl en el patio.

—Nacho llamó, viene retrasado.

Damián negó con la cabeza—. Le dije hace veinte minutos que pasaba por él y me dijo que ya estaba en el taxi.

Raúl y Gina intercambiaron una sonrisa.

—No... Dijimos que no iban a haber regalos ni-

—¡Güey pero es tu cumpleaños! —Raúl se quejó.

—¡No! ¡Por enésima vez no! Ni siquiera sé cuál es la fecha real, esta es solo la fecha que puse en el papel.

—¿Qué importa si no es la fecha correcta?, yo quiero celebrar al hombre más maravilloso del mundo—. Gina se levantó, acercó sus labios a los de él y se sentó en sus piernas.

—¿Alguien más oyó la puerta? —Raúl se levantó.

—¡Bienvenido! —Raúl abrió la puerta, dejando pasar a Orozco—. ¿No te perdiste?

—Tan gracioso como siempre, Raúl.

—Espera, tengo algo para ti—. Raúl corrió a la cocina y sacó una cajetilla de Viceroy.

—Ya no fumo.

—¡Oh! Pues... Me alegra. ¿Desde cuándo?

—Desde esta mañana—. Orozco tomó la cajetilla—. Pero será mejor que me lleve esto para que no caiga alguien en tentaciones. Salió al patio y encendió un cigarro. *Maldito vicio.*

—Orozco—. Damián estrechó su mano, y Gina se levantó a abrazarlo.

—Así que, ¿cuándo les entregan la casa?

—En seis semanas—. Gina respondió emocionada.

Tras el enfrentamiento con Elena, Gina y Damián aceptaron quedarse un tiempo con Raúl en Montecarlo, en lo que decidían en dónde seguir sus vidas. Cuando Damián sugirió cambiarse de país, Gina se dio cuenta que realmente amaba vivir en el residencial. Dos días después, Damián le dio la noticia de que había comprado una casa y estaría lista en dos meses. Desde entonces, Gina caminaba todos los días tres calles para ver cómo iba la construcción.

Nacho también se había quedado con Raúl, y él no tenía planes de irse. Cada que Raúl hablaba de un proyecto nuevo, Nacho le hacía segunda y ponía manos a la obra con tal de que funcionara, hasta que a Raúl se le ocurría un nuevo proyecto.

Orozco tomó una cerveza de la hielera y le ofreció una a Damián. Raúl y Gina tenían una en la mano.

Damián la tomó y miró a Orozco—. ¿Has sabido algo de Rafael?

—Maru falleció.

—¿La esposa del senador? —preguntó Gina.

Damián asintió.

—Rafael Medina se fue con sus hijos al extranjero. Me parece que su mamá se fue con ellos.

—Me sorprende que no haya ido a la cárcel.

—A mí también—. Orozco le dio un trago a su cerveza.

—Damián—. Raúl lo volteó a ver—. ¿Recuerdas los panquelates? Creo que voy a retomar la idea.

—¿Los qué? —Nacho preguntó entrando por la puerta.

Tras saludar a todos, Raúl le contó todo sobre el negocio a Nacho. El detective y Damián intercambiaron una mirada cuando Nacho le aseguró que ese sí sería un "business millonario".

—Tienes que probarlos—. Raúl le dijo al detective al percibir el escepticismo en su sonrisa—. Es más, los voy a hacer ahorita mismo.

—Te ayudo—. Nacho se levantó y miró a los demás—. ¿No vienen?

Gina fue la única que se levantó—. ¿Por qué no?

El detective y Damián rechazaron la idea de cocinar con ellos, y se quedaron en el patio a terminar su cerveza.

—Así que ya estrenan casa.

—Hay algo que quiero hacer antes.

—¿Qué?

—Le voy a proponer matrimonio —dijo Damián mirando a Gina por el ventanal.

Orozco aplaudió un par de veces, con el cigarro en los labios—. Te felicito. No pensé que fuera importante para ti.

—No. Pero sé que para ella sí, y después de todo lo que pasó en el último año, sería un estúpido si no hago todo por hacerla feliz.

—¿Cuándo?… ¿Cuándo le darás el anillo? —aclaró.

—Mañana. Raúl va a iluminar la sala con las auroras boreales que Gina se perdió en Utqiagvik.

—No te tomé por un romántico.

—Ya sé—. Damián alzó las cejas, negando—. Gina tiene ese efecto.

Orozco se quedó pensativo, y se llevó la cerveza a los labios.

—¿Qué?

—Sé que Gina mató a Javier Valderrama.

Damián se enderezó, limpiando la cerveza que había

tirado al escuchar las palabras del detective.

—Por eso huyeron, ¿no es cierto? La sacaste del país porque ella lo hizo—. Orozco le dio un trago a la cerveza—. No te preocupes, tu secreto está a salvo —dijo al escuchar la risa de Gina en el interior.

Damián suspiró y tomó nuevamente su botella.

—¿Puedo decirte algo? —le preguntó el detective.

—Claro —respondió, temiendo que siguiera con el tema de Gina.

—No pensé que Raúl fuera actuar de esta forma contigo después de enterarse de que tú.. Bueno.

Damián asintió—. Cuando se lo dije a Gina también fue muy… Comprensiva.

El detective frunció el ceño incrédulo.

—Mira, no es mi intención hacerlo, créeme, pero creo que en parte sienten lástima cuando les digo que estuve en la Casa Luz y Esperanza. Todo el mundo se enteró de lo que pasó con los niños en ese lugar.

El detective desvió la mirada intentando empujar los pensamientos. Miró a Damián—. ¿Cómo superaste eso?

—¿El orfanato? —Damián alzó una ceja.

El detective asintió.

—No lo sé. Creo que solo seguí adelante sin pensar en eso—. Alzó las cejas y bebió un trago de la botella—. Nunca he hablado realmente del tema.

—Ni yo. Tampoco es que quiera hacerlo, solo estaba pensando en algo que dijo mi amigo—. Orozco recordó las palabras que le dijo Ramírez en el bar. *Si no piensas ver a Ferrer como un amigo con el que finalmente puedes hablar sobre ese horrible pasado, déjalo ir.*

—¿Ramírez?

Orozco asintió.

—Leí que Meneses estaba en la cárcel.

—Tiene suficientes cargos como para pasar tres vidas ahí—. Orozco bebió otro trago, con la satisfacción de haber al menos hecho justicia por su amigo.

—¡Ey! ¡vengan! ¡prueben esto! —Raúl exclamó desde el interior de la casa.

—Mira nadie va a reemplazar a Ramírez, eso es obvio, pero… Puedes contar conmigo.

El detective parpadeó un par de veces considerándolo. Finalmente asintió y se levantó—. Creo que tenemos algo que probar allá adentro.

Damián sonrió entrando a la casa—. Le dije que cambiara el nombre, pero no te vayas con la finta, son muy buenos.

—Soy detective, Damián. Nunca me voy con la finta.

Damián dio la vuelta. Nacho, Gina y Raúl estaban riendo. Cada uno había llegado hasta ahí de forma distinta. Todos habían sufrido, hecho daño, perdonado y arriesgado, y todo lo habían hecho por alguien más. Damián miró al detective, él también los miraba y por un momento le pareció a Damián que Orozco compartía sus pensamientos—. ¿Hablábamos de los panqués?

Orozco apretó los labios—. También.

SOBRE EL AUTOR

Si te gustó la lectura no olvides dejar un comentario en Amazon. Visita la página de F. Carod y echa un vistazo a los otros títulos: Actos sin consecuencias (la trilogía), R-Evolución espiritual, Oscuro renacer, La última llamada, El acto final, El destino anda suelto, Cuarzo de sangre, Cena de gala, y la primera parte de este libro: Desde el Abismo.

Made in the USA
Columbia, SC
18 January 2021